ZHUZENGQUAN

SANWEN YU SUIBI

朱增泉 散文与随笔

战争卷

人民文学出版社

图书在版编目（CIP）数据

朱增泉散文与随笔.战争卷/朱增泉著.—北京:人民文学出版社,2016
ISBN 978-7-02-012105-2

Ⅰ.①朱… Ⅱ.①朱… Ⅲ.①散文集—中国—当代 Ⅳ.①I267

中国版本图书馆CIP数据核字(2016)第245432号

责任编辑　包兰英
装帧设计　刘　静
责任印制　王景林

出版发行　人民文学出版社
社　　址　北京市朝内大街166号
邮政编码　100705
网　　址　http://www.rw-cn.com

印　　刷　三河市西华印务有限公司
经　　销　全国新华书店等

字　　数　237千字
开　　本　710毫米×1000毫米　1/16
印　　张　19.25　插页3
印　　数　1—5000
版　　次　2017年5月北京第1版
印　　次　2017年5月第1次印刷

书　　号　978-7-02-012105-2
定　　价　59.00元

如有印装质量问题，请与本社图书销售中心调换。电话：010-65233595

目　录

自序 …………………………………………………001

看懂新一代战争 ……………………………………001
巴格达的陷落 ………………………………………010
伊军之败 ……………………………………………022
信息攻心战 …………………………………………035
美国鹰派与战争 ……………………………………047
萨达姆的雄心和悲剧 ………………………………060
悲情萨哈夫 …………………………………………075
美英"情报门" ………………………………………087
战俘问题 ……………………………………………105
伊拉克游击战解读 …………………………………121
临时总理阿拉维 ……………………………………138
从伊拉克战争说到诺曼底登陆 ……………………153
一场胜负参半的战争 ………………………………175
美国玩的是"因祸得福"策略 ………………………191
伊拉克战争后的亚洲命运 …………………………204

二战以来世界时势走向 ………………………………………… 225
突尼斯——本·阿里垮于网络战 ………………………………… 231
埃及——穆巴拉克败于街头战争 ………………………………… 242
利比亚——卡扎菲命毙阴沟洞 …………………………………… 253
伊朗核危机 ………………………………………………………… 273
叙利亚——巴沙尔是中东战乱风暴中的最后一根桩 …………… 289

自　序

这套《朱增泉散文与随笔》，共分四卷：历史卷、人物卷、战争卷和游记卷，一百多万字。

我从二十世纪八十年代后期开始写诗，后来转向散文与随笔写作。到了九十年代后期，写诗越来越少，写散文与随笔越来越多。我写的诗歌，曾由四川文艺出版社汇编出版过《朱增泉诗歌三卷集》：一卷政治抒情诗《中国船》；一卷军旅诗《生命穿越死亡》；一卷抒情诗《忧郁的科尔沁草原》。但我的散文与随笔没有汇编过。

近二十年来，各出版社出版的散文、随笔年选和其他各种选本，几乎年年都有我的文章入选。我一直想编一本散文选，但由于各种选本选编视角不同、类别不同，把收入各种选本的文章放到一起，显得较杂，这个想法就放弃了。2015年大病一场，停笔不写了。养病期间，把散乱无序的散文与随笔旧稿翻出来倒腾了一遍，经过分类，形成了现在出现在读者面前的这四卷集子。还有一些归不进以上类别的文章，虽然也有一些获得过好评的篇目，但未能编入。

为什么要用"散文与随笔"来命名我的这四卷集子呢？这有两方面的原因：一方面，我本人向来以"写作无定法"为信条。动手写每一篇文章时,从来不会刻意考虑散文应该怎么写、随笔应该怎么写,只以表达出我想表达的内容为目的。我是一名业余作者,写作的随意性是我与生俱来的习惯。自从有了"大散文"一说,我就更少注意散文与随笔的文体区别了,写作时更加自由自在,不受任何拘束,这就有利有弊。有的评论家认为我这种写法是一种优点,曾把我作为"跨文体写作"的成功例子。但另一方面,各地出版社的编辑专家们,还是会根据我的文章所具有的不同文体特点,分别选编进他们定名的"散文选"或"随笔选"中,这说明我写的文章"文体"不够一致。我接受这种"裁定",因为我承认凡事都得有所规范。

鉴于以上两方面的因素,我这四卷集子中的文章均可分属两类,有的可称散文,有的可称随笔。不过,从文章内容上区分,历史卷、人物卷、战争卷和游记卷的界定是清晰的。

我对历史散文有些偏好,写得较多,也有些心得。我既注意写一些中国五千年历史长河中的大起大落、大分大合这样的重大历史题材,从中发现一些我们今天仍然值得观照的历史规律;也注意写一些特定历史条件和历史环境中的特殊情景、特定人物、特殊事件,表达我对某些问题的历史见解。

我的人物散文,最早是写现实生活中的人,他们中有军嫂、士兵、诗人、航天员、元帅、领袖,后来写历史人物较多,成为我历史散文的一条支脉。历史都是由人创造的,有些文明成果也是被人毁灭的,讲历史不可能不涉及具体的人,上至帝王将相,下至蝇头小吏、黎民百姓。写古今中外的战争,同样离不开写人物,比如二次大战期间的罗斯福、丘吉尔、斯大林、朱可夫等,又比如伊拉克战争中的萨达姆、反恐战争中的本·拉登、北非和中东风暴中的卡扎菲、穆巴拉克等。有的评论对我的历史散文和人物散文给出了如下综合评价:"上自秦汉,下至明清,有秦始皇、汉武帝、项羽、刘邦、曹操、严嵩等历史人物,有秦行大统、楚汉相争、安史之乱等历史事件,无论钩沉历史,臧否人物,讲述王朝的兴衰存亡,勾勒以史鉴今之道,无不立意深远,取材精到,夹叙夹议,文字洗练,尤其战争题材,纵横捭阖,酣畅淋漓。"故我的历史散文和人物散文赢得了不少读者。我十多年间写下的大量历史散文和人物散文,成为一种重要的积累和准备,为我后来系统撰写五卷本《战争史笔记》打下了基础。历史卷中的《汉武帝与匈奴的战争》《楚汉相争一局棋》《安史之乱》和人物卷中的《曹操》《成吉思汗》《严嵩倒台》等篇目,其实是《战争史笔记》一书有关章节的摘录。这类文章,我追求的是对重大历史事件和重要历史人物的叙述能给人以相对完整的轮廓,夹叙夹议地发表一些见解。

这次收进战争卷的散文和随笔,不包括古代战争内容。这卷集子中的文章,以我当年跟踪观察伊拉克战争所写成的《观战笔记》一书为主,这本书在当时引起了广泛注意。2010年末至2011年初,突尼斯爆发了以网络推手引发群体性事件为特点的"茉莉花革命",这场风暴很快席卷北非和中东。我写了一批观察分析突尼斯、埃及、利比亚等国通过低烈度战争(以网络推手和街头事件为主)发生政权更迭的现象,还写了分析叙利亚战乱、伊朗核危机等一些文章。这些文章以研究新一代战争中以"非战争"手段达到战争目的的全新战争样式为主,兼带时事评论性质,政论色彩较浓。一般来说,这类文章将会随着时间的推移而退色。然而,我在书中对美军打信息化战争新的作战理念、新的作战样式和新的作战手段的概要介绍,对二十一世纪美国战略思维及其战略走向的分析和预判,对二十一世纪亚洲国家群体性崛起的历史机遇及必将面临美国战略遏制的分析和预判,正在"不出所料"地一步步展现在我们面前。这是我认为这些文章仍有某些阅读价值的理由。顺带说明,这一卷中的萨达姆、卡扎菲和本·拉登,分别是伊拉克战争、利比亚战争和"9·11"恐怖袭击三场战争的三位主角,因我对这三位人物做了较为透彻的剖析,故也将这三篇文章收入了人物卷,但题目与战争卷中不同,内文相同。

我写的游记包括国外和国内两部分。国外部分,我对访问俄罗斯所写的一组文章较为满意。当时我是带着满脑子问题去的:搞了七十年社会主义的苏联,为何会在一夜之间土崩瓦解,如今到底如何?我在俄罗斯接触了各个阶层的人物,同那里的新旧官员、普通工人、失业的集体农庄主席和向往西方民主制度的青年人有过面对面的对话和讨论,对俄罗斯的现实社会生活做了我力所能及的详尽观察,我找到了一些我想找到的答案,解开了我的一些心头疑惑。对于普京将以何种方式带领困境中的俄罗斯前进,直到今天,我一直觉得我当初所做的分析是对的。普京以其非凡的魄力,依靠彼德大帝崇拜、东正教信仰、苏维埃情结这三样东西重建俄罗斯民族精神,既不走西化道路,也不重走苏联老路,在苏联崩溃的废墟上,放平了他的"三足大鼎",正带领俄罗斯艰难前进。我写的国内游记也不少,这部分文章虽然不像历史散文、人物散文那样厚重,但就文章写作而言,却是我自己比较满意的一部分。这些文章大都比较短小、轻灵,较有文化内涵,其中有的篇目曾被选作高考语文题,有的篇目被选入高中和普通高校语文教材。

总起来说,我的散文与随笔,具有我自己的一些写作风格和特点。比如有些评论提到的大气、厚重、具有历史纵深感、有独特见解等。但写法不很一致,水平参差不齐,这些也是明摆着的文本事实。切盼读者和评论家们多多指教。

朱增泉
2016年3月27日

看懂新一代战争

一

巴格达已陷落多日,伊拉克战争行将结束。人们从电视里热热闹闹收看了将近一个月的战况直播,静下心来一想,发现一个问题:伊拉克战争竟是一场"看不懂的战争",巴格达战役(姑且称之为"战役")也是一次"看不懂的战役"。

电视里天天为人们评述战争进程的军事专家、国际问题专家们,也包括国外的某些将领、军事评论家和众多媒体,他们对伊拉克战争进程所做的许多分析大部分失灵,尤其是对巴格达战役所作的种种推断几乎统统失灵。谁都说,美英联军将等待新调的十万援军到达战区后再攻打巴格达。结果,美军第三机步师和陆战一师不等后援,长驱直入,以超乎寻常的推进速度直插到了巴格达城下。谁都说,伊拉克共和国卫队是精锐之师,其战斗力绝不可小视,他们将顽强抗击美英联军。结果,伊拉克共和国卫队却溃不成军,"不知去向"。谁都说,巴格达将发生激烈巷战,美军等着大量死人吧,小布什等着议员们围攻吧。结果,美军攻占巴格达却出乎想象地迅速、轻松和顺利,如此等等。

这时,人们突然发现自己面前放着一份试卷:你看得懂新一代战争吗?

面对这道考题,未免令人有些尴尬,看不懂,看不大懂,不完全懂。

伊拉克的败局谁都能想象得到,但战争过程为什么会打成这样,不明白,不太明白,很不明白。伊军败得太快、太惨、太窝囊了;美英联军胜得太快、太轻松、太便宜他们了。

伊拉克战争让人有些"看不懂",原因是多方面的。一个带根本性的原因,就是由于伊拉克战争是发生在信息化时代的新一代战争,人们却仍然按照传统战争的惯性思维在看它,因而"观察误差"极大,觉得它处处有悖战争常理,叫人"看不懂"。

这个"看不懂"里面,也有"情有可原"的一面。有人说,"战争是最难说清,也最让人捉摸不定的东西"。另外,战争中也永远会有一些难解之"谜"。有的一时解不开,有的可能永远解不开。例如第二次世界大战中希特勒到底是怎么死的,这个"谜"直到今天也没有完全解开。但另一方面,从难以预测中去努力寻找和把握战争进程的一般规律,又是任何一种军事理论的必然要求。

定义此次伊拉克战争,可以有三种选择:信息战、信息化战争、信息化时代的战争。"信息战"这个概念,由于信息和信息技术覆盖和渗透到了军事斗争和"非军事战争""非战争军事"的各个领域、各个方面,因而不同军种、不同学派、不同学者、不同专业都从各自不同的着眼点出发,给出了各种各样的解释,争论不息,莫衷一是,难以统一。故有的学者主张采用"信息化战争"这个外延更为宽泛的概念。但用它来定义此次伊拉克战争,又会有些问题。因为最能代表信息化战争特点的美军第一支数字化部队,即美军第四机步师,由于"借道"土耳其的方案受阻,也由于战局发展太快,使它未能赶上伊拉克战争的主要战斗,未能在实战中得以全面检验。

这样,如若直接以"信息化战争"冠名伊拉克战争,又有些名不副实。但伊拉克战争无疑反映出了信息化战争的许多基本特点,所以我在这篇文章里暂且将它称之为信息化时代的新一代战争。

有人可能会说,我压根儿就反对战争,用不着去看懂什么新一代战争。可是,有一个严酷的现实已经摆在你面前:新一代战争正在成为一种"文化",成为电视实况转播节目,成为收视热点,它已经"走进"了千家万户,这是信息化时代的传媒工具带给人类的"新生活"内容之一。在过去,"参战"就意味着告别亲人,奔赴前线,流血牺牲。在今天信息化时代,"参战"这个概念也有了更加宽泛的含义。也许,你桌上的电脑就是一件参战装备,你一上网就已到达了千里万里之外的战场,你点击鼠标如同扣响扳机,你发送一个电子邮件就是向敌人发射一发炮弹实施攻击。这一切,早已不是科幻小说中的情节,而是海湾战争、科索沃战争、阿富汗战争,直至此次伊拉克战争向人们展示得越来越清晰的新一代战争的真实。国外学者将这种趋势称之为"战争的平民化",并说"战争的平民化是二十一世纪战争的重要特点"。

二

如果说,普通人看得懂与看不懂信息化时代的战争,暂时问题还不算太大。那么,对于那些直接或间接地研究战争,或直接与间接地参与同战争相关工作的特殊人群来说,尤其是对于当代军人来说,能否看懂信息化时代的新一代战争,则事关重大。先不说别的,世界各国的战地记者、军事评论家们,都对伊拉克战争做了大量报道和评论。不同国别的这些特殊人群,他们所具备的信息化战争知识的高低深浅,从中可以窥见一斑。千万不要小看了这方面的"差距",要从一个国家和民族的整体素质上去看它。因为这方面的整体素质,同一个国家和民族有朝一日接受挑战、经受风浪的整体能力有关。

而今,哪个国家不在研究战争?哪支军队不在关注伊拉克战争?人类既然已经迈进了信息时代,哪支军队可以不研究信息化战争?

想打赢战争的人,想避免战争的人,都必须努力学会看懂今天的新一代战争。看不懂,则肯定打不赢;看不懂,也不知道怎么去避免战争。孙子说:"知己知彼,百战不殆。"我们旨在发展,力求和平,不求"百战"。不妨稍作变通,曰:"知己知彼,不战可待。"一旦战争落到头上,也不至于心中发虚,更不至于应对失当,南其辕而北其辙,昏天黑地,不可收拾,要是那样,问题可就大了。

有一句话讲了好多年了,"落后就要挨打"。中国人说这句话自有切肤之痛,挨打的滋味刻骨铭心。但怕只怕,喊了十年二十年,尚未真正弄明白自己哪些方面落后,怎么落后,落后到什么程度。经济落后、科技落后,这是根本性的落后,好在我们这两方面都在迅速发展,令人欣慰。武器装备落后,上了战场要给你颜色看,这是常理,容易明白。还有一条,观念落后,更加要命。但它又常常容易被人忽视或轻视,这就更加更加要命了。

鸦片战争,中国为何惨败?清朝官员愚昧之至,他们根本看不懂当时西洋人用洋枪洋炮发动的新式战争。不仅看不懂西洋人的新式战法,甚至连西洋军队的队列训练也看不懂。英国炮舰上的英军士兵上岸操练,走队列,两腿绷得笔直。清朝官员远远一看,乐了,立刻写了一道密折奏报朝廷:"洋人没有膝盖,腿不能弯!"这样的军队还不好对付吗,拽住他袖子一摔一个跟斗!好,上。一交手,一败涂地。于是立刻惊呼,洋人有妖术!于是想出"绝招",从民间广收马桶,置于木排之上,去同英国炮舰过招,名曰"以邪驱邪"。结果就不必说了。发明此"马桶战术"的杨芳,据说还是清朝的一位"名将",其人其事是上了《中国近代史》的。他简直把中国人的老脸都丢尽了,中国是大军事家孙子的故乡,清军中居然会出这样的废物,这样的军队不败谁败?

三

值得重视的是今天。

通过此次"举国观战",使我们有机会发现,国内以各种方式参与评论此次伊拉克战争的有些专家学者,他们的许多战争理念,已明显落后于时代。此说绝非危言耸听,不妨略举几例。

一例:对于美军此次开战时机的选择,应作何评价?有位军事专家在报纸上发表"专访"认为,美军此次"开战时机不合适"。他的理由是,伊拉克当地夜里有沙尘暴,天空有云,这"不利于空中打击精度"。他这种看法还是"目测轰炸"时代的老观点,早已过时了。当地气象条件是否影响轰炸效果,美军有全球气象观测分析系统、战区气象观测分析系统在日夜不停地忙碌着。更主要的是,美军以精确制导武器实施的"精确轰炸",基本不受气候条件影响。这次伊拉克战争,美军动用了五十九颗卫星(包括全球卫星通信系统和全球卫星定位系统,又临时为伊拉克战争发射了三颗军用卫星),还有"全球鹰""捕食者""猎人""先锋""龙眼"等多种型号的无人侦察机全天候出动,高清晰度图像实时传送到地面接收站。又有空地一体、从指挥机关到各个作战单位、各种武器系统直至单兵的信息链接。这样,美军就具备了实时侦察、精确定位、精确制导、实时评估轰炸效果等全套高技术手段。十二年前的海湾战争,美军使用的精确制导炸弹不到弹药总消耗量的百分之十,这次已上升到百分之六十八。例如这次大量使用的"联合直接攻击弹药",采用全球卫星定位系统和光电、红外等复合制导技术,并加装了风向修正装置,投放后可自动寻找提前锁定的目标,可全天候使用,基本不受烟雾、云层和沙尘暴影响。所以,美军选定3月20日5时35分开战,你说它"不合适",美军恰恰认为此时此刻它逮到了一个千载难逢、稍纵即逝的"斩首"战机,企图一举炸死萨达姆,那点云层和风沙不在话下。至于美军的"斩首"行动是否达到了预期目的,另当别论(关于这个问题的答案可暂作"存疑"处理,待日后见证)。但一定要看到,美军"斩首"行动所反映的是一种全新的作战思想,它必将成为今后信息化战争的一大特点,值得引起我们高度重视。我们千万不可再用老观念看问题了,以为只要天上有云、地上有沙尘暴便可躲过轰炸。要想避免挨炸,需尽早想出对付的办法来。有矛必有盾,办法总是有的。

又一例:美军这次在发动空袭的同时就展开了地面进攻,对此怎么看?有位军事评论家在报纸上发表看法认为,美军"不等常规的炮火准备完毕",就"匆匆忙忙开始了地面进攻","贸然进行集团冲锋","其意图是对伊拉克实行大面积蛙跳占领"。这段评论,问题多多。首先,早在十多年前美军颁布的《联合战役条令》中,就明确规定了陆海空联合战役的"四要素",即:统一指挥、军种平等、全面联合和全纵深同时作战。当时海湾战争刚刚结束,美军就将海湾战争中获得的最新作战经验概括成上述条令,用于指导新世纪的作战行动。可是十多年过去了,我们这位军事评论家的观念还停留在旧阶段,对"全纵深同时作战"这种新的作战样式不甚了了。有人可能会说,海湾战争是先进行了三十八天空袭之后,才打了三四天地面战争,那才是全新样式的信息化战争。这恰恰又暴露了另一个问题:我们的思维总是习惯于停顿在过去的某一个点上,去观察今天正在发生的事情。什么叫观念落后?这就叫观念落后。美军反倒没有把海湾战争的经验模式化,而是从中提炼出了"全纵深同时作战"这种超前的全新作战思想。美国的军事理论家们说,"将军们经常重复上一次战争",这往往是军事思想停顿、保守的反映,需要经常警惕。伊拉克战争中,美军最成功的一点便是克服了以往的惯性思维,"不重复上一次战争",这一点是"最突出"的。我们不妨记住这句有点用处的话:不要重复上一次战争。其次,先行炮火准备,然后发起冲击,曾经是传统战争的一种"进攻模式",但用它来解释今天信息化时代的新一代战争,难免南辕北辙。况且"炮火准备"是战术用语,也不能用它来解释美军的战役行动,那是两个层次的问题。再次,把美军发动地面进攻的作战意图判断为"大面积蛙跳占领",出入更大。"大面积占领"的概念,已是老之又老的作战理念,信息化战争强调的是"直取要害",它不再以"大面积占领"为目的。美军迅速发动地面进攻的作战意图,核心之点是要快速插至巴格达,用利器去"穿刺"伊拉克心脏,以求迅速"震撼"伊军、瓦解萨达姆政权,绝不是为了"大面积占领"进攻轴线的两厢土地。战争后期,美英联军对伊拉克全境的占领,也只是"要点式占领"。至于"蛙跳",它原是海湾战争中美军一〇一空中突击师利用直升机群"跳跃"到伊军防御纵深去建立前进基地,其初衷是为后面的装甲部队向前推进提供预设保障点。但实战中,这些直升机群将"蛙跳"行动变成了一种独立作战行动,并取得了出乎预料的作战效果,后来"蛙跳"就成了一种新的作战样式。但这一次,美军的地面进攻主要是利用高速公路和沙漠平坦地形快速前插,并非离地"蛙跳"。还有"集团冲锋"一词,从严格意义上说,它是冷兵器时代的战术用语。

再一例:此次伊军迅速崩溃,原因究竟何在?有的评论认为,那是由于美军在战前实施的"战略欺骗"获得了成功。大意是说,美军利用最先进的数字化部队第四机步师在地中海实施"佯动",造成美军要借道土耳其过境开辟北方战场的"假象",使伊军误认为美军的主要突击方向在北方,因而作了"向北防御"的兵力部署,把防御重心放到北方去了。可是战争打响之后,却发现美英联军的主要突击方向在南方,但由于伊军缺乏空中掩护,此时已无法变更防御部署,从而导致伊军防御体系"前不能救其后,后不能救其前"的局面,故一触即溃。这种说法,粗看头头是道,其实不然。的确,"战略欺骗"在第二次世界大战中曾被广泛运用。德军发动闪电战入侵苏联,日军偷袭珍珠港,盟军诺曼底登陆开辟第二战场,都曾成功地实施过"战略欺骗"。但此一时彼一时,在卫星侦察和各种通信工具高度发达的今天,地面部队的行动再想实施战略规模的"欺骗"已不大可能。况且,美军第四机步师想从地中海上岸,"借道"土耳其过境进入伊拉克战场作战,这是"真动"而非"佯动"。后来被迫绕道红海南下,那是因为土耳其议会通不过美军"借道"方案造成的,此事纯属政治因素,并无多少"军事秘密"可言。我粗粗翻了一下一个月来的报摘、网摘,发现战前、战中从美英两国军方透露出来的种种信息,诸如兵力调动部署、作战意图、行动计划,甚至包括某些具体战法,同后来战争发展的实际过程相对照,发现其主要脉络竟是"基本可信"的。由此可见,在信息化时代,"透明"与"半透明"反倒是新一代战争的重要特点之一。尤其像美军对伊军强弱悬殊的"非对称战争",这种特点更为明显。相反,在伊拉克战争中,美英联军充分利用这种"透明"与"半透明"特点,达到了先声夺人、威慑伊军的目的,这倒是需要我们去认真研究的一个问题。当然,"兵不厌诈"这条古老军事原则仍未过时,军事行动中永远会有"欺骗"的成分。但信息化时代的"欺骗",从内容到方式都已发生了根本性变化。如"电子欺骗"已成为今天的主要"欺骗"手段,我们对此研究得还很不够。总之,伊军之败,并非败在吃了美军"战略欺骗"的大亏,它另有本质根源,此事后面将作专文讨论。反过来说,美军之胜,如果说它主要胜在"战略欺骗"的成功上,恐怕连美国国防部长拉姆斯菲尔德和前线总指挥弗兰克斯将军也不会同意。要是那样,美军的"新军事革命"岂不是白搞了吗?

好在我们大家对于信息化时代全新样式的战争都处在学习研究之中,趁这次伊拉克战争硝烟尚未散尽,对它作些粗略的回望式分析,定会有所补益。

2003 年 4 月

巴格达的陷落

一

巴格达陷落得如此快速而"简单",不仅出乎常人预料,也令中外许多军事家们始料不及。但有一点是可以肯定的,在今后较长一段时间内,小布什和拉姆斯菲尔德们、五角大楼的谋士们、指挥伊拉克战争的美军将领们,都将醉心于他们用新军事思想导演的这场"精彩演出"。

我们的问题仍然是:如何从军事上看懂它。

信息化战争的完备形态是数字化战争。拉姆斯菲尔德竭力推行的"数字化战争"新理论,用美国人自己的话来概括,就是要"将缓慢而庞大的军队转变成一支轻便但迅速而精确的部队"。

虽然由于"借道"土耳其受阻,也由于战局发展太快,美军第一支数字化部队第四机步师没有来得及在伊拉克战争中得到全面检验,但来源于"数字化战争"理论的"精干、精确、快速"的作战指导思想,却在伊拉克战争中得到了比较充分的贯彻。美军依仗强大的制信息权,在作战行动中特别强调"抓住要点,直取要害",自始至终把"打首都、打首脑、打中枢"作为战役重心,作为贯穿全部作战行动的焦点。

伊拉克的要害：巴格达。

巴格达的要害：萨达姆。

萨达姆的要害：控制力。

归纳：打巴格达，打萨达姆，打掉萨达姆的控制力！

五角大楼和美军将领们正是根据这样一个作战思路来"导演"伊拉克战争的，更是按照这样一个作战思路来攻打巴格达的。

二

巴格达的迅速陷落，老美心中那份得意自不必说。在一旁作壁上观的俄国将领们，却看在眼里，酸在心里。这些昔日美军的老对手们在吞咽下这粒酸葡萄之后，也不得不承认"美军在伊拉克演练了全新战法"。英国联合特遣部队司令、空军中将布赖恩·伯里奇也不无醋意地说，美军攻打巴格达的战术，其实同他指挥的英军在巴士拉采用的"撼树"战术差不多。也就是说，萨达姆政权是一棵树，美军的战法是使劲摇动它的树干，使树上的果子纷纷落地。一树果子，一个一个去摘多么费事，使劲摇动树干使满树果子纷纷落地，又快又省事。美军这种新战法的精义就是"抓住要点，直取要害"，不在枝节问题上纠缠。伯里奇最后换成赞扬的口吻道："美军向巴格达的进攻不同寻常，历史学家和其他方面的学者将要花几年的时间对它进行研究，而且也将成为军校学员的必学战例。"

伊拉克之"树"就是萨达姆，巴格达之战就是要伐倒萨达姆这棵"树"。

信息化条件下的这种新战法，超越了传统作战的思维模式，将"循序渐进"的程序倒置过来，以"点穴""穿刺"等作战行动，先攻要害，后及其余。它强调，初战就要对敌实施"决定性打击"，以收

"敲其一点,震其全局"之效。伊拉克战争中,美军贯彻这个全新作战指导思想非常坚决,自始至终,一以贯之,绝不动摇。

先看空袭——首炸巴格达,首炸萨达姆。一开战,它奏出的第一声"乐声"就是这场战争主题曲的最强音:闪电式突袭巴格达。突袭名称:"斩首"行动。突袭目标:萨达姆居所。突袭武器:巡航导弹、F-117隐形轰炸机、精确制导炸弹。突袭企图:一举炸死萨达姆。假如这次"斩首"行动能够达到预期目的,那么,美军将在战争史上开创一个"奇迹",一场战争刚刚开始,便已宣告结束。小布什为伊拉克战争规定的目标有三项:推翻萨达姆政权、解除伊拉克武装、销毁大规模杀伤性武器。这三条,核心是搞掉萨达姆。如果能将萨达姆一举炸死,那就"毕其功于一炸",其余两条也就迎刃而解了。可是萨达姆命大,侥幸逃过了美军对他实施的第一次"斩首"行动,又在电视上公开露面。萨达姆的这一"挑衅"行为,直逗得美军心恨牙痒,动用空中、地面、卫星、特工等各种手段,紧锣密鼓地搜寻他的行踪。4月7日,忽然有一个情报传到美军中央司令部,萨达姆又在一所房子内召集高官们开会。中央司令部立刻派出一架B-52轰炸机,向这所房子投下四枚重磅炸弹。可是萨达姆这只老狐狸太狡猾了,它让凶猛无比的美国猎鹰又一次扑空,在世人面前上演了又一幕老鹰抓狐狸的"游戏"。不过,萨达姆此次挨炸之后,终于"神秘消失"了,究竟是死是活,至今迷雾重重。从4月7日挨炸之后巴格达战局迅速起变化的情况来看,萨达姆至少已失去了对伊军的指挥控制能力。这样,美军穷追猛炸萨达姆的主要目的也算基本上达到了。

再看地面进攻——且战且进,日夜兼程,把进攻矛头直指巴格达。地面进攻是3月21日开始的,美军从南部越过科伊边界,英军在法奥半岛登陆上岸,先在乌姆盖斯尔、法奥一线发起攻击,尔后沿着巴士拉——纳西里耶——巴格达这条由南向北的进攻轴线,兵分两路,向北推进。但美英联军不是步步为营式地逐点推进,而是坚决贯彻"直取巴格达,穷追猛打萨达姆"的作战企图,对沿途各个要点不管打得下打不下,统统先作"扼要处理",主要兵力坚定不移地向北快速前插。右路的美陆战一师还没等攻下南方重镇巴士拉,便将这块硬骨头甩给了英军第七装甲旅留下来继续攻打,它则绕城而过,迅速向北推进。左路的美军第三机步师越过科伊边界后,其先头部队以每小时四十公里的速度向北挺进,不到一天已突进二百公里,很快插到了纳西里耶一线。伊军在纳西里耶的抵抗很顽强,战斗打得很激烈。但同样,美军只留下海军陆战队继续攻打纳西里耶,第三机步师主力则抽身北去,继续挺进巴格达。

其间,由于乌姆盖斯尔、巴士拉、纳西里耶等地的伊军抵抗比较顽强,战斗较为激烈,又遇上沙尘暴,美军补给一时跟不上,美军前线指挥官中曾一度出现过"暂停进攻"的呼声,以便"进行休整、重新部署和等待增援"。有些人希望等待装备最先进的第四机步师到达后再继续进攻。但是,五角大楼和美军高层决意要把"直取要害"的作战指导思想贯彻到底。小布什在与国防部部长拉姆斯菲尔德、参联会主席迈尔斯、前线总指挥弗兰克斯等人磋商后明确表示:"不能停顿",要"继续把注意力集中在攻打巴格达上"。中国古人说,"夫战,勇气也,一鼓作气,再而衰,三而竭"。五角大楼和美军上层的这一决定,看来倒是符合"一鼓作气"原则的。是啊,战争没有休止符。不能停,不能等,接着打。美军第三机步师、陆战一师,以及稍后从西线加入战斗的第一〇一空中突击师,也包括英军的部分兵力,都"不停顿"地直插到了巴格达。插得最快的第三机步师所属第七装甲骑兵团,三天内穿越七百公里沙漠地带,跨越幼发拉底河,直插至距巴格达八十余公里的卡尔巴拉地区,出尽了风头。

美军向巴格达推进速度之快,国外有些媒体已找不到恰当的军语来形容,连连惊呼:"美军狂奔巴格达!"

是的,美军真是太"狂"了!

三

美军的巴格达攻城战,完全不同于传统意义上的攻城战,它采取的更是"万军阵中直取萨达姆首级"的战法。没有以绝对优势兵力将巴格达四面包围,没有实施长时间围困以达"围以待变",也没有发生残酷惨烈的巷战,只在萨达姆国际机场打了稍许像样的一仗,为攻城部队开辟了一条空中通道,以便运送作战物资和伤员,也便于后续部队装备人员可以从空中走廊直接进入巴格达市区。

巴格达攻城战,好比一场形式新颖的大型演出,大幕一拉开,连主持人都不用,报幕、序曲统统免了,三下五除二,直接进入了主题,几辆美军坦克已经开到了巴格达市中心。又一眨眼工夫,美军已经占领了萨达姆总统府。全剧几乎没有"高潮",简约得只有一句台词:寻找萨达姆,逮捕萨达姆,炸死萨达姆!

请看巴格达攻城战的主要经过:

4月4日,美军占领巴格达萨达姆国际机场;

4月5日,美军第三机步师攻进巴格达市内"心脏地带";

4月6日,美军开进巴格达市区;

4月7日,美军在萨达姆官邸内升起美国国旗,萨达姆总统府成了美军指挥中心;

4月8日,美国国防部部长拉姆斯菲尔德宣布萨达姆已失去对伊拉克的控制;

4月9日,美军坦克开进巴格达市中心广场,美军士兵爬上坦克,升上托架,将钢索套上萨达姆铜像脖子,然后坦克发动,将萨达姆铜像轰然一声拽倒,围观的巴格达市民有的欢呼,有的哭泣。

4月10日,伊拉克驻联合国大使杜里面对蜂拥而上围堵逼问的新闻记者,向世界宣布道:"游戏结束了!"

短短六天,倏忽之间,巴格达陷落了,萨达姆及其高官们"集体消失"了,伊拉克政权"消亡"了。

"其亡也忽"焉。

四

美军为什么能够这么"狂"?简言之,美军靠的是打信息化战争的实力和技术。有了打信息化战争的实力,它就敢于在战场上毫无顾忌,横行无阻,欺人太甚。有了打信息化战争的高技术装备,它就能够在战场上呼风唤雨。对此,伊军毫无办法,因为这是一场非对称战争。

美国的军人和非军人,都对中国的《孙子兵法》佩服得五体投地。他们对孙子"不战而屈人之兵"这句话,更是奉若圣谕。但东方文化追求的"境界"和西方文化注重的"实用"之间,永远隔着一层难以捅破的纸。在孙子看来,百战百胜的将领,勇则勇矣,功莫大矣,但从"谋"的角度讲,或者说从东方人的军事文化视角看,其实并没有达到最高境界。不过,东西方军事文化之间的这种差异,并不妨碍今天的美国将领们对《孙子兵法》的"活学活用"。伊拉克战争中,美军将孙子的"不战而屈人之兵"学说成功地转换成了"巧战而屈人之兵"的实用战例。

孙子说:"上兵伐谋……其下攻城",故"攻城之法,为不得已"。意思是说,最高明的办法是"不战而屈人之兵",攻城战是下下策,是实在没有办法的办法。美军有了打信息化战争的实力和技术,便要从"没有办法的办法"中找出新的办法来。

美军找到了攻城战的什么新办法呢?猛一看,美军这次攻打巴格达的攻城战法,竟是从中国另一本古代兵书中一字不差地抄袭去的。《三十六计》中写得明明白白:"第十八计,擒贼擒王。"它源自杜甫《前出塞》中的一句诗,"射人先射马,擒贼先擒王"。这位唐代大诗人竟一语道破了一个千古军事奥秘,其"战术"何等高明。可见,在东方文化中,诗的最高境界和军事斗争的最高境界是相通的。《三十六计》中的"擒贼擒王"之计,全文只有两句话,共十八字,兹照录如下:"摧其坚,夺其魁,以解其体。龙战于野,其道穷也。"一曰"摧其坚",美军将伊拉克共和国卫队炸得落花流水;二曰"夺其魁",美军穷追猛炸萨达姆;三曰"以解其体",美军将伊军共和国卫队打得不战而溃,将萨达姆政权高官们打得"神秘消失";四曰"龙战于野,其道穷也",将伊军打成"斩首"之"龙",其"道"怎能不"穷"？真是奇哉妙哉,美军攻打巴格达的攻城战法,竟与"擒贼擒王"之计句句相符,字字不差。

当然,这段饶有兴味的插话,只能调节一下人们的阅读情绪,并不能代替我们对美军打信息化战争能力的分析。

美军有哪几手比较厉害？

一曰"知"。孙子曰,"知彼知己,百战不殆",他将"知"放在兵法要义的第一位。知,知道。"知"译成现代军语就是"信息"。凡能悟透军事奥秘的人,往往都是从问题的本原处着眼,一步一步往前想问题。美国前国防部部长佩里,斯坦福大学工程学院教授出身,是技术制胜论的代表人物之一,他在谈到信息化战争时曾说:"信息技术解决了士兵们几个世纪以来一直要解决的问题,这就是:在下一座山的后面有什么？"可不是吗,古往今来,作战的士兵们一直希望能看到敌方更多的情况。古代的瞭望台,后来的望远镜,再后来的高空侦察机,今天的侦察卫星,不都是为了达到这一目的吗？它反映了这样一条基本原理:对敌方的情况知道得越多,战场上的主动权就越大,胜利的把握也就越大。过去林彪讲过一句话,当战场上枪声大作,双方都被火力压得抬不起头来的时候,谁敢先直起腰来看清对方情况,谁就能占得主动,把仗打胜。林彪在政治上是阴谋家,但他毕竟是个很能打仗的角色,懂得"知"的重要。上了战场被"蒙在鼓里"的人,等着挨揍吧,脑袋掉了还不知道怎么掉的。美军的新军事革命,第一位的目标就是要构建信息优势,夺取信息制高点,以取得战场上的制信息权。我们不能不承认,如今美军已拥有超一流的"战场感知能力"。此次巴格达攻城战,美军在太空中有几十颗卫星在转,头顶上有各种侦察机在不停地飞,地面上还有特工在到处钻,把伊军的情况看得一清二楚。美军自己能看到,叫伊军看不到;美军自己能听见,叫伊军听不见。萨达姆刚一动弹,巡航导弹说来就来了。麦地那师刚要反突击,一阵狂轰滥炸,被就地炸瘫。

二曰"高"。军事上自古以来讲究"高"、追求"高"。坚守"高地",夺取"制高点",拥有"高技术"。双方交战叫"比高低",决出胜负叫"见高低"。谁"高"谁主动。意大利军事理论家、"制空权"首倡者杜黑,早在第一次世界大战时就曾预言"空中战场将成为决定性战场",他的这一理论正在得到越来越多的实战证明。美军空军空间司令部司令兰斯·洛德上将,最近不无得意地发表了一篇文章《美国努力保持在军事太空中的绝对优势》,他认为这个领域是美军占领的"绝对高地"。"善攻者,动于九天之上。"(孙子《形篇》)。美军从太空"看"伊军,一览无余,什么都看到了。美军从空中打伊军,好比老鹰抓小鸡,老鹰抓兔子,老鹰抓狐狸,老鹰抓饿狼,攻击的主动权始终都在老鹰手里。这就叫"天壤之别",军事上称"代差"。美军打的是高技术战争,美伊武器装备差了不止一代。美军地面部队为何敢于长驱直入,直插巴格达?因为美军对伊军的布防情况看得很清楚,伊军的防御体系哪里兵力多、哪里兵力少,哪里该猛炸,哪里能通过,它基本上都有数。美军坦克冲进巴格达市中心,为何如入无人之境?因为美军把伊军隐藏在清真寺内的一辆辆坦克都侦察出来了,该炸的都炸得差不多了,它知道伊军不会有多大抵抗能力了。

三曰"炸"。有一条最基本、最重要的军事原则叫作"保存自己,消灭敌人"。"保存"与"消灭"之间,关键在火力。想尽办法躲避敌人的火力,尽最大可能发挥自己的火力。美军攻打巴格达火力之猛、之准,不仅足以震慑伊军,而且足以炸瘫、炸散伊军。战前普遍认为,布防在巴格达外围的伊拉克共和国卫队战斗力很强。正因为它战斗力强,才成为美军的重点轰炸目标。巡航导弹和精确制导炸弹猛烈轰炸之后,再用阿帕奇武装直升机对地面剩余目标进行补充打击。据美军对伊拉克共和国卫队轰炸效果的评估分析,经过多轮猛烈轰炸之后,其所剩战斗力已不到百分之二十,八百辆坦克只剩下十八辆,五百门大炮只剩下约五十门,有的师"甚至已经组织不起一个营"的兵力。麦地那师、巴格达师、尼布甲尼撒师等"王牌"部队,都是这样被歼灭的。死的死了,伤的伤了,被炸昏的醒过来也乱了、散了,投降的投降了,逃命的四处逃命去了。战场上一旦失去组织指挥,情况可想而知,瓦解,溃散,变节,逃亡,兵败如山倒啊!4月7日,伊拉克电视台和电台宣读了萨达姆的一个声明,命令失散的伊拉克士兵就地加入伊军其他部队继续战斗。内行人一听,坏了,这是个"不祥之兆"。它至少说明三点:一是伊军部队都被打散了,剩下些散兵游勇了;二是萨达姆的指挥系统已被打掉了,他只能借助电视台和电台"喊话"了;三是伊拉克大势已去矣,巴格达陷落指日可待了!同日,另一条消息说,伊拉克宣布自即日起对巴格达实施宵禁,说是"以便调动部队,抵抗联军"。这条消息的味道更不对了,如果伊军早几天宣布宵禁,人们反倒不会产生任何疑问,到了这个时候才突然宣布宵禁,说明事情已经不妙,伊拉克高官们要准备他们自己的"后事"了。果不其然,他们就此"集体消失"了。

四曰"精"。"韩信将兵,多多益善",那是冷兵器时代的观点,那时人海战术还有点用处。其实古人也认识到"兵不在多而在于精"的道理,那时遇到重要战斗也都强调要派精兵,因为精兵战斗力强。现在信息化时代,治军打仗更追求一个"精"字。这里说的"精",主要是指美军精确制导炸弹之"精"。自古以来,无论什么武器、什么火力,都以命中目标为唯一目的,以追求命中精度和命中率为至高要求。越南战争时,美军搞地毯式轰炸,仰仗炸弹多,地毯似的铺它一层,不怕炸不着。后来发觉那样不行,一是太浪费,二是有些点目标炸不准。想炸一座桥,几番轰炸仍未炸掉,反而被打掉不少飞机,不合算。这次伊拉克战争,美军作战手段之"新",精确制导炸弹的大量使用是最突出的一条。可以这样说,在信息化战争中,各种电子装备可以使作战部队做到"看得远、早发现、先开火",这些固然都是优势,但所有这些优势最终都必须落实到"打得准"这一点上,才能使这些先进装备都转化为"杀伤力",最终把优势转化成胜势。因此,美军这些年大力发展精确制导技术,大量使用精确制导炸弹。天上有全球卫星导航定位系统(GPS),飞机、坦克上装有瞄准制导雷达,炸弹、炮弹头上装有导引头,卫星制导、雷达制导、红外制导、激光制导,各种手段配合使用,一炸一个准,杀伤力成倍提高。为什么海湾战争空袭三十八天后才发动地面进攻,这次空袭和地面进攻几乎同时开始?原因之一,海湾战争时美军使用的精确制导炸弹还不到百分之十,这次已经上升到百分之六十八,有的分析资料说是上升到了百分之七十至百分之八十,轰炸效果大大提高了。

五曰"诈"。这里说的"诈"与"兵不厌诈"之"诈"稍有不同。"兵不厌诈"之"诈",主要是以己方"示假隐真"的欺骗行动去迷惑敌方。这里说的"诈",是指美军此次对伊军大打心理战、攻心战。战前,中央情报局派出许多特工;战中,美军空投下特种部队。他们潜入巴格达窃听、刺探、策反,核实并指示目标。有一条消息说,战斗一打响,美军立刻给伊拉克的将领和要害人物发送大量电子邮件和手机短信,大做"个别工作",进行策反攻心战。越来越多的消息透露,巴格达守军败得如此迅速,同伊军高层和共和国卫队中有人投敌叛变有关。美军还充分利用传单、电视、广播等手段,向伊军士兵和巴格达市民大量播送"倒萨"内容,大力宣传美军的精确制导炸弹如何如何厉害。我们从电视里可以发现,有些镜头是提前把摄像机对准了目标,立刻就有一颗精确制导炸弹落下来,正中目标。美军中央司令部新闻发布官布鲁克斯准将,此人是美军中央司令部作战处副处长,每天都要发布一批检验轰炸效果的卫星照片,一边是轰炸前的照片,另一边是轰炸后的照片,两相对照,一目了然。一来二去,伊军的军心就这么被动摇了。

六曰"网"。美军最高、最新的一手,是将上述种种能力都联成"网"。各种技术手段的联网、融合,是它们单个能力的倍增器。美军布下的/这个"网",名字叫作"C⁴ISR系统"。四个"C"分别是command(指挥)、control(控制)、communication(通信)、computer(计算机),后面是information(情报)、surveillance(监视)、reconnaissance(侦察)。古人说布下"天罗地网",有点那个意思。现在,美军又在研究要往"C⁴ISR系统"中再嵌入一个"K",将它进一步发展成"C⁴KISR系统"。"K"是英文"kill"(杀伤)的词头。这一步一旦实现,那就实现了从决策指挥直到杀伤兵器的全程联网。不过,据说伊拉克战争中美军的数据链也暴露了不少问题,需要改进。但美军打信息化战争的这一套最高手段,将"打一仗,进一步"是肯定无疑的。

如此这般,伊军怎能不败?巴格达怎能不失?萨达姆怎能不倒?伊拉克怎能不亡?美军和伊军实力相差如此悬殊,不仅巴格达之战的结局并不意外,而且伊拉克战争的结局也是早就确定了的。当然,美军有其所长,必有其短。伊军没有能力制其短,不等于美军的所有对手都不懂得在作战中避其所长,攻其所短。

看懂伊拉克战争,看出美军打信息化战争的一些门道,看清巴格达陷落之"谜",这不叫"长别人威风,灭自己志气",而叫"知己知彼",这是古今兵法第一要义。这些年来,我们眼看着美军在战场上活生生地吃掉了格林纳达、巴拿马、科索沃、阿富汗、伊拉克,它现在是越打越来劲,大有"横刀立马,舍我其谁""老子天下第一"的劲头。

毛泽东有一句名言,好久没有人讲了,我今天倒是想起来了。他说,美帝国主义是纸老虎,但它首先是真老虎,它是要吃人的。因此,战略上要藐视它,战术上要重视它,但首先要重视它。至少,不要小看它。

2003 年 5 月

伊军之败

一

伊拉克战争是一场非对称战争,美伊双方军事实力之悬殊,不可同日而语。伊军的失败,一点也不意外。可是,人们又觉得伊拉克军队不应该败得这么快、这么惨,不应该败得这么窝囊。

这个"认知误差"是怎么来的呢?一方面,人们对美军打信息化战争的实力和全新战法还认识不足。在此之前,大家对朝鲜战争、越南战争比较熟悉,觉得那时候的美军也不过如此。海湾战争,又觉得美军狂轰滥炸而已,它的"左勾拳"刚出手就停住了,地面进攻只打了一百个小时,说明不了太大问题。美军攻下阿富汗,更觉得塔利班军队本来就不是什么正规军,美军吃掉它也不算什么太大的本事。总而言之,对美军这只真老虎、铁老虎藐视有余,重视不足。另一方面,人们对伊拉克军队骨子里的痼疾也没有看透。总觉得按照伊军的实力,它应该能够抗一阵老美的,不至于如此不堪一击。人们哪里知道,伊军骨子里的实际情况,同人们以往对它的印象相去甚远。

不错,伊拉克曾经是一个地区性军事强国,它曾经咄咄逼人,争强好战，与伊朗一打就是八年，又恃强凌弱，悍然入侵科威特，让邻国畏惧，令世人侧目。但自从海湾战争战败以来，伊拉克已是危楼一座，这次又来一阵不叫"沙漠风暴"的风暴，眼看它嘎喇喇一忽间就倒塌了。

美军打伊军，采取的是"三步法"：第一步，在海湾战争中将伊军肋骨打断；第二步，通过十年制裁，将伊军核生化牙齿敲掉；第三步，这次开战前又利用"核查"，将伊军手脚捆住，不让它得到战争准备的时间，然后突然开战，将伊军按倒在地，像打死狗似的打它。如此这般，还能指望伊军打出什么名堂？

二

1991年的海湾战争，对伊拉克造成的"外伤"加"内伤"，不是十年八年就能医治得好的。

"战败"这个词，无论对于哪个国家都是一个十分可怕的字眼。在一场举国迎敌的战争中战败，即使尚未灭国，也好比一个壮汉被一顿重拳打倒在地，轻则身受重伤，重则气息奄奄。如果能得到长时间的医治和将息，幸免一死，还能慢慢坐起来自己吃饭，已经算是不错，那就值得庆幸了。可是当他摇摇晃晃身子还没有完全站直，对方又立刻给他一顿重拳，他还能吃得消吗？只见他扑通一声仰面倒地，鼻腔内只"哼"了一下，呜呼哀哉，小命去也。战争要比这复杂，但道理就这么简单。

战败之伤，是大伤，它伤的是一个国家的元气，这是极难恢复的。历史上的战败之国，往往几十年甚至上百年都直不起腰来，有的干脆从历史上永远消失了。指望伊拉克短短十来年就能医治好海湾战争留给它的战败之伤、之痛，没有的事。至少，只要萨达姆政权不倒台，美国绝对不肯为伊拉克提供一粒医治战争创伤的"速效止痛丸"。

伊拉克在海湾战争中受了哪些"外伤"和"内伤"？

海湾战争,首当其冲遭到毁灭性打击的,当然是伊拉克军队。伊军之伤,不仅是头破血流之伤,更有打断肋骨之伤。海湾战争前,伊拉克总兵力达到一百二十万人(包括临时动员的预备役人员),拥有坦克约五千五百辆、装甲车约七千辆、大口径火炮约三千门、作战飞机约八百架。战败后,伊军总兵力锐减至三十八万人,仅存坦克约两千辆(且多为老旧型号)、大口径火炮仅存约二千五百门、作战飞机仅存约三百架。伊拉克全境五百五十个大中型军事目标、三十一个核生化相关设施,以及大部分机场、雷达、导弹发射系统、指挥通信设施,均被摧毁。据评估,海湾战争后,伊军所剩军力已不足百分之五十。美国发动海湾战争,目标之一是要"砸烂"萨达姆的军队,这个目标基本实现了。战败十年多来,由于禁运、制裁,伊军的武器装备不但未能更新换代,连维修的零配件都无法得到,军力怎能恢复？即使有所恢复,又能恢复到什么程度？答案并不难找。

任何一支军队,都是靠本国的国民经济来支撑的。一场海湾战争,伊拉克的国民经济也遭到了毁灭性打击。它的基础设施百分之四十毁于海湾战争,以石油产业为龙头的工业生产陷于瘫痪,失业人口多达三百万,战争损失高达一千二百亿至二千亿美元。联合国的调查报告称,海湾战争对伊拉克经济设施的破坏,使它回到了"工业化前时代"。国际绿色和平组织的调查报告更具体:伊拉克的通信设施、炼油设施、交通设施中的桥梁均被摧毁百分之七十左右。发电厂全部遭到轰炸,其中百分之五十以上被摧毁。巴士拉地区的桥梁几乎全部被炸毁,幼发拉底河上的三十六座桥梁被炸毁三十三座。民用住宅炸毁约九千幢。战败后,伊拉克的经济和人民生活陷入了极端困难的境地,拿什么来为伊拉克军队

"疗伤止痛"？战争毕竟不是游戏，战争更不是玩笑。萨达姆打两伊战争打了八年还不过瘾，又悍然出兵入侵科威特，看看吧，换来什么结果。战火是可以随便玩的吗？萨达姆啊！

比"外伤"更难医治的是"内伤"。

萨达姆悍然出兵吞并科威特，在国际上道义失尽。国际舆论一致谴责，安理会连连通过决议，责令其速速退兵。萨达姆却死硬到底："如果美国以为联合国最近一次投票会使我吓得发抖，那它就错了。"他以为，他这样出头硬抗老美，会在国际上赢得一片喝彩，其实大错特错。他出兵吞并一个主权国家，为天下公理所不容，国际舆论谴责之声愈加强烈。面对美国的"沙漠盾牌"计划，萨达姆甚至扬言："打吧，打一千年也不撤！"天下从来没有靠说大话能够赢得战争的便宜事，"沙漠风暴"终于劈头盖脸地向萨达姆刮了过来，多达二十八个国家的军队参加了"沙漠风暴"行动。还有许多国家虽然没有参加"沙漠风暴"，但也像躲瘟神似的躲着伊拉克，萨达姆在国际上已是"举目无亲"，连一个公开的同情者都找不到了。一个国家的国际声誉，是一笔极其重要的战略资源，萨达姆却把它当儿戏了。

伊拉克国内的民心也涣散了。穷兵黩武，从来不是一个国家的福音。孙子说，"夫久兵而国利者，未之有也"。八年两伊战争打下来，伊拉克人民已是不堪重负。海湾战争又遭惨败，国家更是满目疮痍，经济凋敝，民生凄苦，前途渺茫。孙子曰："久暴师则国用不足。夫钝兵、挫锐、屈力、殚货，则诸侯乘其弊而起，虽有智者，不能善其后矣。"久战就能使一个国家如此窘迫，何况战败？孙子说的这些话，活画出了萨达姆的遭遇。伊拉克国内虽无"诸侯"，却有什叶派穆斯林和库尔德人同萨达姆作对。战败之后，压抑已久的不满终于爆发了。先是南部、中部地区发生什叶派穆斯林起义，接着是北部三省库尔德人起兵。虽然都被镇压了下去，但离心倾向日益严重。不久,甚至连萨达姆的两个女婿也背叛了他,出走国外,后来被骗回杀掉。这时的萨达姆,已成众叛亲离之君。

海湾战争战败之后,伊军的军心斗志也严重涣散了。伊军一向是萨达姆手中最大的资本,但海湾战争一败,军队的状况却成了他最大的一块心病。战后,在伊军撤退后的科威特阵地上发现了一本伊拉克士兵的日记,它具体真切地反映出伊军官兵的思想状况。他们对萨达姆当局的宣传产生了极大的怀疑,发觉入侵科威特根本上是一场错误的战争,"这是每个人都懊悔的战争","整个世界都在反对我们"。日记中反映,"大批伊拉克士兵不辞而别"了。海湾战争中,美军用巡航导弹和精确制导炸弹轰炸重要目标,而用B—52轰炸机对伊军阵地实施"地毯式轰炸",一片一片地覆盖。通常三架B—52为一组编队出动,在九千米高空平飞投弹,一个轮次轰炸,形成宽一公里、长三公里的高密度落弹区,掀起的浓烟烈火、滚滚沙尘遮天蔽日,杀伤力加震撼力,许多伊军官兵的战斗意志被炸垮了。一次,美军一架无人侦察机从伊军某阵地上空飞过,伊军几百名士兵从工事内拥出,居然向这架无人侦察机挥舞白旗投降,无人侦察机上的摄像头将这个场面进行了实时传播。伊军官兵在海湾战争中落下的这种心理恐惧症,带进了这次伊拉克战争,它会产生什么样的后果,可想而知。

"战败"这粒苦药,一旦吞下肚去,极难消化。一个国家无论大小,在一场重要战争中被打趴在地,从此一蹶不振,这在古今中外的战争史上不乏其例,不绝其例。就在伊拉克所在的西亚这片土地上,从巴比伦帝国,到阿拉伯帝国,再到奥斯曼帝国,你来我往,交战不止,其间有多少争强好战的国家,由于在某次战争中战败而走向了衰亡。萨达姆政权的灭亡,又为这片土地增添了一个这方面的最新例子。

分析战败现象,我又想起了中国历史上的赵国。赵武灵王推行"胡服骑射"之后,战国七雄,赵国的军事实力在山东六国中曾是最强的,唯有它能"西抗强秦"。但在决定秦、赵两国谁主沉浮的长平之战中,赵国被秦国打败。长平一败,赵国当时虽未灭国,但国力已经耗尽,军队主力已被全歼,"四十余万尽杀之",从此江河日下。赵国北面的弱小燕国,过去一直受赵国的欺负,长平之战过去五六年之后,燕王派相国栗腹到赵国去打探虚实。栗腹到赵国境内一看,战败后的一片凄凉景象仍然历历在目,大批战争孤儿尚未长大成人。他回去向燕王报告说:"赵氏壮者皆死长平,其孤未壮,可伐也。"于是燕王"举兵伐赵"。虽然燕国吃不掉赵国,但赵国不久就被秦国灭掉了。

伊拉克在海湾战争中战败后,虽然被它欺负的南方小国科威特无力"举兵伐伊",但在这次伊拉克战争中,萨达姆政权终于被美国灭掉了。

从战败到灭国,从来只有一步之遥。

三

海湾战争战败之后,萨达姆还没有喘上气来,美国立刻又给他端上来一道大菜:闷罐子炖肉。什么意思?曰:十年制裁。十年制裁下来,一罐上好的"伊拉克牛肉"已被闷得烂熟,味道好极了。

美国用慢火炖熟这罐"伊拉克牛肉"时,是往闷罐子里加进了各种佐料的。除了忘记放糖,别的都放了,麻的、辣的、苦的、毒的,都有了。而且每一味佐料的味道都很足,都是先由联合国开出方子,由美国来下药,叫你萨达姆慢慢消受吧。

一曰"禁运"。美国敦促联合国做出决议,禁止世界各国与伊拉克发生经济贸易往来,困死它,憋死它。加入对伊禁运制裁的国家多达一百一十个。禁运制裁在海湾战争爆发前就开始了,海湾战争结束后不仅没有取消,反而进一步加强。可以想象,那些年,萨达姆过的是什么日子。小偷的日子,瘪三的日子。只能偷偷摸摸搞点贸易往来,生怕被发现后加倍惩罚。只能在国际上乞讨"人道主义援助",低三下四,威风扫地,苦了。一切军事装备、军用物资或可用于军事目的的物资和设备,列在禁运之首。十年禁运,对伊军的影响是显而易见的。

二曰"赔款"。不仅要给科威特战争赔偿,而且要对所有因伊拉克入侵科威特而遭受损失的外国政府、国民和公司给予赔偿。不仅要赔偿直接损失,还要赔偿"环境损害"和"自然资源损耗"。不要急,还有。销毁伊拉克的核生化武器和射程超过一百五十公里的导弹要花钱,这笔钱由伊拉克自己掏。战后要重新划定伊拉克和科威特国界,这笔费用也由伊拉克承担。联合国对伊拉克北部库尔德人给予了人道主义援助,对不起,向伊拉克政府收费。这些都是联合国的决议,掏钱吧。没有钱?查账。查到伊拉克有十亿美金被冻结在国外银行里,没收,先拿来抵账。再拿不出现钱了?好办,用伊拉克石油出口收入来抵偿战争赔款和相关费用。历史上的战败国,都是这样赔款掏钱的,你萨达姆也不用叫屈。这叫什么?这叫战败的代价。伊拉克牙缝里的钱都被刮走了,哪里还有钱用来恢复伊拉克军队?

三曰"禁飞"。在伊拉克南部划一个"禁飞区",保护南方什叶派穆斯林;在伊拉克北部划一个"禁飞区",保护北方库尔德人。伊拉克的部队和飞机不得进入"禁飞区"。萨达姆开始不买账,什么"禁飞区",都是伊拉克自己的领土领空,不让进偏进,他硬是把部队开进了"禁飞区"。老美既然已把搞垮萨达姆政权作为既定目标,怎能对他的挑衅举动手下留情?先是警告他:老老实实把部队从"禁飞区"撤出去,否则绝对不会有你萨达姆好果子吃。萨达姆又是死硬,不撤。好啊,炸!几年内,美军对伊拉克实施了十多次

"外科手术"式打击,只要发觉伊拉克境内哪儿有一点异常动静,炸弹立刻就来了。到底把伊军炸出了"禁飞区"。这叫什么?这叫屈服、屈辱。

四曰"拔牙"。你萨达姆不是西亚的一只虎吗?美国下决心要"虎口拔牙"了,要把萨达姆嘴里的"核生化牙齿"拔掉。联合国有决议,先派核查小组进去严查,翻箱倒柜地查,兜底查,查它个底朝天。除了严查核生化武器,美国也想顺便熟悉一下伊拉克境内的地形地物什么的,再翻翻伊拉克究竟有多少家底,以便心里有数,知道以后该怎么收拾它。一次,联合国武器核查小组得到伊拉克叛逃科学家提供的情报,直奔伊拉克劳工部大楼,查到几箱绝密材料。里面有负责研制核武器的有关人员档案、从西方购买相关设备的清单、核武器工程设施的具体地点等等。核查小组居功至伟,美国心花怒放。据报道,被查出的浓缩铀原材料足够生产四十枚广岛级原子弹,统统没收,运出伊拉克。查到与研制核武器相关的研究所、实验室、工厂、仓库、基地几十个,统统勒令摧毁、拆除。参与核工程的科学家名单被一一记录在案。查获的生化毒剂、化学弹头、射程一百五十公里以上的导弹统统销毁。"拔牙"拔得萨达姆满嘴鲜血淋淋,他被拔掉的何止是一颗牙,满口牙都被敲得差不多了。伊军原本想用这些核生化武器(虽然有的还只是一些"原材料")去抗衡超强敌人的,结果全被"拔牙"拔掉了。这叫什么?这叫"没有牙啃"。

战败之痛,是剧痛、巨痛、长痛。伊拉克承受海湾战争战败之痛的过程,就是美国要闷烂这罐"伊拉克牛肉"的过程。

四

最后,让我们回到伊拉克战争的战场上,直接从伊军的作战行动中看看它的败因。

先要设定一个上限:我们在这里分析的,不是说伊军应该在这场战争中取胜而它为何没有取胜。伊军无论如何做不到这一点,我们不分析这个。我们要分析的是伊军在这场亡国之战中,为何没有打出一点殊死抗战的壮烈场面来,没有打出一点屡败屡战的悲壮色彩来,也没有打出一点虽败犹荣的巴比伦精神来。

兹择其大要而浅析之。

伊军的战备工作极不充分,打了一场"无准备之仗"。毛泽东军事理论中有著名的"十大军事原则",其中一条就是"不打无准备之仗,不打无把握之仗"。对于伊军来说,"把握"二字已无从谈起,就说"准备"二字吧。这一次,伊军恰恰打的是"无准备之仗"。想想吧,直到开战前的最后一刻,联合国武器核查小组还在伊拉克核查呢,核查的内容大多与伊军有关,不知道哪一天查到哪个单位,整天东藏西躲,穷于应付,伊军哪里有时间集中精力做好迎战准备? 在美军的作战指导原则中,恰恰有一条"在敌方做好充分战斗准备之前尽快与之交战"。美军地面部队为何急着要向巴格达推进? 这也是重要原因之一,它决不让伊军得到准备的时间。人们从电视镜头里、战地记者的文章里都能看到,美军攻占巴格达后,大街上居然见不到伊军一个像样的街垒,看不到一点伊军组织城市防守的痕迹,伊军打的是什么首都保卫战啊! 巴格达是最重要的战略目标,是伊军整个防御的核心,可是巴格达连最基本的城市防御部署都没有。巴格达保卫战,靠伊拉克新闻部部长萨哈夫一个人在前台唱了一出"空城计"。那些天,全世界的目光都投向了巴格达,都在等着观看伊军上演一出精彩激烈的"斯大林格勒保卫战"式的首都保卫战呢,对不起,让各位大失所望了,退票吧。

伊军这种无准备状态,暴露出来的是一个国家、一支军队无药可救的败象,很可怕。问题出在当局,出在上层,出在萨达姆。

人们不禁要问，如果是因为压根儿就不想打这一仗而缺乏准备，那么开战前为何不尽最大努力从外交上去求和避战呢？如果是铁了心宁肯决一死战也决不退让，那么又为何不全民动员做好战争准备呢？这是两种必然的选择，二者必居其一。可是，人们看到的伊军实际情况，这两条哪一条都不沾，岂不怪哉！这只能说明，萨达姆的心境已是破罐子破摔，既不肯退让，也无心备战，对国家和人民采取了极不负责的态度。萨达姆政权，该灭亡了！

伊军军心不固，更是一条致命的败因。经历过海湾战争的许多伊军官兵，已被美军打怕，余悸未消。这一次，萨达姆又是"不知军之不可以进，而谓之进"，更令"三军既惑且疑"。官兵们都知道这一仗肯定打不赢，硬打无异于送死，但为什么还要打？心里不明白。这种精神状态，怎能迎敌？战争动员也没有好好搞，也来不及搞了。打仗是要死人的，故"气可鼓，而不可泄"。军心动摇，肯定一触即溃，这没有什么好怀疑的。看吧，刚一开战，就有一个消息传出来，防守巴士拉的伊军第五十一师集体投降。这条消息固然是美军大打心理战的"杰作"，伊方迅速让该师师长接受半岛电视台采访予以否认，但传出的消息已无法收回。况且，从各方面的情况分析来看，也不敢说第五十一师肯定没有人投降。还有消息说，有的伊军官兵为了向美军投降，竟开枪打死前去参战的阿拉伯志愿者。更有望风而逃，"脱下军装自动解散回家"的。看过海湾战争，再看这次伊拉克战争，伊拉克军队的战斗意志品质是比较差的，经不起打硬仗、打恶仗的折腾。就凭这一点，它在美军面前也必败无疑。过去很多人把伊军说得如何如何，言过其实，远不是那么回事。

伊军的作战思想也严重落后僵化。国外有的评论一针见血地指出，伊军的作战思想还是学的苏军的那一套，已明显落后。但这只是外因，还有内因，恐怕与萨达姆长期专制有关，使得伊军各级指挥员毫无创造性。仅举一例,3月26日共和国卫队曾利用沙尘暴组织了一次反突击,选定的攻击目标是左路孤军突进到卡尔巴拉地区的美军第七装甲骑兵团。按照以往苏军的机械化作战理论,反突击作战是防御一方从被动中争得主动的重要战法之一。伊军选择孤军深入的美军第七装甲骑兵团实施分割围歼,应该说是抓到了一个难得的歼敌机会,本来是很想露一手的。但伊军忘了,它照搬的是旧理论,面对的却是新一代战争。整个战场从前沿到纵深都在美军的"信息笼罩"之下,伊军的一举一动美军都能及时发现并做出快速反应。伊军如果真想有所作为,必须对反突击战法有所突破和创新才行,照搬老战法显然已难以奏效。可是,伊军反突击主力居然动用上千台车辆从巴格达浩浩荡荡向卡尔巴拉方向开去,另一路浩浩荡荡向库特方向开去。在没有任何空中掩护的情况下,这种浩浩荡荡分头出击的战法,不是给美军的空中打击当活靶子吗?结果,不但没有吃掉敌人,两路部队都被美军在半路上吃掉,很快无声无息、无影无踪。同一天,伊军还在北线发射了五十一枚导弹打击美军空降部队。这等于同时伸出三个拳头打人,由此不难看出伊军统帅部已经"抓瞎",不知道该把防御战役的重心放在哪里是好。国外有的评论不说伊军说俄军:"伊拉克战争给俄军上了一堂军事课。"相信俄军将领们看了也会感触良多。

  伊军的武器装备严重落后更不必说了。伊军原有的那点武器装备,在海湾战争中已被美军打得缺胳膊断腿。武器装备全面落后的"代差",战场上的检验是无情的,伊军的"麦芒"怎能抵挡得了美军的"针尖"?当然,伊军手里也不是一件先进装备都没有,但由于伊军士兵素质低,有了先进装备也不会用。海湾战争中就有这样的笑话,伊军士兵不会操作坦克上的激光瞄准仪,干脆拆掉,改用老式光学瞄准镜。入侵科威特时,伊军曾从科军手里截获过美制"霍克"防空导弹,但伊军官兵围着它转,看,不知道怎么操作,一点用场都没有派上。

除了上述种种败因,新闻宣传的单向透明,也使伊军在世人面前毫无"露脸"的机会。新闻宣传本身就是信息化战争的重要内容之一,美军仰仗它的信息优势,大张旗鼓地宣传美军的作战行动,全力封锁、覆盖、淡化对美军不利的各种消息。因此,对于交战双方的战斗表现,在新闻报道上也是极不对称的。人们根本看不到伊军顽强抗敌的正面报道,这方面的电视画面一点都没有。但尽管如此,人们还是能够从大量新闻报道的字里行间,判断出伊军有的部队、有些战斗打得不错。哀军之败,有些局部战斗也是很能出彩的。

总体上看,伊军打得最好的是南方战区。乌姆盖斯尔、巴士拉、纳西里耶、纳杰夫等地均有"激烈战斗"。乌姆盖斯尔是伊拉克南方的深水港,美英联军攻了一个星期才攻下。巴士拉是伊拉克南方重要门户、全国第二大城市,伊军坚守二十余天城池未失。尤其是纳西里耶保卫战,打得相当不错。纳西里耶距巴格达以南约三百公里,位于南北公路干线和幼发拉底河交会处,是南方通往首都巴格达的咽喉要冲,战略地位十分重要。在美英联军发起地面进攻后的最初十多天内,连续不断地见到美伊双方在纳西里耶激烈交战的消息。3月24日,纳西里耶的伊拉克守军打了一次漂亮仗,击毁美军装甲车数辆,歼敌一部。在那次战斗中,美军自己通报阵亡十人、伤二人、失踪十二人,伊方通报的数字比这大得多。不要小看这个数字。即使按美军自己通报的伤亡数,截至4月6日,伊军在纳西里耶歼灭美军的数量,占到美军在伊拉克战争中全部伤亡数的三分之一,至巴格达陷落时仍占美军伤亡总数的六分之一。有一则消息说,参加纳西里耶保卫战的有伊军第十一步兵师,看来这个师打得不错。有的外电评论说,"从伊拉克军队在纳西里耶抵抗美军的现实看,伊军还是有相当战斗力的"。须知,在信息化战争中,尤其是在美伊双方武器装备相差悬殊的情况下,像纳西里耶这样一个首都外围战略要点,能为滞迟敌人进攻速度争得十余天时间,已是非常不易、难能可贵了。可惜,我们能见到的关于纳西里耶保卫战的详细报道太少了。

2003 年 5 月

信息攻心战

一

美军打信息化战争,有"硬"的一手,也有"软"的一手。"硬"的一手,我在《巴格达的陷落》一文中已有较多描述。"软"的一手,就是大打信息攻心战。在信息化战争的全部理论中,这"软""硬"两手,始终是形影相随、不可缺、不可分离的。因此,现在的新军事理论中有了硬实力、软实力,硬杀伤、软杀伤这样一些称谓,过去是没有的。

老美的信息攻心战,大致可分为战略级与战役级两个层次。战略级信息攻心战通常是国家行为,由白宫和五角大楼直接掌控实施。战役级信息攻心战则由美军结合战场上的军事打击一并实施。这两个层次的信息攻心战,有时又是互相贯通、交叉实施的。

攻心战(心理战)古已有之,孙子说的"治气""治心"与"夺气""夺心"(语出《军争》),恐怕是最早的攻心战理论了。但时代不同了,技术进步了,老美的信息攻心战是依托其强大的信息优势,又充分利用大众传媒渠道实施的攻心战,具有许多新特点。

首先,老美打信息攻心战有一套新理论。

这要从美国军方和学术界最初对信息战这个概念的争论说起。美国人最早讨论信息战是在二十世纪九十年代初,起因是美军在1991年的海湾战争中采用了大量高新技术,特别是信息技术,使战争面貌发生了根本改变,由此引发了一场新军事革命。

那时候,美国人对信息战的说法也是五花八门,综合起来是两大派。

一派是技术制胜论者,他们从借助信息技术大幅度提高指挥控制能力和武器装备的作战效能入手研究信息战。代表这一派观点的彼得·格里尔发表了一篇题为"信息战"的论文,他认为信息战的主要标志就是"先进的侦察技术、高速运算的计算机、复杂的信息网络、高度精确的探测器和制导装置",预言"二十一世纪早期的年代里,美国武库中最令人恐怖和最重要的武器",将是"信息系统涌出的巨大数据洪流"。

另一派是攻心制胜论者,他们研究的重点是信息可以对人的情感和意志产生直接影响,并由此影响人对战争的决策,影响战争的胜负。代表这一派观点的乔治·斯坦教授也发表了一篇题为"信息战"的论文,他认为"信息战的目标是人的头脑","信息战就是要控制信息领域,利用它去影响人"。这一派特别重视"信息战中一个重要的新因素是全世界范围内的电视和广播新闻"(当时互联网还不发达,现在互联网已上升为主要信息传播渠道)。他们认为这是"构成冲突政治内容的战场外的战斗",是更高层次的"战略级的信息战"。在这一派中,比斯坦教授更权威的是著名未来学家托夫勒夫妇,他们早在1993年10月合著出版的《第三次浪潮战争》一书中就已阐明了上述理论,书中《舆论导向》一章中列举了"扭曲精神的六个扳手",它们分别是:控诉敌方暴行;渲染参战的光荣与必要;把对方描绘成没有人性的魔鬼和没有人性的动物;宣称在战争中不和我们站在一起的国家是反对我们的;利用宗教进行有利于我方的宣传；使对方的宣传变成不可相信的宣传。托夫勒夫妇预言："明天的一些最重要的战斗将发生在舆论宣传战场上。"其中包括肆无忌惮的造谣惑众、离间挑拨、蛊惑煽动、推波助澜等，无所不用其极。

美国人的思维方式有一个特点，什么事情争论归争论，争论到最后都以实用主义作为检验真理的唯一标准，不管两种说法如何南辕北辙，只要有用，都留下，都采纳。他们兼收并蓄的时候多，简单地肯定一个、否定一个的时候少。五角大楼的谋士们觉得，这两派的观点其实都对，信息战里面既有技术科学，又有人文科学。前者可用于大幅度提高指挥员对战争的指挥控制能力和各类武器装备的杀伤效能，后者可用于把战争意志延伸到战场以外的广阔空间去，通过非军事手段实现军事目的，甚至可以"不战而屈人之兵"。以拉姆斯菲尔德为代表的鹰派人物得出结论认为，信息技术在这两大领域都蕴藏着巨大的战争潜力，这两套本事都大有用武之地，美军都要大力发展和运用。

伊拉克战争中，美军把打信息化战争的这两套本事都使了出来，软硬兼施，双管齐下。"硬"的一手，在战场上尽收精确、高效、迅捷之效。"软"的一手，在宣传舆论上尽显四面出击之能，在以下三条攻心战线上同时展开强大心理攻势：一攻美国公众之心，二攻世界舆论之心，三攻伊拉克军民之心。

二

为何要首攻美国公众之心？

在美国国内，公众舆论始终是个大问题，不能不认真对待。古往今来，无论哪个国家，凡开战都要进行战争动员，"令民与上同意"（孙子语）。对于公众舆论影响力极大的美国来说，这一条尤显重要。因此,托夫勒列举的六个"精神扳手",既有对外功能,又有对内功能,其攻心对象涵盖了己方、敌方和第三方。小布什决心搞掉萨达姆,需要得到美国公众和国会较高的支持率,否则不好办,这就是美国政治。日本《每日新闻》有位记者写了一篇采访伊拉克战争的切身感受,他认为像美国这样的国家"如果得不到媒体的支持,战争就不可能进行下去"。

回想越南战争后期,美国国内曾掀起过反战浪潮。白宫和五角大楼找到的主要教训有两条,一是战争拖得太久,二是死人太多。越南战争打了十四年,美国伤亡约二十五万人,死亡近六万人,把美国人拖怕了、死怕了。但是,要想让美国从此立地成佛,再也不向别国开战,不可能。仗还是要打的,但战争的过程要尽量缩短,尽量少死人,最好不死人。

海湾战争时,鉴于美国公众对战争中怕死人的心理障碍尚未消除,为了避免大量伤亡,空袭三十八天之后才展开地面进攻,只打了一百个小时就停下了,不敢再打了,怕再打下去又要死很多人,又要引发新的反战浪潮。这样一来,战争过程的确是大大缩短了,伤亡人数也大大减少了。当时,白宫和五角大楼就抓住机会大力宣传"非接触""零伤亡"之类的作战新理论、新观念。应当承认,海湾战争是人类进入信息化时代以后的第一场战争(也有人说它是机械化时代的最后一场战争),作战样式的确有了根本性变化,给人以耳目一新之感。但老美竭力鼓吹所谓"非接触""零伤亡",在很大程度上是说给美国公众听的,是针对美国人"厌战""怕死人"的公众心理展开的一场心理攻势。

实际上,海湾战争说是"非接触",最后还是接触了;说是"零伤亡",最后还是死了一些人。战争怎么可能"零伤亡"?幻想而已。尽量少死人是可以做到的。美军事后发觉,所谓"非接触"和"零伤亡",成了他们自己拿来套在头上的两道紧箍咒,使作战行动受到了很大限制。对此,五角大楼和美军高层指挥官们内心有些后悔,但又不便明说。

"9·11"事件是一个转机。美国公众对恐怖主义同仇敌忾,反恐宣传浪潮席卷全球。美国社会在这股强烈的"复仇"心理支配下,公众对战争中死人的心理承受能力有所回升。因此,打阿富汗战争时,美军对"非接触"和"零伤亡"的调子就不那么高了。

伊拉克战争,老美把托夫勒夫妇的六个"精神扳手"从工具箱里统统拿出来,全都派上用场。开战前和开战后,美国对内宣传牢牢抓住了几条:第一,萨达姆是恐怖主义后台,打他就是打击恐怖主义;第二,伊拉克有"大规模杀伤性武器",只有彻底打败伊拉克,才能彻底销毁"大规模杀伤性武器",从根本上消除对美国的威胁;第三,开战后,处处展示美军的强大实力,刺激美国公众"傲视世界"的自豪感。本来还有第四条,要在电视屏幕上展示伊拉克民众手捧鲜花夹道欢迎美军的镜头,可是这一幕并没有出现。但四条中已拿下了三条,美国公众心理已被这些"精神扳手"拧到了恰当刻度,"令民与上同意"的目的基本上达到了。这时,美国公众对战争中死人的问题已不像越南战争刚结束时那样敏感了,觉得战争中伤亡一些人是可以接受的。所以,这次国务卿鲍威尔向美国公众明确表态说,战争毕竟是战争,伤亡在所难免。鲍威尔是老军人,他心里明白,过去宣传"零伤亡"其实是说了一句过头话,这次正好找到台阶,把调子降下来。美国公众对他的观点也默认了。应该说,老美这次对内宣传搞得比较成功。民意调查显示,有百分之六七十的美国公众认为小布什的开战决定是正确的,对他的支持率从战前的百分之五十五飙升至百分之六十七。

信息时代,借助无处不到、无孔不入的信息渠道,精心设计、制作或选择相关信息作为"精神扳手",把公众心理拧到适当刻度,以洪流般的视听冲击力去诱导公众之心随媒体的脉搏而跳动,这就是战略级信息攻心战的基本特征。

三

面对世界舆论,美国摆开了战略级信息攻心战的大战场,它要用张扬美国战争意志的传媒信息去覆盖全球。这就是托夫勒夫妇和斯坦教授们所说的"构成冲突政治内容的战场外的战斗"。

在今天这样的信息化时代,将战争意志扩展到战场以外去,实现超越战场的战略目的,这是战略级信息攻心战的要义所在。一次局部战争的军事战场是一个"点",围绕这场局部战争在广阔空间内展开的宣传战、攻心战却是一个"面"。信息化战争的最高境界,就是要追求这种"点""面"综合效应的最大值。

美国为了再次向伊拉克开战,针对世界舆论的战略级信息攻心战早已开始了。2002年,美国就新设立了一个直属白宫领导的"战略影响办公室",伊拉克战争爆发前更名为"全球宣传办公室"。它制订了一整套全方位展开信息攻心战的周密计划,反反复复向全世界宣传"萨达姆是暴君""伊拉克支持恐怖主义分子""伊拉克是邪恶轴心""伊拉克有大规模杀伤性武器"等等,为再次对伊拉克开战作舆论准备。

可是,美国要明火执仗用武力去吃掉一个主权国家,在世界舆论面前仍然遇到了极大阻力。为此,伊拉克战争中,白宫和五角大楼的战争策划者们根据"信息战就是要控制信息领域,以便利用它去影响人"这一理论,对战地新闻报道做了超乎寻常的安排,允许约五百五十名记者(其中美国记者约四百名)对美英联军进行"嵌入式"采访。让这些记者登上小鹰号航母,或插入美英联军的某支作战部队,随军行动,报道伊战全过程。很显然,老美看准了信息化时代新闻传媒的巨大影响力,它要让这支庞大的记者队伍充当强大的"精神扳手",去影响世人视听,扭转世界舆论。

这次全世界"热播"伊拉克战争,在很大程度上也是由白宫和五角大楼通过这类大动作一手导演出来的。老美希望大家都来免费观看这场"战争直播"。看什么?看美军精确制导武器的厉害,看美国军事实力之强大,看美英联军进攻之神速,看伊拉克军队之不堪一击,看萨达姆之可悲下场,等等。在这股强大的"战场信息流"背后,蕴含着美国战争意志想要表达的意思:"谁还不服气?请看伊拉克!""谁敢与美国作对?请看萨达姆!"

美军现在每打一场战争,都要抛出一些新名词。这次抛出的是"斩首"与"震慑"。"斩首"是要斩萨达姆之首,"震慑"却是除了"震慑"伊军,还要"震慑"世界,这是美国战略级信息攻心战的战略企图所在。

据媒体消息说,美国国内每天晚上有百分之八十六的公众都在通过电视了解伊拉克战争。全世界每晚收看伊拉克战争电视实况转播的观众更是多达十几亿乃至几十亿。它完全证实了托夫勒夫妇和斯坦教授十多年前的预言:"明天的一些最重要的战斗将发生在舆论宣传战场上。"

美国针对世界舆论发动的信息攻心战,总导演是美国国防部部长拉姆斯菲尔德,操作手是美军中央司令部新闻发布官布鲁克斯准将。美军中央司令部前线指挥所开设在卡塔尔首都多哈郊外的赛利耶兵营,在那里开设了一个美军前线新闻中心。布鲁克斯准将每天要在新闻中心召开一次新闻发布会,伊拉克新闻部部长萨哈夫在巴格达也要每天召开一次新闻发布会,两人唱对台戏,展开新闻对攻战。开战后的头十几天,两人势均力敌。萨哈夫一夫当关,万夫莫开,天天妙语对敌,一出"空城计"唱得精彩绝伦。但巴格达陷落前夕,赤手空拳的萨哈夫终于抵挡不住,拍马而退,神秘消失。至此,只剩下布鲁克斯准将一个人唱独角戏,美军完全控制了战场信息发布权,以一家之言左右世界视听。

美军打信息化战争,"硬"的一手关键在于夺取战场控制权,"软"的一手关键在于夺取舆论控制权。美军为了控制舆论,各种手段都用上了。他们事先把美国国内一些"听话"的记者召至科威特沙漠中进行战地新闻报道培训,使之成为"骨干",以便为庞大的记者交响乐队领唱。在美军赛利耶新闻中心,记者席的座次既不按到达先后排列,也不按国别字母排列,而是按美军的战争意志排列。最靠近新闻官讲台的两把椅子,一把是美联社的,另一把是英国小兄弟路透社的。第一排有二十把椅子,德国电视台的记者提前将本台的座签贴在了第一排的椅子上,但这位记者一掉屁股,他贴好的座签已被移至第二排,因为德国此次是反战国之一。有的媒体记者的提问比较尖锐,从此以后再也得不到提问的机会了。美国有位著名战地记者彼得·阿内特,过去因报道越南战争获得过普利策新闻奖,这次由于接受了伊拉克电视台采访,说了一些与美军战争意志不相符的话,立刻遭到美国NBC电视台解雇。卡塔尔的半岛电视台播放了伊拉克审讯美军俘虏的图像后,美军新闻发言人明确警告说:"我们对贵台播放美军士兵受审的图像表示失望,希望其他媒体不要仿效。"没过几天,半岛电视台驻巴格达记者站惨遭美军导弹袭击,被炸死一名记者。各国媒体中也有一些不同声音对美军不利,攻入巴格达市内的美军坦克悍然向各国记者云集的巴勒斯坦饭店开炮,用炮口同记者们对话,路透社和西班牙电视台各有一名记者丧生。这一严重事件遭到国际新闻工作者联合会和各国记者的强烈抗议,但在美军强大的战争机器面前,这类抗议声微弱得不值一提。美军的所作所为,甚至有一位英国记者都看不过去了,他说,"美国只有合适的时候才尊重国际法"。

说是"软"的一手,到了关键时刻却很"硬",像美军以强大实力夺取"制空权""制海权"一样,在新闻场合蛮横地夺取"制舆论权",

以便用张扬美军战争意志的信息洪流去源源不断地冲刷众说纷纭的世界舆论。

四

直接针对伊拉克军民的信息攻心战，是配合战场上的军事打击一道实施的，这是一种"软硬兼施"的作战方法。

伊拉克战争中，美军的军事行动有一个突出特点，就是最大限度地追求军事打击的心理效应。无论是"斩首"行动，还是"震慑"行动，其战役企图都是为了"震慑"伊军，打垮伊军的精神支柱，迅速瓦解其战斗意志。这是蕴含在军事打击中的攻心战成分。除此之外，美军还有信息攻心战的全套专业本领。

伊拉克战争是2003年3月20日凌晨以"斩首"行动打响的。而在开战前的几天内，美军已对伊军将领们实施了一轮无声无息的"心理轰炸"。这种"心理轰炸"说是无声无息，其实是"无声有息"，威力无比。伊拉克战争爆发前两天，3月18日的英国《泰晤士报》就已登出一篇题为"先是邮件，后是导弹"的报道，第一句话就说："美国对伊拉克的轰炸已经开始。"什么轰炸？"心理轰炸"。用的是什么炸弹？"心理炸弹"。什么样的"心理炸弹"？电子邮件、住宅电话、传真、传呼、手机短信。《泰晤士报》的报道是这样描述的："华盛顿将伊拉克高级指挥官作为目标，以高度的精确性和越来越高的频率向他们发送电子邮件、传真甚至呼叫他们个人的移动电话来向他们施加压力，敦促他们背叛或反抗萨达姆·侯赛因总统。"

美军实施这种"心理轰炸"，同样是仰仗了它所拥有的强大信息技术优势，"在空中和太空一系列不同寻常的电子窃听平台的帮助下，美国人能够通过伊拉克主要军事指挥官的移动电话和电子邮件与他们交流"。这篇报道说，"据官方消息，这些谈话的反馈内容十分积极且令人振奋,它们表明,即使如共和国卫队这样的所谓精锐部队,也准备不战而降"。美国军方"已经了解(伊军)指挥官中有哪些将进行战斗,而哪些会很快倒戈"。这篇报道最后以威慑的口气说,在未来几天内,这种"心理轰炸"将让位于高度精确的导弹闪电战,它将是"战争史上打击最精确、最致命的空战的第一夜"。

美国蓄意通过英国媒体透露出这条来自美国的"官方消息",本身就是一颗超级"心理炸弹",它足以离间萨达姆及其高层军官,在他们中间制造出猜疑、不信任等恶劣气氛,由此引起种种思想混乱。

这篇报道透露出了一个重要的新动向:进入信息化时代后,无论军事打击还是攻心战术,都在走向"精确化"。军事战场已进入了精确打击时代,心理战领域也同样进入了精确攻心战时代。过去心理战领域的大面积散发传单、广播喊话等办法,也和战场上的狂轰滥炸等"粗放型战争"的老办法一样,都将逐渐过时,代之而起的将是"精确型战争"的一套全新的攻心战办法。伊拉克战争中,美军虽然仍沿用了散发传单、广播喊话等老办法,但它更注重的办法已是针对伊军将领中的一个个具体对象,有针对性地对他们逐个进行精确的"心理轰炸",将一枚枚"心理炸弹"通过个人化的信息管道,直接导入攻心对象的内心。至于到底是给他做一个心血管支架,还是给他制造一个心血管栓塞,全看他本人的态度了。

托夫勒夫妇在《第三次浪潮战争》中说,"有时对战争新闻进行适当的'编造',同摧毁敌人的坦克部队一样重要"。开战后,美军迅速对伊军展开了第二轮攻势强大的"心理轰炸",这一轮使用的"心理炸弹"是一连串蓄意编造的假消息。"斩首"行动刚结束,立刻飞出一条消息说"萨达姆已经受伤","正在输血"。另一条消息说"萨达姆长子乌代已在一次内讧中负伤"。还有一条消息更惊人,

"美军正在与伊军高级将领举行投降谈判"。在南线的巴士拉,有一条消息说"伊军第五十一师八千名官兵在师长、副师长带领下向美英联军集体投降"。另一条消息说"伊军第十一师官兵在幼发拉底河附近与美军交火后投降",如此等等。至于对某些电视画面进行剪辑加工,更不在话下。人们随后从其他媒体的报道中陆续发现,美方抢先发布的上述消息,许多都靠不住。伊军第五十一师师长迅速接受半岛电视台采访,否认投降之事。萨达姆4月5日又出现在巴格达街头。可是,美军蓄意编造的这些假消息一经出笼,立刻会使伊军官兵产生心理震荡,美军的攻心目的已经达到。即使伊拉克方面事后对某些假消息予以澄清或纠正,它造成的负面效应却已无法挽回。

伊拉克战争中,美军还投入了专业的心理战部队。由美空军第一九三特种作战大队和美陆军第四心理战大队组成的心理战特遣队,从空中和地面对伊军实施了强大的心理攻势。心理战飞机除向伊拉克境内散发了几百万份传单外,还不停地从空中向伊拉克军民播放"倒萨"广播和电视节目。美军空投到伊军阵地和居民点的收音机只有一个频道,一打开就能听到美军心理战飞机上的广播,别的频道收听不到。美军心理战飞机上送出的电视信号,可以插入伊拉克电视台正在播放的电视频道播出。美军陆军心理战特遣队员大多精通阿拉伯语,掌握有伊军指挥官的个人详细信息及联络方法,不仅可以向他们发送电子邮件,还可设法直接拨通他们的住宅电话与之交谈,有时甚至背着钱袋直接找上门去收买。有消息说,事后从美军前线总指挥汤米·弗兰克斯将军口中得到证实,不少巴格达伊军指挥官事前已被美军心理战特遣队员用金钱收买,他们有的"因病请假",有的自动回家,有的暗中帮助美军。由此可见,美军的信息攻心战连"金弹""银弹"都用上了。对于美军来说,这是一笔非常合算的买卖,打一发巡航导弹的代价超过一百万美元,"买断"一名伊军共和国卫队指挥官肯定用不了这么高的价格。就像中国古代军事家尉缭子所说的那样,美军此次不惜采取一切可以想象得到的手段,"使敌气失而师散,虽形全而不为之用",萨达姆对伊军的指挥控制已被彻底打掉。守卫巴格达的共和国卫队为何不战而溃,重要答案已经找到。战后,有的美军将领公开承认,从某种意义上讲,此次美军的心战效果超过了精确制导炸弹。当然,这两者之间只存在互补关系,不存在互比关系。

美军对伊拉克民众的攻心战,战前以威慑为主,战中以分化为主,战后以拉拢为主。战前威慑主要是利用伊拉克老百姓对海湾战争的"后怕"心理,宣传美军的强大、精确制导炸弹的威力等,使他们感到自己的国家根本没有能力打赢战争,以彻底涣散伊拉克全民抗战的意志和决心。战中分化就是集中宣传萨达姆的种种"暴行",突出宣传美军是"解放者"而不是"占领军",从而软化伊拉克老百姓的敌对心理。美军公布的五十四张扑克牌通缉令,是分化策略的最后一个创造性"杰作",它将萨达姆政权的核心成员从伊拉克前政权官员和伊军军官队伍中分离了出来。被印在扑克牌上的五十二人天天被人捏在手里,对他们无疑是一枚杀伤力极大的"心理炸弹",而对伊拉克前政权的其他官员则是一次心理解脱,可谓一箭双雕。战后拉拢就是给予人道主义援助、及时释放战俘、尽力恢复社会秩序、解除对伊制裁、重建伊拉克经济等。战后的美国占领军是会竭力装扮出一副"立地成佛"的形象来的,它在战场上的全套本领,则又要藏到下一次该出手的时候再出手了。

2003年5月

美国鹰派与战争

一

美国政坛,有鹰派,有鸽派。鹰派比鸽派强悍、凶猛,极具攻击性。不过,美国的鸽派也不是一般的"和平鸽",而是些"霸王鸽",但要比鹰派斯文些。在美国人看来,伊拉克战争的胜利是鹰派的胜利。所以,美国打赢伊拉克战争之后,大出风头的不是前线总指挥弗兰克斯将军,而是国防部部长拉姆斯菲尔德,他是鹰派的头面人物。

伊拉克战争从2003年3月20日开战,5月1日小布什在返航的林肯号航母上发表讲话,宣布伊拉克境内的主要战斗行动已经"结束"。小布什在讲话中表扬的第一个人就是美国国防部长拉姆斯菲尔德。他说:"今晚,我还要向拉姆斯菲尔德、弗兰克斯将军和所有身穿美国军装的男女军人说一句特别的话:美国非常感激你们,你们干得非常出色!"在小布什心目中,拉姆斯菲尔德是第一号大功臣,弗兰克斯将军被排在次要地位。拉姆斯菲尔德是文官,弗兰克斯是武将。我们中国古人好说"文治武功""文韬武略",都是"文"在前,"武"在后,美国亦然。

美国鹰派,在国会、商界、新闻界都有很多支持者,拥有一个庞大的支持网,特别是美国的军火商们更是鹰派的铁杆后台。美国打胜伊拉克战争之后,拉姆斯菲尔德名声大噪,说他是基辛格之后最有影响力的内阁成员,是麦克纳马拉之后最强有力的国防部长,是麦克阿瑟之后最具创造力的军事战略家,是丘吉尔之后最令人振奋的直抒己见的政治家等,吹捧之辞不一而足。他当得起吗?言过其实了!

有的军事分析家也认为,打胜伊拉克战争之后,拉姆斯菲尔德变得"非常强大","他的未来战争构想根据十足,因而他可以克服内部反对派,最终使美军做好进行二十一世纪战争的准备"。

在美国,五角大楼是一个"鹰巢",拉姆斯菲尔德是这个"鹰巢"内的一只"老鹰"。一是他年纪比较老,1932年出生。二是他资历比较老,先后两度出任国防部长,在五角大楼内无人能比。三是他很早就是搞政治、搞冷战的老手,其鹰派立场绝非今日始。他早年毕业于普林斯顿大学,学的是政治专业。毕业后当过三年海军飞行员,退伍后三十岁就竞选当上了议员。最早赏识他的是尼克松总统,将他提拔为总统助理,旋即升任为"经济机会办公室"主任。尼克松因水门事件下台,当时拉姆斯菲尔德正在布鲁塞尔担任美国驻北约代表,那是他涉足外交与国防事务的开端。尼克松之后,福特总统也赏识他,任命他为白宫办公厅主任,不久又将他提拔为国防部长。他第一次出任国防部长时才四十三岁,是名副其实的少壮派。但那次他只在国防部长任上干了十四个月,因福特总统竞选连任失败,也使他过早中止了国防部长任期。小布什当选总统后,拉姆斯菲尔德老年得志,东山再起,二度出任国防部长。对他来说,第一次出任国防部长是半途而废,壮志未酬;此次重返五角大楼已是老马识途,轻车熟路,机不可失,时不再来。他心里明白,这是上帝给他的最后一次机会,要想青史留名,非得好好施展一番拳脚不可。伊拉克战争乃天赐良机，使他"一战成名"，风光无限。

在当今美国政坛，副总统切尼、国防部长拉姆斯菲尔德和国防部副部长沃尔福威茨，号称鹰派"三驾马车"。副总统切尼是前任国防部长，但论资历，拉姆斯菲尔德却是他的前辈和恩师。拉姆斯菲尔德第一次担任国防部长时，向福特总统力荐年仅三十四岁的切尼接替他的办公厅主任职务，他对切尼有知遇之恩。小布什当选总统后，指定切尼负责总统过渡期内的事务，切尼趁机将一批鹰派盟友塞进了布什政府班底，特别是力荐拉姆斯菲尔德再度当上了国防部长。国防部副部长沃尔福威茨，曾担任过小布什的竞选顾问，他是鹰派的"战略理论家"，如今是小布什的"首席战略师"。有的分析家认为，沃尔福威茨才是鹰派的核心人物。但凭拉姆斯菲尔德的资历和性格，绝不会心甘情愿地听命于这位副手，所以鹰派的头面人物还应该是拉姆斯菲尔德。切尼、沃尔福威茨和拉姆斯菲尔德，这三只"猛鹰"盘旋在小布什山头上空，左右着当今美国的防务政策和军事战略。

伊拉克战争，是鹰派长期策划、精心设计、全力推动的结果。伊拉克战争的胜利，使鹰派在同以鲍威尔为代表的美军稳健派将领的意见分歧中争得了上风，获得了炫耀的资本和呼风唤雨的权力。可以预见，在今后一个时期内，鹰派将竭力推行"美国新世纪"战略，使美国在军事上变得更加咄咄逼人。

二

鹰派在小布什政府中得势并大行其道，绝非偶然。它是冷战结束以来，美国谋求一超独霸的必然逻辑。欲霸必扩张，扩张必好战，好战必养"鹰"。

以下是美国鹰派的一些主要理论新观点,从中可以窥见美国新世纪军事战略的基本走向。

新观点一:"美国新世纪"。

所谓"美国新世纪"是一个简称,它是鹰派为美国进入二十一世纪确立的战略目标和行动纲领。它的产生有一个过程。二十世纪八十年代末至九十年代初,国际政治风云突变,发生了一连串重大事件:东欧剧变,苏联垮台。二次大战以来,世界长期处于冷战状态,至此有了最终结局。无疑,它将对二十一世纪的世界格局走向产生重大而深刻的影响。为此,世界各国的政治家们纷纷着手为本国谋划新世纪战略。

当时的美国是什么情况?1992年是老布什总统第一任期的最后一年,他当时面对的形势是:苏联刚刚垮台,美国刚刚赢得海湾战争,新世纪即将来临。无论从哪个角度讲,这个形势对老布什竞选总统连任都是非常有利的。其时,鹰派立刻向老布什提出了确立美国新世纪战略的建议。鹰派认为,苏联垮台后,"美国应该确保没有任何新的超级大国能够向美国在全球的统治地位提出挑战"。因此,美国应该利用无人匹敌的强大军事实力,维护美国在全球独一无二的领袖地位。这是沃尔福威茨在1992年的一份报告中的主要观点。可是,当切尼把沃尔福威茨的这些观点向老布什作介绍时,遭到了老布什的否定和拒绝。老布什奉行的是"传统现实主义",他主张"清醒而审慎地使用武力",不主张过深地卷入国外事务。老布什认为,一旦过深地卷入国外事务,会使美国增加负担,增加敌人。他觉得切尼和沃尔福威茨是政府内的"极端派",他们过于"好战",太偏激,他们竭力鼓吹的"单边主义"不能接受。老布什的这些观点表明,直到二十世纪九十年代初,越南战争留在美国老一代政治家脑海中的阴影尚未彻底消除。

鹰派碰了一鼻子灰,对老布什生出一肚子怨气。切尼和沃尔福威茨在背后发牢骚,说老布什"太温和","畏首畏尾、胆小怕事"。拉姆斯菲尔德的话更刺耳,他说老布什"没有性格"。

不久,老布什竞选总统连任失败。这个结局使共和党人痛心疾首,难以接受。他们对天发问:为什么老布什打赢了海湾战争,却输掉了竞选连任?鹰派分析认为,老布什竞选连任失败,不仅仅是因为国内经济问题,更重要的是他未能及早确立美国新世纪战略,没有大胆提出美国在新世纪如何发挥世界领袖作用的新观点。

克林顿两任总统(八年)任期内,共和党内这几只迷失在空中的"猛鹰"继续在云端里盘旋,苦苦搜寻新的机会。他们坚信,有朝一日终将俯冲而下捕获猎物。

终于挨到了又一次大选前夕。1998年夏季,再次当选得克萨斯州州长的小布什春风得意,立刻瞄准了下一个更大的目标:准备参加2000年11月的总统竞选。但他对国际问题一无所知,需要导师。老布什利用家庭聚会,把斯坦福大学教务长、俄罗斯和东欧问题专家赖斯请到家里,委托她物色人选,组成一个专家小组,辅导小布什熟悉国际事务。赖斯选中了七名专家,其中有两位最激进的鹰派人物,一位是沃尔福威茨,另一位是被人们称为"魔鬼"的珀尔。当时,赖斯为这个鹰派专家小组取名为"火神",请他们为小布什拟制"美国新世纪"计划。于是,他们把一整套鹰派理论纳入了这个"美国新世纪"计划之中。

后来,这些人都进入了小布什政府,成为小布什的决策智囊。伊拉克战争的胜利,只是实现了"火神"小组拟制的"美国新世纪"计划的第一步。所以,小布什5月1日在林肯号航母上发表讲话时,踌躇满志地说:"我们看到了一个新时代的到来。"

新观点二:"美国帝国"与"单边主义"。

"美国帝国"是鹰派对当今美国实力地位的自我定位,"单边主义"是由此导出的外交路线。冷战结束以来,世界上有一个奇怪现象：二十世纪在全球风行了几十年的"打倒美帝国主义"这句口号已销声匿迹；相反，美国人自己却把"美国帝国"这个字眼挂到了嘴边。美国国内有不少人纷纷发表文章，宣告"美国帝国的来临"。外交政策专家库尔斯的文章说，近两年来国际关系学者开始使用一个新的术语来界定美国在全球的作用，这个新术语就是"帝国"。他在文章中分析认为，"美国帝国"在四个方面处于全球巅峰地位：第一，美国是全球唯一的超级大国；第二，美国是全球第一的高科技军事强国，是世界军事革命的领头羊；第三，美国是世界经济中最大和最先进的经济体，是推进全球化的火车头；第四，美国是全球"软力量"的典范，是世界流行文化的传播者。

俄罗斯学者评论道，冷战结束以来，美国政界已被霸权思想所主宰。在美国，"帝国思维"过去是一个负面词汇，如今已变成了一个正面词汇，美国"新保守派"（鹰派）梦寐以求想要建立"在美国帝国统治下的世界和平"。英国学者也发表评论说，美国是罗马帝国以来世界上最强大的帝国。当年的罗马帝国其实只居于世界一隅，今天的美国其势力已遍及全球。美国"拥有无限的权力"，它的权力大到"超过了为美国自己和为全人类谋取福利的需要"。这不叫帝国，这叫超级帝国。从中可以看出，美国自从取得海湾战争胜利后，鹰派人物的头脑膨胀得不一般，咄咄逼人，飘飘然。

美国追求一超独霸，必然钟情"单边主义"。曾遭到过老布什否定的"单边主义"主张，小布什正在将它变成美国的基本国策。"单边主义"的理论设计师沃尔福威茨说，美国为了在世界上推行某项主张、达到某个目的，有时也不排除参加一些单项国际联盟，但是"当集体行动无法实施时美国应该独立行动"。说穿了，就是对联合国需要时可以利用它一下，利用不上时干脆将它撇开。这样，美国可以摆脱许多掣肘，想打谁就打谁，想什么时候打就什么时候打，更省心，更利索。沃尔福威茨直言不讳地说："美国的政治领袖地位应当高于联合国。"

海湾战争以来,美国已在"单边主义"道路上越走越远了。科索沃战争时美国就已绕开联合国,但那一次它手里还举着一面"北约"的小旗向南联盟开战。

2011年的"9·11"事件给了美国当头一棒,把小布什一下打蒙了。美国鹰派人物恼羞成怒,发起疯狂反扑。伊拉克战争,美国不仅撇开了联合国,也撇开了北约,只拉来英国和西班牙两个小兄弟当下手。世界舆论无不认为,伊拉克战争是美国推行"单边主义"的"一个恶劣的先例",此例一开,以后联合国再想对美国一意孤行的军事行动搞点制约难了。

美国一意孤行要构建"单极世界"、推行"单边主义",已成不可逆转之势。7月中旬,赖斯跑到伦敦的一个国际讨论会上去发表了一通讲话,鼓吹"单极",反对"多极"。赖斯也是一只"鹰",而且是一只很凶悍的"雌鹰"。亨廷顿认为"在冷战后的世界中,全球政治在历史上第一次成为多极的和多文化的"。基辛格说得更具体,他认为"二十一世纪的国际体系将至少包括六个主要的强大力量——美国、欧洲、中国、日本、俄国,也许还有印度"(这是由尼克松最早提出的观点)。但赖斯却说,"多极世界"是世界发生分裂的恶魔,它在二十世纪导致了两次世界大战,导致了美苏五十年冷战,因此今天在这个世界上再多谈"多极世界"并不是什么好事情。她狠狠地敲打法、德两国说,别指望能以"老欧洲"自居争得什么"极",今天这个世界不应该再分为众多的"极",在全球政治中只有一个"极"。她认为美国才是"自由、和平与正义之极",美国有权对那些"令人民痛苦的国家"动武。美国已经预备下了一长串菜单,上面开列了许多国家的名字,等着吧,世界不得安宁的日子还在后头呢。

新观点三:"绝对优势"与"绝对安全"。

鹰派有一个坚定不移的主张：美国必须谋求并保持军事上的"绝对优势"，以确保美国的"绝对安全"。特别是"9·11"事件后，美国政府把确保美国本土"绝对安全"放在第一位。

说来奇怪，世界上军事实力最强的是美国，世界上最缺乏安全感的也是美国。按一般人的想象，美国最强大的对手苏联已经垮台，它应该比过去睡得安稳一些了。可是不，美国似乎更加睡不安稳了。鹰派放眼世界，举目一望，他们发现到处都是针对美国的"威胁"，恐怖主义的威胁、弹道导弹的威胁、核武器的威胁、生化武器的威胁等等。他们的结论是只有保持美国在军事上的"绝对优势"，才能确保美国的"绝对安全"。

拉姆斯菲尔德是竭力推行这一政策主张的主将。早在克林顿时代，拉姆斯菲尔德在美国国会担任"美国国家安全空间管理和组织评估委员会"主席，他当时就领导一个专家小组对其他国家可能对美国造成的弹道导弹威胁做出评估，最后形成了一个《拉姆斯菲尔德报告》。报告认为，"美国受到的弹道导弹威胁正在不断增加"，并绘声绘色地说，有些国家已经部署了对准美国的弹道导弹美国还不知道，美国对于这种威胁的预警时间越来越短了。报告最后得出结论，美国应该加紧部署"国家弹道导弹防御系统"（NMD）。后来，小布什表扬说："拉姆斯菲尔德的报告为国家弹道导弹防御计划开了个好头，使我们清醒地认识到发展弹道导弹防御系统的必要性。"小布什入主白宫后，部署"国家弹道导弹防御系统"成为他首先考虑的问题之一。

拉姆斯菲尔德重返五角大楼后，为了进一步谋求美国在军事上的"绝对优势"，除了迅速启动"国家弹道导弹防御系统"计划，又很快指示国防部启动了另一项秘密研制"太空轰炸机"计划。鹰派认为，"太空已经成为最重要的战区"。研制"太空轰炸机"，就是为了谋取美国在未来太空战中的"绝对优势"。这种"太空轰炸机"一旦研制成功,它能像航天飞机一样用火箭发射升空,在上百公里的高空巡航,可以躲开世界上所有防空武器的攻击,它不仅可以用来直接攻击轨道上的敌国卫星,还能在战争爆发的瞬间,对世界各个角落的地面目标快速投掷精确制导炸弹,使美国牢牢掌握战争主动权。

什么叫"绝对优势"?它的另一个说法就是以强凌弱。冷战以后,美国进行的战争都是"老鹰抓小鸡"式的非对称战争,它的敌方根本不是它的对手。过去在两极对峙的情况下,美国即使对一个弱小对手开战,也总会对苏联有一些"后顾之忧",现在没有了,苏联垮掉了,放心地打好了。只要美国决意要向谁开战,它打胜是没有什么悬念的。所以,它是越打越过瘾,越打越想打。

新观点四:"先发制人"与"预防性打击"。

美国《新闻周刊》主编扎卡里亚写过一篇题为"傲慢帝国"的文章,他说,冷战后的世界是美国纵横天下的单极世界,但布什和他的鹰派谋士们却得出了一个奇怪的结论,似乎美国在这个世界上没有多少自由,美国仿佛是一个被围困的国家,四周都有威胁,让人大感不解。

2001年"9·11"事件之后,美国患上了"9·11"恐惧症,或曰"9·11"后遗症,一点也不奇怪。在这种"被围"心理驱使下,鹰派认为"进攻是最好的防御",竭力主张对"潜在的"敌对国家采取"先发制人"的"预防性打击"。小布什2002年5月访问德国时,首次亮出了鹰派为他炮制的"先发制人"军事战略。他说,虽然"威慑"和"遏制"仍然是美国的重要战略原则,但面临来自恐怖主义和核生化武器袭击等新的威胁,美国必须贯彻"先发制人"的战略原则。同年6月1日,小布什又在西点军校的讲演中进一步阐述了"先发制人"和"预防性干预"的军事原则。不久,美国又将"先发制人"和"预防性打击"写进了2002年度《国家安全战略报告》,成为其国策。

在上述鹰派理论的支配下,使美国的新世纪军事战略充满了一意孤行的色彩,对别国采取军事行动的主观随意性陡增。伊拉克战争,美国开战的主要理由是一口咬定伊拉克拥有"大规模杀伤性武器",并说这是对美国的最大威胁。但战前联合国核查人员到伊拉克反复核查一直没有查到什么证据,战后美国派出大批核查人员进去严查还是查不到证据。对此,美、英两国的反战派抓住不放,由此在美英两国国内分别引发了"情报门"风波,最终将如何收场,世人都在拭目以待。

"情报门"事件,充分暴露了美国鹰派的霸道作风,只要它想打谁,它就会捕风捉影地随便找些"理由",即使找不到理由它也会制造出某种,不是理由的"理由"。在鹰派心目中,伊拉克战争已经打胜了,萨达姆政权已被搞掉了,这才是最重要的。至于当初的开战"理由",真的又能怎样,假的又能怎样?

新观点五:"震慑"与"斩首"。

"震慑"理论的基本含义是:信息化时代的战争已经不再追求"全歼"敌人;相反,它要尽可能把战争的硬摧毁、硬杀伤程度降下来,把战争的着眼点转移到迅速摧垮敌人的战斗意志上,这是一条通往战争胜利的"捷径"。

最早提出"震慑"理论的是厄尔曼,最早支持"震慑"理论的是拉姆斯菲尔德。"震慑"理论产生于1996年,它是总结海湾战争经验的产物。海湾战争结束后,美军在军事理论上寻求新突破的条件已经成熟。厄尔曼此人曾参加过越南战争,当过海军指挥官,又当过美国国防大学教官,既有实战经验,又有理论概括能力。当时,被称为"冷战时期的七名斗士",即包括厄尔曼在内的七名美军退役将军,成立了一个研究小组,对海湾战争的最新经验进行深入研究和总结。组员中,霍纳将军在海湾战争中指挥过美国空军的空袭行动,弗雷德·弗兰克斯将军曾率美军坦克部队攻入伊拉克南部。他们在海湾战争中的实战经验对这项研究帮助很大,理论上进行归纳整理的任务主要由厄尔曼来完成。厄尔曼说:"我一直在思考像孙子所说的那种不战而屈人之兵的战略。"这一中国古代兵法经典,成为厄尔曼思考问题的理论起点。研究小组认真分析海湾战争中的一个个战例,从中寻找规律性的东西,分别撰写论文,定期展开讨论。他们最后形成的研究报告题为"震慑:迅速取得支配地位"。贯穿在这份报告中的一个基本作战思想,就是要充分利用美军拥有的速度、精确武器和信息优势,在战争发起阶段就对敌人实施震撼力极强的精确打击,摧毁敌人的核心目标,借此迅速导致敌方人员心理崩溃,放弃抵抗,这样便能收到"巧战而屈人之兵"的效果。

当时,拉姆斯菲尔德出席了这个研究小组的一次情况介绍会,对他们提出的"震慑"理论大加赞赏。拉姆斯菲尔德重返五角大楼时,把"震慑"理论带进了国防部,成为他指导这次伊拉克战争的"基础性概念"。

"震慑"不同于"威慑","威慑"是吓人,"震慑"是真打。而且"震慑"不是一般性的打,而是重拳出击,直捣要害,给敌人以毁灭性的一击,力争一举将敌打昏、打蒙。霍纳将军回忆道,在海湾战争中,他指挥的美国空军一举打掉了指挥伊军飞行员的地面导航雷达,使伊拉克飞行员立刻成了没头苍蝇,乱作一团,迅速失去了作战能力。这比一架一架去击落伊拉克飞机省事、快速、节约、高效。美军认为,"震慑"这种全新的作战理论,是海湾战争以来作战思想的又一次飞跃,无疑地,它将成为美军今后指导信息化战争的主流理论。

"斩首"是与"震慑"理论紧密相连的。"斩首"行动,是最有效的"震慑"手段。所谓"斩首",是斩交战国国家元首之"首"。科索沃战争就是要"斩"南联盟总统米洛舍维奇之"首",伊拉克战争当然是要"斩"萨达姆之"首"。对于上一次海湾战争的结局,鹰派很不满意,他们认为海湾战争"没有完成任务",因为"伊拉克独裁者还在台上","伊拉克问题没有彻底解决",这是海湾战争留下的"极大遗憾"。伊拉克战争,鹰派从战前谋划到每一步具体作战行动,都把炸死萨达姆、推翻萨达姆政权作为首要目标。美军从发动首轮空袭开始,一直死死盯住萨达姆的行踪穷追猛炸。

萨达姆是死是活,时至今日仍未最后见底。但今夜突然传来一个消息,萨达姆的两个儿子和一个孙子已于7月21日被美军打死,这无疑成了小布什摆脱"情报门"尴尬的一根稻草。说不定,萨达姆现形的日子也快了。

三

美国鹰派如此咄咄逼人,他们的最高"理想"是什么?答:按美国的意志"塑造世界"。美国鹰派认为,美国作为"二十一世纪最强大的民主国家",它"肩负的义务"就是要"将政治和经济自由化像救世主降临般地推广开来"。

拉姆斯菲尔德认为,为了按美国的价值观"塑造"世界各国政权,首先要按照美国的价值观"塑造世界舆论"。为此,他"对美国政府没有一个'塑造'世界舆论的长期计划而感到很不满"。

美国鹰派想用美国模子"塑造世界",但是西方哲学和东方哲学都告诉我们,世界上所有一厢情愿的事情只有在想象中才是"美好"的,一旦进入实践领域,事情从来不会像想象的那么简单。美国此次打伊拉克战争,战略目标是要"重塑中东版图",这件事也不会像美国想象的那么简单。

有的评论说,美国在伊拉克是"迅速取得胜利,慢慢遭受折磨",一语中的!

从伊拉克传出的信息表明，久久不能从伊拉克脱身的美军官兵们，并不喜欢咄咄逼人的国防部部长拉姆斯菲尔德，甚至有些愤恨他。有一位士兵对采访他的记者说："如果他现在在这里，我会要求他立刻下台。"

最后附带提一下两位美军将领的下落。海湾战争时，美军的前线总指挥施瓦茨科普夫将军曾显赫一时，当时有人甚至认为他完全有资本参加美国总统竞选，但他本人坚决选择了退休。海湾战争结束后，他除了出版过一本海湾战争回忆录，再没有听到他的什么消息。

这次伊拉克战争的美军前线总指挥汤米·弗兰克斯将军，有人曾预言他有望接替参谋长联席会议主席，但弗兰克斯将军提前表态说，伊拉克战争结束以后他将立即退休，回到妻子身边去过安静日子。他说到做到，已于7月7日交出了美军中央司令部司令的职务，宣布正式退休。那一天，美军在佛罗里达州为弗兰克斯将军举行了退休仪式。仪式上，国防部长拉姆斯菲尔德从弗兰克斯将军手中接过中央司令部旗帜，转身将它交给了新任美军中央司令部司令阿比扎伊德将军。拉姆斯菲尔德在仪式上发表讲话说，弗兰克斯"这个在军中服役三十六年的老兵，是士兵中的士兵"。其实，弗兰克斯这位"老兵"并不太老，今年才五十七岁，比拉姆斯菲尔德年轻十五岁。

功成身退，本来是中国古代的官场哲学，不料这两位美军将领也对此领悟殊深。他们玩过一通战火之后，不想再跟当政的美国政客们玩了。拉姆斯菲尔德那一套是那么好玩的吗？够了。

2003年7月

萨达姆的雄心和悲剧

萨达姆曾经是个人物。在伊拉克国内,他曾经是将这个一盘散沙似的国家整合成形的铁腕人物;在中东和海湾地区,他曾经是一跺脚就让邻国感到地动山摇的强硬人物;在国际舞台上,他曾经是呼一方风雨便可牵出大国外交乱局的风云人物。

一

美军抓到萨达姆,全世界都"哦"了一声。伊拉克战争结束八个月来,美军手里捏着那副扑克牌通缉令,一张一张往下翻,终于翻到了那张搜寻已久的黑桃A,从地洞中揪出一个活物来。小布什定睛一看,真的就是胡子拉碴的萨达姆,他大腿一拍笑起来:"哈哈,我赢了!"

是的,萨达姆输了,彻底输了。

自从2003年4月9日巴格达陷落后,萨达姆在美军鼻子底下遁身藏匿长达八个月,给世人留下了一个不大不小的悬念。这一回,他把留给世人的最后一个悬念也输掉了。你看,萨达姆被美军从地洞里活生生揪出来按倒在地的那一刻,那才真正叫作猛虎落难不如狗。曾几何时，他还是一位何等桀骜不驯的主儿，如今当了美军俘虏，满脸一副抑抑憋憋的狼狈相，美军军医把他当作瘟神似的，戴着手套要对他验明正身，叫他把嘴张开就张开，将压舌板伸进他嘴里左左右右乱拨弄，将一束小电筒的黄光直射到他的嗓子眼里，看喉看腮看牙口，管他恶心不恶心。要是过去，谁敢！萨达姆到了这一刻，也只得"认命"啦。他的两个儿子乌代和库赛都被美军打死了，他勇敢的小孙子十四岁的穆斯塔法也被美军打死了，祖孙三代全都搭上了，连本带利全都输光了。他纵有血海深仇，咬碎钢牙想跟老美继续玩命，可除了往美国大兵脸上吐过一口唾沫，招来一顿拳脚，他再也玩不出什么名堂了。

萨达姆，枭雄也。

世界上如果没有了萨达姆，没有了这样一位强硬角色，梗直了脖子去同布什父子上演了海湾战争和伊拉克战争这两出连本对手戏，说不定世界时局就不会这么热闹可观了。在这新旧世纪交替之际这台热热闹闹的大戏里，萨达姆这位人物的出现，是有某种典型意义的。

萨达姆是一本书。

在今后若干岁月里，人们还将不断翻阅萨达姆这本书，从中引出一个个发人深思的话题来。萨达姆其人，说他简单也简单，说他复杂的确很复杂。昔日之萨达姆，横刀立马，傲视中东，不屑老美，目空世界。构成萨达姆性格的主要成分是三要素：雄心、铁腕和好战。他以雄心立身，以铁腕治国，以好战对外。世人闻其言，察其行，观其败，叹其悲。有人觉得，萨达姆被美军抓获的一刹那，他没有一枪崩了自己，真不够意思。此乃匹夫之见，大可不必那么偏激。虽然萨达姆说过"面对敌人把子弹打光，将最后一颗留给自己"之类的话，但让萨达姆留住一个脑袋，回想回想他做过的这些事情，重新思考思考伊拉克和阿拉伯世界的前途命运，不是更好吗？萨达姆被审判后倘若仍能留住一条老命，说不定有朝一日他真的会写出一本什么书来给世人看看，也未可知。

呜呼，萨达姆！

二

先从萨达姆的雄心说起。

萨达姆的雄心是从哪里来的呢？是伊拉克的辉煌历史赋予这位"伊拉克之子"的。两河流域，是人类文明的摇篮。美索不达米亚、巴比伦、阿拉伯帝国，都曾在伊拉克这片土地上写下过辉煌历史。萨达姆曾无比自豪地说："世界上最古老的文明是美索不达米亚文明，这是毫无疑问的。"萨达姆有个外号叫"巴比伦雄狮"，他的雄心就是要重铸伊拉克的辉煌历史，充当阿拉伯盟主。他在台上呼风唤雨之时，有一位西方记者问过他，是否梦想成为像新巴比伦国王尼布甲尼撒和阿拉伯民族英雄萨拉丁那样的人，他直言不讳道："真主作证，我确实梦想并希望如此。"

为此，萨达姆明确表示，"伊拉克将继续把自己的历史作为榜样"。萨达姆对伊拉克的辉煌历史是怀有深情的，他这种感情是发自内心的，装是装不出来的。他上台以后，在全国修复和保护的历史古迹多达一万多处。在此次战乱中遭到洗劫的伊拉克国家博物馆，可排进世界十大博物馆的行列，里面收藏的两河流域古代文物之丰富，在世界上首屈一指。

萨达姆对伊拉克历史上的英雄人物的竭力效仿，到了亦步亦趋的程度。他仰慕历史上新巴比伦国王尼布甲尼撒的赫赫威名，将共和国卫队的王牌师之一命名为"尼布甲尼撒师"。当年，尼布甲尼撒除了军事上的辉煌胜利，还曾重修巴比伦城，并在城墙上刻下他的一段语录："我，尼布甲尼撒，热爱建设甚于热爱战争。武神命我修建此城,巴比伦的后人将缅怀我的功绩。"萨达姆当政后,也立即拨出巨款重修巴比伦城,同样在城墙上刻下了一段颂扬他自己的话:"这些围墙在伊拉克共和国总统萨达姆·侯赛因执政时期重建,巴比伦城不会湮没无闻,千秋万代,岁月作证。"但可惜,对于尼布甲尼撒说的"热爱建设甚于热爱战争"这句名言,萨达姆却并没有认真理解和消化吸收。萨达姆十分崇拜阿拉伯民族英雄萨拉丁,萨拉丁也出生在提克里特,是萨达姆的老乡。萨拉丁曾率领阿拉伯联军转战中东,在抗击欧洲十字军东征的战斗中取得辉煌胜利,在埃及开创了阿尤布王朝,并将叙利亚、美索不达米亚北部、也门、巴勒斯坦等国家和地区统一在他的旗帜下。萨拉丁不仅敢于在必要时采取军事手段达到目的,而且十分注重通过外交手腕解决问题。又可惜,萨达姆对萨拉丁的精神遗产同样未能全面继承。萨达姆有雄心、有抱负,但他的远见、韬略和计谋,以及他与强大对手艰苦周旋的持久耐心和耐力等,都远未达到他心目中仰慕的历史英雄的高度。

  对于如何继承历史遗产,有一个问题萨达姆似乎一直没有弄得十分明白:伊拉克的辉煌历史,对他来说虽然是一笔雄厚的资本,但并不是一笔可供他随意购物付账的现款。他好像一位背着沉重包袱赶路的商人,一路上急需开销现钱,虽然包袱里有的是沉甸甸的金块,却没有人肯为他兑现,使他处处受窘。换句话说,萨达姆对伊拉克的辉煌历史念念不能忘怀,而对伊拉克在当今世界上的低下地位则耿耿于怀。他太想出人头地了,愈受窘、愈不甘,于是跺脚耍狠,要来几手硬的给全世界瞧瞧。他曾经公开表示过,他并不在乎人们今天说他些什么,而在于五百年后人们将如何评价他。这席话,"经典"地表达了萨达姆的雄心。

  萨达姆企图靠他的强横逞能创造历史。他好比挑着一副一头重、一头轻的担子,斜着横着要走他的称雄之路。一只篮子里放的是伊拉克的辉煌历史,分量很重;另一只篮子里准备放进五百年以后的自己,刚上路时这只篮子还是空的,他必须一边走路一边往里捡石头,慢慢增加它的重量。他心里想的是,什么时候两只篮子里的重量平衡了,他就大功告成了。可是,萨达姆也不好好想一想,在当今世界上,哪里能轮到他来横着斜着走称雄之路?他悍然出兵侵占科威特,自以为捡到了一块分量不轻的好石头,可是还没有等他把这块石头放进自己的篮子里,就被老美狠狠一脚踹在屁股上,跌了个大跟斗,偷鸡不着蚀把米,吃的亏大了。

说到底,萨达姆未能迈过如何继承历史遗产这道坎。对一个国家、一个民族而言,祖先创造的辉煌文明,是一种永恒的历史能源,它永远会对子孙后代产生强大的激励作用。它是一根历史标杆,一代又一代地标示着本民族后辈所达到的历史高度。衰落愈久,落差愈大,这种激励作用则愈加强烈。可是,如何开发利用这种强大的历史能源,也像开发利用水、火、煤、油、核等各种能源一样,需要掌握一整套复杂的控制技术。开发出来的能量一旦失去控制,便会引发决堤、失火、爆炸、触电、核辐射等灾难,后果不堪设想。开发历史能源的一项"关键技术",就是如何使历史遗产与当今时势相契合。对本民族的辉煌历史恋之愈深,对当今世界时务识之愈透,随世而变、应时而动,则复兴伟业成功之可能性愈大。反之,纵有经天纬地之志,若无洞察时势之明,一意孤行、逆时而动,定然处处碰壁,头破血流。辉煌历史可以激励一位民族之子立下雄心,但立下雄心,至多是获得了一份祖传遗产的合法继承权而已,它并不等于复兴大业便可就此告成。纵观古今,普天之下,未见食古不化、逆时而动者可以造福于民族的。

大凡一个衰落的豪门,后辈中可能会出现四种不同类型的人物。第一种是低眉顺眼、勾头缩颈之辈,浑浑噩噩过日子,对祖上的辉煌淡漠之至,毫无复兴祖业的雄心可言。第二种是海阔天空、不重实务之辈,空悲切、长浩叹,说祖业辉煌滔滔不绝,干创业实绩一事无成。第三种是雄心可嘉、志大无当之辈,虽是豪情满怀、敢作敢当,却脱离实际、冒险蛮干,到头来鸡飞蛋打,呜呼哀哉。第四种是高瞻远瞩、坚韧不拔之士,壮志在胸、远见在目、时势在握,纵横腾挪又脚踏实地,则伟业可图。萨达姆大概属于第三种类型。伊拉克衰落太久了,萨达姆太想出人头地了,他魂牵梦萦着美索不达米亚、巴比伦、阿拉伯帝国的历史辉煌,念念不忘阿拉伯帝国的复兴,孤注一掷,急欲谋取中东霸主地位。他无洞悉当今时势之明,徒有"隔世雄心",冒险盲动,怎能不败?

大败,惨败,完败!

三

再说萨达姆的铁腕。

回首二十世纪,新独立的国家陷入长期动乱的不在少数,有的一心搞民主越搞越乱套,有的决心治乱又苦无良策。故,长期动乱的国家走向铁腕治国,似乎也是这些国家历史发展的另一段必经之路。对于萨达姆的铁腕治国,似可作"五五开"观之,他是成于斯、败于斯。

翻一翻伊拉克的历史,怎一个"乱"字好生了得。自从阿拉伯帝国分崩离析之后,伊拉克历史从此辉煌不再,先是外乱,后是内乱。从十一世纪中叶开始,突厥人来了,蒙古人来了,波斯人来了,土耳其人来了。在土耳其奥斯曼帝国瓦解过程中,西方殖民主义势力又纷纷进入伊拉克,葡萄牙人来了,英国人来了,法国人来了,德国人来了。第一次世界大战后,伊拉克沦为英国的委任统治地。1921年伊拉克爆发反英大起义,经十余年奋斗,才从英国人手中先后争得半独立、独立地位。可是,由于复杂的历史背景,严重的贫穷落后,伊拉克国内各种矛盾错综复杂,社会弊端丛生,百疾并发、治无良医、疗无良药,陷入了长期动荡的内乱局面。不是一般的乱,乱得国无宁日,惊心动魄。从1921年至1950年,三十年间更换了四十五届内阁,平均七个半月更换一次。从1936年至1941年,五年间发生了七次军事政变或军人干政。从1958年至1968年,十年间又发生了十多次政变或未遂政变。历次政变头目之间互相残杀,血溅高楼、尸滚大街,血腥恐怖气氛长期弥漫。自伊拉克1921年名义上获得独立至1968年复兴社会党上台执政,伊拉克经历了将近半个世纪的内乱动荡,国家发展、民族振兴无从谈起。伊拉克独立后的风雨历程表明,它在呼唤一位强有力的铁腕人物出现,首先要将这个散乱不堪的国家整合成形,然后才谈得上经济发展、社会进步、民族振兴。从某种意义上说,伊拉克几十年混乱不堪的时势造就了萨达姆这位"英雄",他的出现倒也算得上是应运而生。

萨达姆一脚踏进政治,一亮相就是一位铁血人物。1957年,刚满二十岁的萨达姆在伊拉克国内反西方、反费萨尔王朝的风潮中加入复兴社会党。不久,因涉嫌参与刺杀活动被捕入狱,后获释。1958年,军方背景的卡赛姆在复兴社会党支持下政变上台,推翻费萨尔王朝,废除君主制,成立伊拉克共和国。但是,站在反西方、反费萨尔王朝斗争第一线的复兴社会党未能分得政变果实。1959年10月,复兴社会党成立五人暗杀小组,决心搞掉卡赛姆。萨达姆是五人暗杀小组成员之一,行刺未遂,萨达姆左腿中弹,他用匕首挑出子弹,在寒冷的夜晚游过底格里斯河,逃出巴格达,辗转逃到叙利亚,逃到开罗,遭通缉,被缺席判死刑。1963年2月,复兴社会党再次联合军方力量发动政变,终于将卡赛姆杀掉。但不久,政变上台的军方新总统阿里夫又将复兴社会党排挤出政府。五年后,复兴社会党又一次联合军方力量发动政变,一举夺取政权。政变总指挥贝克尔当上了总统,萨达姆在政变中带领坦克攻进总统府,成为党内二把手,辅佐贝克尔执政十一年,为伊拉克的发展打下了一定基础。1979年7月16日,贝克尔隐退,将权力交给了萨达姆。

萨达姆大权一到手,立刻亮出他的铁血手腕。他当政第二天,立刻宣布查获了一个党内高层间谍集团,他们是"革命指挥委员会"二十一名委员中的五个人。很显然,他决心从身边除掉这五名异己力量,首先要在复兴社会党最高领导机构内树立自己的绝对权威。他指定另外七名委员成立特别法庭,对这五名"间谍"及其牵连者进行审判,共有二十二人被判处死刑,三十三人被判处十五年以下徒刑。对这二十二名死刑犯,他让复兴社会党各个地区分支机构的代表来执行。接着,又在全国反间谍、搞清洗,发展秘密警察,实行严密监控。萨达姆这叫"一刀见血",慑服了全党、威服了全国。区区一个复兴社会党,小小一个伊拉克,还有什么是他萨达姆摆不平的吗?没有了,全被他摆平了。

多灾多难的伊拉克,人民久乱思治啊。过去几十年太乱了,现在好了,新总统萨达姆又强硬又果断,服了。当然,服的当中也不一样,有的是心服,有的是口服,有的是诚服,有的是臣服。有没有不服的呢?有啊。其他政治派别不服,库尔德人不服,什叶派穆斯林不服,还有其他一些政敌不服。他们不服,萨达姆不怕,一个字:杀。萨达姆不怕,对手却怕了,心里不服,嘴上也得"服"了,这叫压服。不管怎么说吧,总之是服了萨达姆了。

平心而论,萨达姆执政二十三年,并不是一无是处。他的铁腕治国,对久乱不治的伊拉克是发挥了历史作用的。萨达姆对伊拉克下了一帖治乱的虎狼药,下药猛、见效快。错综复杂的社会矛盾被强制性整合,纷纭杂乱的国民意志被强制性统一。于是,国家意志形成了,萨达姆可以做些事情了。他的国内纲领是权力、强大、社会主义。他首先提出要确立"建立在政治、经济、社会、军事结构上的权力",而且是绝对权力,目标是"建设一个强大的伊拉克"。萨达姆搞的"社会主义"怪怪的,他搞的是严厉镇压伊拉克共产党的"社会主义",是"阿拉伯民族社会主义",是"萨达姆式的社会主义"。他充分利用伊拉克丰富的石油资源,大打石油经济牌,以此带动国民经济全面发展,曾经取得过惊人效果。萨达姆统治时期,开创了伊拉克独立以来的昌盛局面。至二十世纪八十年代末,伊拉克全国人口已由1932年的三百三十万猛增到一千六百万,国民收入达到人均两千美元,由中东最贫穷的国家一跃成为中等富裕国家。国家大幅度提高国民福利,小学实行义务教育、中学大学免费、全面扫盲,免费医疗,粮价补贴,取消低收入者所得税,人民生活得到显著改善。

萨达姆铁腕治国取得成功之时,也恰恰是他酿成最终悲剧结局的开始。他走向悲剧的几个主要标志是:第一,他的专制强权、高压政策,同他统治下出现的稳定发展产生相互作用,使伊拉克举国上下形成了对他的狂热崇拜。第二,他被自己的成功所陶醉,自我膨胀到极点,专制独裁到极点。第三,他的专制独裁又同举国上下对他的狂热崇拜形成恶性循环,越独裁越崇拜,越崇拜越独裁,终于把他推上了悬崖峭壁之巅,只等一阵狂风刮来,立刻将他掀下万丈深渊,等待他的是灭顶之灾。

萨达姆专制独裁到了什么程度呢?他将所有大权都集于一身:总统、政府首脑、三军总司令、革命指挥委员会主席、阿拉伯复兴社会党伊拉克地区总书记、最高计划委员会主席、协调委员会主席、义务扫盲最高委员会主席等等。全国城乡随处可见他的画像,报纸、电视、广播天天充斥着对他的颂词:英明的统帅、斗争的带头人、阿拉伯领袖、阿拉伯民族的骑士、民族解放英雄、领袖之父、英勇无畏的斗士等等等等。各级官员对他敬畏得无以复加,见了他一个个连眼皮都不敢抬一抬,告退时必须面向他倒退着离开。萨达姆把人民当羔羊、当玩物。在2000年萨达姆主持的一次盛大阅兵式上,他每隔一会儿就要单手举枪向空中放一枪,每一声尖厉的子弹声从人们头顶上呼啸划过时,人群中立刻会爆发出一阵狂热的掌声和欢呼声。阅兵式持续了十几个小时,萨达姆一共放了一百四十二枪,人们对他的欢呼也持续了十几个小时。2002年萨达姆六十五岁生日那一天,他的家乡提克里特举行了二十万人的庆祝活动,游行队伍高举着他的画像和标语牌,一遍又一遍地呼喊着:"我们的心,我们的血,全都献给萨达姆!"

狂热之中,悲莫大焉!萨达姆沉溺于举国上下对他狂热崇拜的假象中,自以为一切都在他的控制之中,其实骨子里早已怨声载道、众叛亲离。人民生死、国家命运,在萨达姆的一意孤行之中,正在迅速滑向深渊。在这种狂热崇拜的虚假氛围下,萨达姆彻彻底底成了孤家寡人,他已经听不到任何真实情况,根本不清楚自己正在加速走向灭亡。他的两个女儿曾向外界透露过一件事,最能说明问题。她们说,在战争爆发前夕的最后一次家庭聚会上,她们曾问过父亲,情况将会怎样发展?萨达姆很有信心地说,事情不会恶化,一切都在控制之中。实际情况根本不是这样。她大女儿拉格达悲哀地说,他的助手们、他最信任的人全都背叛了他,他被人出卖了。是的,将军们早就在背地里背叛了他,共和国卫队都放弃了抵抗。但是,归根结底还是萨达姆自己把自己葬送了。

专制独裁和狂热崇拜,这是两样什么好玩意儿吗,萨达姆啊!

四

现在要说到萨达姆的好战。

这个问题,又要回过头去从萨达姆的雄心说起,因为萨达姆的好战同样来源于他的雄心。

萨达姆要建设一个强大的伊拉克,这样的雄心好不好呢?当然是好的。但是,萨达姆的雄心不只是要当伊拉克的领袖,也不只是要建设一个强大的伊拉克，而是要当阿拉伯世界的领袖，实现阿拉伯统一，重铸阿拉伯的历史辉煌。他的雄心就从这里走向了反面，成了野心。随着他铁腕治国的"成功"、国内对他的狂热崇拜，他想当阿拉伯领袖的野心也越来越大、越来越迫切。急不可耐之中，他不顾一切地驾着他的"萨达姆战车"横冲直撞驶向目标，驶出不远就翻下万丈深渊，粉身碎骨、灰飞烟灭。

萨达姆为什么要去开动这辆灾难性的战车呢？根源盖出自于他矢志奉行的泛阿拉伯主义。阿拉伯民族是一个伟大的民族，古老的阿拉伯文明为人类留下了辉煌的历史文化遗产。但是，进入二十世纪以来，阿拉伯世界似乎一直处在一个深刻的矛盾之中，一方面，阿拉伯国家间已高度离散；另一方面，阿拉伯民族主义者却一直在谋求建立一个新的权威中心。事实上，古代经历了阿拉伯帝国大崩溃，近代经历了奥斯曼帝国大崩溃，又经过二十世纪两次世界大战，被帝国主义不断占领和瓜分的阿拉伯世界，最终已分解成了二十多个不同国家。可是，阿拉伯民族主义者却始终解不开阿拉伯情结，他们推行泛阿拉伯主义的宗旨，就是要建立一个统一的阿拉伯国家或联邦。泛阿拉伯主义萌发于第一次世界大战前，形成于二十世纪二三十年代的叙利亚，随后传入阿拉伯各国。伊拉克是阿拉伯帝国鼎盛时期的统治中心，在民族心理上极容易接受泛阿拉伯主义，这种思潮一经传入，立刻落地生根。

宗教的伊斯兰和民族的阿拉伯，这两个概念虽有不同，但主要部分是重合的。按照"文明冲突论"创始人亨廷顿的说法，伊斯兰世界只能由一个或几个强大的核心国家来统一其意志，但自从奥斯曼帝国灭亡以后，伊斯兰世界失去了核心国家。他认为，当今有六个"可能"成为伊斯兰核心的国家，它们是埃及、伊朗、沙特、印尼、巴基斯坦、土耳其，但它们目前没有一个具有成为伊斯兰核心国家的实力。因而他认为，伊斯兰是"没有凝聚力的意识"，阿拉伯民族主义者们苦苦追求成立"一个泛阿拉伯国家"的梦想从未实现过。

在亨廷顿列举的伊斯兰世界"可能"成为"核心"的六个国家中,偏偏没有提到伊拉克,但最想当阿拉伯领袖的恰恰是伊拉克。萨达姆对阿拉伯复兴的愿望无比强烈,他说,"阿拉伯民族是一切先知的发源地和摇篮","我们的梦想"是要"创建一个统一的阿拉伯社会主义民主国家"。萨达姆认为,阿拉伯复兴的任务只能依靠伊拉克来完成。他说,"阿拉伯人的荣誉来自伊拉克的繁荣昌盛,伊拉克兴旺发达,整个阿拉伯民族也会兴旺发达"。不仅如此,"我们的雄心甚至超出阿拉伯民族广阔的地平线"。这就是萨达姆的"经典语言",这些"经典语言"中包裹着的是一颗"萨达姆雄心"。萨达姆在这种雄心的驱使下,他的对外政策还能不强硬吗?一旦同邻国把事情闹到谁也压服不了谁的时候,他就不惜向对方开战。

萨达姆执政二十三年,竟连续打了四场战争,国家怎不遭殃,人民怎不遭殃?当然,一个国家遭受连年战乱,并不一定直接等于这个国家的领导人好战。假如这些战争都是由外国侵略势力平白无故地强加到这个国家头上,那么,这个国家的领导人理所当然要动员人民举国抗战。问题是,萨达姆执政期间的四场战争,导火索都是由他自己点燃的。他1979年上台,1980年就主动挑起两伊战争,同伊朗一打就是八年。1990年他又悍然出兵入侵科威特,直接导致海湾战争,被老美打趴在地。最后使他陷于灭顶之灾的伊拉克战争,虽然是美国以"先发制人"的战略来打他,但实际上仍是海湾战争的继续,起因仍要追查到他自己头上。

许多人从电视里看到萨达姆被美军生擒时显得那样"老实",均感大惑不解。其实,那一刻萨达姆自己也在发蒙,他被自己搞糊涂了,为什么自己扔出去的石头居然飞回来砸了自己的脚?

战火是这么好玩的吗,萨达姆啊!

五

最后,再来看看萨达姆在伊拉克战争中的战略决策错误。

它实质上是一个如何处置民族危机的问题。而且,以上说的都是导致萨达姆走向悲剧结局的间接原因,最后这一条却是导致萨达姆落到今天这个地步的直接原因。

如何处置民族危机,这是任何一个国家的领袖必须具备的基本素质之一。天有不测风云,人有旦夕祸福,干大事、成大业者,哪能一帆风顺?无论多么英雄盖世的政治家,也难免会在某些重大问题上出偏差、犯错误。但这本身倒并不一定就是致命的,真正致命之处在于:一旦出现危机,尤其是到了国家生死存亡的关头,该怎么去应对?

任何一场战争,战略决策都是决定战争全局的。战略决策如何产生?《孙子兵法》的作者孙武说,这要"算":"夫未战而庙算胜者,得算多也;未战而庙算不胜者,得算少也。"孙子说的"得算多"与"得算少",是指战略分析的深与浅。他说的"庙算胜"与"庙算不胜",是指战略决策的对与错。

所谓战略分析,就是先把鸡毛蒜皮的事情放到一边去,首先要分析带根本性的大问题:这场战争该不该打、能不能打、能不能打赢?答案从哪里来?要把敌我双方的情况拿来全面分析、对比、判断,还要分析自己一方的天时、地利、人和怎样,国际环境怎样,等等,把各方面的有利因素与不利因素摆出来,分析透、判断准,然后才能果断做出战与不战的战略决策。

按理说,经过海湾战争战败之后,萨达姆是应该"尽知用兵之害"了。国内经济尚未恢复,伊军元气大伤,他是无论如何再没有力量去同美国打第二场战争了。美军的厉害,他在海湾战争中也应该充分领教了,伊军手中的化学武器等仅剩的几颗"牙齿"已被老美拔掉,他抗衡老美已"手无寸铁",再拿什么去抵挡?结论是明摆着的。海湾战争战败的后果,是伊拉克遭到十年制裁。如果这次伊拉克战争再败,后果将是亡国。为了避免亡国之灾,唯一正确的战略决策是什么?应该是、也只能是两个字:避战!

举国御敌,"全国为上"永远是战略思考的顶点。此时的伊拉克,只有避战才能全其国、保其军、护其民。对于萨达姆来说,摆在他面前的也只剩下力避灭国之灾这条最高、最后的战略原则了。实际上,他此时若能采取全力避战的明智态度,其实也是"胜"的一种。它虽然不属于"战胜",也属于"知胜",这就是孙子在《谋攻篇》中所说的"知可以战与不可以战者胜"。

那么,此次伊拉克战争开战之前,萨达姆有没有避战的可能性呢?有的。因为,此次美国急着要对伊拉克开战,同上次伊拉克悍然入侵科威特的性质是差不多的。在世界舆论面前,老美要用武力入侵伊拉克这样一个主权国家,理由并不充分。当时美国逼迫联合国通过对伊拉克的出兵决议,安理会根本通不过。这是美国在伊拉克战争中暴露出的战略软肋,是它优势中的劣势。萨达姆如果能敏锐地抓住这一点,充分利用这个可资回旋的战略缝隙,迅速地、全力以赴地在国际上进行战略运作,千方百计使自己获得越来越多的国际同情,使美国的开战理由越来越少,最终是有可能达到避战目的的。

当时,美国开出的价码是:第一,萨达姆下台;第二,伊拉克自动解除武装;第三,彻底销毁大规模杀伤性武器。老美的要价高是高了点,但萨达姆到了这种时候,为了达到"避战保国"的目的,该让步的必须让步啦。何况,当时在国际舆论的反战声音中,还有法、德、俄三位男高音,如果萨达姆当时有所表示,使三大国手中得到新的筹码去跟老美叫板,再由此获得更大范围的国际支持,就有可能遏止老美开战。

可是,萨达姆的战略思维极其僵化,一副死猪不怕开水烫的劲头,硬梗着脖子等着挨打。他这么僵硬死顶,实在是伊拉克国家之灾、人民之灾、军队之灾。跟着萨达姆这样的主儿,惨了。

开战前夕,美国又亮出了最后一条:限令萨达姆流亡国外。中国古代兵法中确有一计:"走为上"。这虽是三十六计中的最后一计,但在特定条件下,它又是上上之计。

如果萨达姆觉得流亡他国面子上实在下不来,也不妨来个变通,将"走"字改成"下"字。他若能在"走"与"下"中择一而断,则此战可避矣。要是那样,对美国来说,当然是达到了"不战而屈人之兵"的目的,顺风顺水,求之不得,"善之善者也"。对于萨达姆来说,也不能算完败,至少可以获得喘息时间,再作他议。原先不切实际的战略目标该调整的要下决心调整啦,再不能逆时代潮流而动,总想当阿拉伯领袖啦。萨达姆当时若能选择"走"或"下",虽然成不了阿拉伯民族英雄,也不至于成为伊拉克的历史罪人,说不定还能带上一点英雄末路的悲壮色彩。可是,他当时"走"也不肯,"下"也不肯,那就只有硬着头皮同老美打第二场战争了。

拒绝妥协,好走极端,这是萨达姆性格的显著特点。萨达姆喜欢用这样的诗句来形容阿拉伯历史:"要么矗立在高山之巅,要么跌落到深谷之底,从来不是一马平川。"他也喜欢以同样风格的语言来形容伊拉克人的性格:"伊拉克人要么不站立,要么站立在顶峰。"因此,他声称"要用我们的枪炮、匕首甚至芦苇来抗击敌人"。强悍、僵硬,将国家和民族的前途命运挑在他的刀尖上,一次次将战火拨旺,不惜孤注一掷,放手一赌,输光拉倒。

呜呼,萨达姆!

2004年1月

悲情萨哈夫

一

话说2003年3月下旬至4月上旬,伊拉克战争打得如火如荼,美英联军的精确制导炸弹天天针对重要目标狂轰滥炸,美军先头部队已经攻到巴格达城下。身为伊拉克新闻部长的萨哈夫,照例每天按时召开新闻发布会,口若悬河,嬉笑怒骂,舌战美英,大出风头。他一次次站到新闻发布会上一大片海浪似的麦克风前发表讲话,回答记者提问时,身后已是爆炸声声,浓烟滚滚,一片火海。一直到美军坦克冲进城内,几乎已经开到了他的鼻子底下,他仍"山崩于前而色不变",诙谐幽默,妙语连珠,把美英"二布"骂得狗血喷头,把蛮横霸道的美国国防部长拉姆斯菲尔德贬损得狗屁不是,把不可一世的美英联军挖苦得一文不值,全球观众连声叫好,为之倾倒。

萨哈夫赤手空拳,舌战美英联军,这是一场奇妙无比的较量。有人甚至说,在伊拉克,这场战争几乎成了"萨哈夫一个人的战争"。那些天,面对美英联军的强大攻势,巴格达已是危在旦夕,伊拉克共和国卫队毫无作为,放弃抵抗,萨达姆和伊拉克高官"集体消失"，伊拉克已是举国无措，全凭萨哈夫的三寸不烂之舌，奋力抵挡着几十万美英联军的强大进攻，将一出伊拉克版的《空城计》唱得精彩绝伦。有人赞扬萨哈夫是"用语言还击大炮"，"一人可抵两个师"。较量的结果，美英联军用信息化战争征服了一个国家，萨哈夫却用一肚子阿拉伯风格的精彩语言征服了天下人心。谁胜谁负，从军事角度讲是一种说法，从文化角度讲可以是另一种说法。伊拉克民众认为，萨哈夫"代表了不屈的伊拉克人"。阿拉伯世界也普遍认为，萨哈夫是"捍卫伊拉克荣誉的英雄"。萨哈夫舌战美英联军的那些乡谚俚语、恶骂毒咒，使伊拉克人大长志气，阿拉伯世界为他喝彩，也令敌国观众为之倾倒。美国有位专栏作家马尔文尼，据说是个生活在美国的英国人，被萨哈夫的精彩语言所折服，创办了一个"我们喜爱新闻部长萨哈夫"的网站，立刻火爆，平均每秒钟竟有四千人次点击，以致造成网络堵塞掉线。堂堂美国总统小布什，一再被萨哈夫辱骂得哭笑不得，可是小布什却对萨哈夫"恨"不起来，他嬉笑着对记者道："他很棒"，"他是一个经典"。小布什承认，每天到了萨哈夫召开新闻发布会的时间，他无论是在开会或办公，都会忍不住转过身去，从电视里看一眼萨哈夫又在"胡说"些什么。萨哈夫影响之大，由此可见一斑。

萨哈夫现象说明，战争也是一种文化。或者说，战争也附着有文化，也影响着文化。伊拉克战争不仅呈现出信息化战争的全新特点，也呈现出一幅全新的战争文化景观。你看，世界各国的新闻媒体都在"直播"这场战争，使之成为全球收视热点，这是不是一种全新的战争文化现象？当然是。你再看，萨哈夫天天面对全球新闻媒体，用嬉笑怒骂、诙谐幽默的文学语言，有时甚至以"睁着眼睛说瞎话"的荒诞派手法，舌战美英联军，这是不是一种更为精彩的战争文化现象？绝对是。不过，千万不能由此产生误会，好像在新的世纪里，全世界的人们都已无聊得要把战争当成"戏"看似的，要真是那样,我们人类社会很快就将完蛋。没有,也不会。我只是说,萨哈夫现象,在本质上是一种战争文化现象。

萨哈夫的表演,几可成为绝唱。可以肯定,今后世界范围内的战争还将不断发生,但像萨哈夫舌战美英联军这样的精彩场面,今后怕是再也见不到了。有的文章说,"他经典的话语和机敏的反应,在今后很长时间内无人能够替代"。今后即使有人想要模仿萨哈夫这一套,也是东施效颦,不可能再产生那样大的魅力了。

萨哈夫现象,还告诉我们一条真理:从深层次上看,文化的力量比战争的力量更强大。战争可以涂炭生灵、摧毁城市、征服国家,却极难征服人心。世界上真正能够深入人心、征服人心的,是文学的力量、文化的力量。用不着找太多的例证来证明这一点,只消想一想这样一个值得深思的现象就够了:美英联军的精确制导炸弹何其先进,他们的"斩首""震慑"战法何其锐利,攻占巴格达何其神速,可是,人们对这一切似乎很快就淡忘了,没有多大兴趣再去重新谈论它了。为什么?因为人们厌恶战争。相反,萨哈夫舌战美英联军的那些精彩话语,不仅在战争期间成为中东、欧美乃至全球街谈巷议、妇孺皆知的热门话题,而且至今仍有不少人津津乐道。为什么?因为它打动过人心、深入了人心。这在无意中给了世人一个提醒,谁能多为人类创造出一些令人陶醉的文学作品,谁的名字就更容易被世人记住。看来,人类社会,多一点文化,就多一点美好。

二

战争中的"舌战",古已有之。我们中国古人的军事活动中,这方面的理论和实践就很丰富。孙子说的"怒而挠之,卑而骄之",大概是中国最早的"舌战"理论之一。古代战场上双方开战前的"骂阵",也许是"舌战"的最早起源。中国古典小说和传统剧目里的诸葛亮、陈琳、祢衡,都称得上"舌战"高手。虽然诸葛亮"舌战群儒"是在同盟军内部,陈琳的"讨曹操檄"是"笔伐"而非"口诛",祢衡"击鼓骂曹"是在一次名人云集、高朋满座的盛大宴会上,但这些著名事件都是发生在战争状态之下,都是要借助"喉舌"的力量去对付共同的军事强敌曹操。

在世界军事史上也不乏其例,好人"舌战"恶势力有之,恶人摇唇鼓舌欺骗世界舆论有之。

萨哈夫舌战美英联军,却"战"出了国际新水平,使人们普遍觉得新鲜、奇特、过瘾。不仅在全球范围内引起了轰动,而且己方、敌方和第三方的人们都对萨哈夫有好感。对他产生反感的人也有,不多。萨哈夫为什么会产生这么大的魅力?内中必有种种原因。

萨哈夫舌战美英联军,实质上是弱势力在国际强权高压下的一种呐喊,而且是一种无助的呐喊。呐喊总是让人同情的,无助的呐喊,尤其让人心酸哪。美国此次对伊拉克开战,拿出的几条主要理由都不足以服人。若是算旧账,说伊拉克挑起两伊战争不对,是的,但当时却是你老美在暗中支持萨达姆干的;说伊拉克侵占科威特不对,是的,但此事已经通过海湾战争惩罚过伊拉克了;若是算新账,说伊拉克支持恐怖主义,否也,萨达姆和拉登双方都不承认相互之间有过什么瓜葛,更找不到任何证据可以证明这一点,反倒有材料证明他们之间"互不信任";说伊拉克有大规模杀伤性武器,否也,经过联合国武器核查小组一轮又一轮的深挖细查,连一点蛛丝马迹都没有找到,子虚乌有。在这种情况下,美英强行对伊拉克开战,世人多有不服。从战争心理学上分析,两国交战,同情弱者,这是一种普遍的"观战心理"。因此,萨哈夫痛骂"二布"及美英联军是"流氓强权""异教徒""野心狼""走狗""侏儒""懦夫""坏蛋""小丑""骗子""蠢货""牛仔""外国来的恶棍""那些狗娘养的""吸血的畜生""战争犯""针对平民的国际流氓",骂得痛痛快快,酣畅淋漓。他骂小布什是"傻子""混蛋","我的英语讲得比布什这个恶棍好";骂布莱尔是"私生子","鞋都穿不好","英国还不如一只旧鞋值钱",骂得大胆泼辣,粗犷豪放。是的,鲁迅先生说,辱骂不是战斗。但当时的伊拉克,除了萨哈夫的辱骂,难道还有人在战斗吗?世界上凡是同情弱势力的人们,听了萨哈夫对美英联军的辱骂,无不感到解气、解恨。因痛恨而痛骂,因痛骂而痛快。尤其在阿拉伯国家,即使平常很少关心时事的妇女们,也经常打开电视机收看萨哈夫的新闻发布会,男人们则聚集在咖啡馆里,收看萨哈夫如何起劲儿地贬损美国人。开罗有一位建筑工人说,是的,萨哈夫的咒骂有点粗俗,美国人在新闻发布会上不骂人,但他们杀人,"我宁可看谎言家,也不喜欢刽子手"。此话堪称经典,一语道破天机,他们爱听萨哈夫嬉笑怒骂的背后,心情别有一番沉重。

萨哈夫的魅力,主要在他的精彩语言。各国媒体评论道,"萨哈夫精通语言","喜欢嘲讽"。萨哈夫的语言具有浓郁的阿拉伯风格,就连那些骂人的粗话俗话,从他嘴里说出来都成了活生生的文学语言,幽默、刻薄、风趣,让人忍俊不禁,喷茶喷饭。甚至翻译他的骂人话"也要到经典的阿拉伯文学作品中去查证",有的同声翻译手里拿着电子词典忙成一团。不知道人们承认不承认这样一个现象:现代社会的生活节奏正在变得越来越快,人们能够安心坐下来阅读文学作品的机会和时间越来越少,物质生活是越来越优裕了,精神生活却越来越贫乏了。如果有人发问,现代社会的快节奏生活,究竟使我们多了一份幸运,还是多了一份不幸?这个问题怕是三言两语很难回答清楚,也许永远说不清楚。可是,萨哈夫却在突然之间让我们发现了自身精神生活中的缺失:文学。萨哈夫的语言实在太精彩了,简直让人惊喜得好像在伊拉克沙漠中新发现了一部《天方夜谭》原版书似的。为什么会这样?因为在今天这个世界上,空洞乏味的陈词滥调太多啦。人们千万不要轻信亨廷顿的某些鬼话,他说什么冷战结束之后,世界上政治的、意识形态的区别淡化了,文化的区别突出了,他这些话是骗人的。我看到的情况恰恰相反,经济的全球化,正在导致政治的普遍化,政治正在渗透一切。我算是看透了,当今之世,普天之下,无论哪个国家的官员,他们使用的语言,都是精心炮制、"官面"堂皇、呆板僵死、干瘪乏味甚至虚言假套的政治官话。东方西方,概莫能外。就连世界各国的经济官员、文化官员的语言,也都被各种不同标号的政治浸泡液漂白了、泡酸了。可是怪了,偏偏在举世观战的情况下,突然冒出一位伊拉克新闻部长萨哈夫,他的语言风格却与众不同,生动至极,精彩至极,传神至极,让全世界的人们都为之叫绝、着迷、倾倒。现如今,世界上还有哪一个国家的政府官员敢用"冷血的王八蛋""狗""驴"这样的词汇去谴责美国佬和英国佬呢?在世界各国通用的官方词汇中,还能查得到一两句类似"让美国异教徒到幻想中去晒太阳吧","英国不值得用鞋子去打"这样生动的语言吗?查不到了。可是萨哈夫却有满满一肚子,张嘴就来,怎能不令人着迷?听他一次新闻发布会,比听一回评书过瘾,甚至比读阿拉伯古典名著还过瘾,因为阿拉伯古典名著里的语言,终究是千百年前人们说的话了,听萨哈夫的新闻发布会却有当代感、现场感,他的语言更鲜活。黎巴嫩的一位专栏作家说,观众们对萨哈夫讲话内容的准确性其实并不太感兴趣,只是特别想听听他那有趣的词语。这倒为我们提供了一个探讨内容与形式辩证关系的新例证。

　　透过萨哈夫现象,让我们在枪炮声中突然发现了被我们自己丢失已久的文学。萨哈夫现象让我们发现,世界各国的听众居然普遍患有文学饥渴症,否则人们不会对萨哈夫的精彩语言如痴如醉。它让我们发现,人的心田是需要用文学的雨露浇灌的,这种渴望是战火硝烟都压抑不了的。它让我们发现,精彩语言与心灵碰撞的火花是一碰就有的，也由此说明文学的真正魅力并不是吹出来的、评出来的，是与读者的心灵碰出来的。说到这里，不得不让人对创造过《一千零一夜》的阿拉伯民族的悠久文化传统油然生出敬意来。是阿拉伯民族的深厚文化底蕴，造就了萨哈夫这样一位语言奇才。顺便说一句，不久前被美军抓住的萨达姆，他的语言风格也是挺生动的。例如他说，"我们的雄心甚至超出阿拉伯民族广阔的地平线"，"我们要用枪炮、匕首甚至芦苇来抗击敌人"，等等。萨达姆的野心归野心，大话归大话，完蛋归完蛋，但他的语言风格真的还是比较生动的，这一点是不可否认的。另一点也是可以肯定的，萨达姆闹到"家破国亡身未死"，与他的语言风格比较生动无关。中国古人说过清谈误国，却从未说过文学误国。清谈清谈，既清且谈，想必清谈者的语言都无关痛痒，令人昏昏欲睡。

萨哈夫除了语言魅力，也有他的人格魅力。各国媒体比较一致的看法是，萨哈夫是一位受过良好教育的伊拉克知识分子，"精通阿拉伯语和英语"，"讲起话来声情并茂"，"很有教养"。战争期间，他穿一身颜色和式样都不怎么样的伊拉克军装，头戴贝雷帽，眼镜有时戴有时不戴，总是把胡子刮得干干净净出来见人。国难当头，仍不忘个人仪表，始终不失儒雅风度。在战事万分危急的情况下，他仍能沉着镇定，应对自如，这种气质更令媒体叹服。新闻部大楼被炸毁了，他和大家一起奋力扑灭楼内大火，然后把新闻发布会的会场搬到大街上，背后就是被炸现场。各国记者云集的巴勒斯坦饭店也被炸了，并当场炸死了一名路透社记者，他又把新闻发布会搬到巴勒斯坦饭店被炸现场去。他四处奔波，领着各国记者到一处又一处被炸成废墟的地点去参观。这一切，都使他揭露美英联军的战争暴行抹上了一层浓重的悲壮色彩。新闻界向来以挑剔见长，但在业内人士眼里，萨哈夫不愧是一位尽职的新闻部长。

更出人意料的一点是，在那一段时间里，萨哈夫经常面对各国记者"睁着眼睛说瞎话",虚报"战况"。美军明明已经攻破巴格达,他却说,"巴格达城里没有美国异教徒,永远不会有","我站的地方就是伊拉克新闻部,美军没有攻到这里,美军没有攻入巴格达"。实在瞒不下去时,他又说,"这些坏蛋正在巴格达门口犯罪","我们是故意将他们放进城来的,这样才能更便于消灭他们,我们已经把他们的退路堵死","我们会杀光他们","美军要么投降,要么待在坦克里等着被烧死",等等。他说这些"大话""假话"时,理直气壮,振振有词,脸不红,心不跳。可是,各国媒体对他"欺骗世界舆论"的行为却并没有"口诛笔伐",真是怪了。新闻界为何对萨哈夫如此宽容?因为在这样一场毫无悬念的非对称战争中,伊拉克必败无疑,这一点谁都清楚。无论从军事上讲,还是从情理上讲,伊拉克已被逼到了死路一条的境地,萨哈夫在痛斥敌军的同时,用一些不实之词,"虚张声势"也罢,"以假乱真"也罢,这是身陷绝境时的最后"抵抗"手段了,没有什么好指责的。正因为如此,人们觉得萨哈夫"撒谎撒得非常悲壮,让人笑过以后想哭"。有人说得对,在那种时刻,萨哈夫讲话的"煽情作用",已经"远比准确性重要"。

当然,也有的人对萨哈夫的评价完全相反,这也毫不奇怪。比如有位学者说:"如果想知道什么叫当面造谣,什么叫满嘴胡言,请看萨哈夫的表演。"此话说得有点"酸"了,太缺乏幽默感了,看问题不能这么表面化、简单化。萨哈夫的一大堆"假话"是明摆着的,发现这一点算不得什么高见。要想研究真正的"造谣",应该去研究希特勒的宣传部长戈培尔,不必研究萨哈夫,两者的性质是不同的。

在各国新闻记者眼里,萨哈夫也很有点人情味儿。天天在炮火硝烟中奔波的各国新闻记者们,时刻都可能遇到生命危险。萨哈夫没有忘记口头安慰一下这些同行们,他对记者们说:"也许,爆炸声打扰了你们,你们是伊拉克的贵宾和朋友,但是伊拉克必须对付这些外国来的恶棍。"记者们原本也没有把生命安全押在他身上，但萨哈夫对大家的一片顾念之情，却让大家如沐春风，如饮甘泉。对于用粗俗语言辱骂美英这一点，萨哈夫也主动向记者们解释道："非常抱歉，我使用这样的语言，对那些用炸弹轰炸我们人民的罪犯，这样的辱骂是远远不够的。"这就更使记者们坚信，萨哈夫并不是因为没有文化、没有教养而辱骂，他是由于对屠杀伊拉克人民的仇敌愤恨至极而辱骂，记者们还能说他些什么呢？在不少人的心理上，萨哈夫是和他们同处在美英炮口下的同行、难友，对他深表同情。因而，在巴格达陷落、萨哈夫不再露面的那些日子里，媒体连连登出"萨哈夫哪里去了""深切怀念萨哈夫"等文章，来对他的"生死存亡"进行了种种猜测，也就不足为奇了。

三

天下之事，天下之人，都有其复杂的一面。对于萨哈夫这个人物，目前尚不宜对他做出全盘肯定的结论。归根结底，他是个悲剧人物。他的祖国遭受这场战争灾难是个悲剧，他本人在这场战争中的经历和表现，其实也是个悲剧。

其悲一：萨哈夫是萨达姆棋盘上的一只"弃卒"，铁嘴钢牙，难掩内心落寞。战争期间，萨哈夫是忠于职守的。巴格达于2003年4月9日陷落，萨达姆政权的高官们在4月8日就已"集体消失"了。而4月8日这一天，萨哈夫却带着几名助手来到巴格达市内的希克马特广播站，在院子里的一辆无线广播车上继续工作。广播站的工程师哈森，后来在接受英国记者采访时回忆道，当时所有伊拉克高官都逃亡了，只有萨哈夫一人还在坚守阵地，"他是在打一场一个人的战争"。4月9日早晨，萨哈夫还想到巴勒斯坦饭店去召开新闻发布会，半路上发现前方有美军士兵在巡逻，遂折回。回到广播站的萨哈夫，与萨达姆政权彻底失去了联系，广播站也断了食物来源,但他饿着肚子在广播车上用阿拉伯语继续广播,要求市民们拿起武器抵抗美军。4月9日晚上,一名送信者送来一盘《萨达姆最后的演讲》录像带,可能还有萨达姆的一张字条。萨哈夫立刻兴高采烈地对大家说,这盘录像带就是萨达姆,这盘录像带就是政府,一切还在运转。但他话音未落,附近大街上就传来了激烈的枪声。4月10日凌晨,大批美军坦克开到了广播站附近,萨哈夫觉得大势已去。他慢慢摘下头上的贝雷帽,摘去表明身份的肩章,裹着阿拉伯头巾和长袍,说了声"再见",一个人凄凉地走了。临走,他吩咐继续广播到夜里三点,然后马上撤离。其情郁郁,其景凄凄。再把镜头倒回到战争初期,萨哈夫出面召开新闻发布会时,台上坐着副总理、国防部长和其他政府要员。随着战局迅速恶化,他身后陪坐的人越来越少,后来干脆什么人也不来了,由他一个人把"独角戏"唱到了最后。萨达姆政权最后让他一个人抛头露面,这是"丢卒、保车、护帅"之策。有人说,他是萨达姆最可抛弃的一个卒子,这个看法不无见地。从老根上说,萨达姆是逊尼派穆斯林,萨哈夫是什叶派穆斯林,宗派不同,其心难同。萨哈夫是萨达姆的"异己",而非心腹。萨达姆的心腹,非姻亲与老乡莫属。萨哈夫却不是提克里特人,与萨达姆家族似乎也没有沾亲带故的关系。而且,萨哈夫与萨达姆的长子乌代之间还有矛盾。如此这般,萨达姆最后将萨哈夫当牺牲品,把他一个人推到前台作为一块挡箭牌,施放点烟幕,为萨达姆本人及高官们"集体隐身"作点掩护,起到一点缓兵之计的作用。

其悲二:萨哈夫是逆势展才华,奇才未建奇功,时运不助他。伊拉克在海湾战争中战败后,外交陷入极大被动,萨达姆急欲改善对外关系,起用萨哈夫为外交部长。当时,对萨哈夫来说是个顺势,是供他在外交上大展身手的极好机遇。可是,一向以"脾气坏"和"言辞硬"出名的萨哈夫,却把伊拉克的外交活动搞得"火花四溅"。他警告伊朗与美国发展关系是在"玩火",指责阿拉伯联盟秘书长马吉德"存心为难伊拉克",经常直言不讳地指责美国搞"霸权主义",等等。他这种一贯"硬朗"的外交风格,显然与伊拉克面临的外交形势不相符合。因此,他担任外长八年,却未能在推动伊拉克转变外交策略上有所建树,错失了天赐良机,很可惜。2001年4月,萨哈夫与乌代的矛盾公开,突然被免去外长职务,调任为新闻部长。又两年,便迎来了这场伊拉克战争。偏偏在伊拉克面临亡国之灾的恶劣形势下,居然使他大展铁嘴钢牙之才,一鸣惊人。悲夫!他逆势显身手,一举成大名,但国家既亡,名又何用?有道是"时来天地皆助我,运去英雄不自由"。萨哈夫却是"时来天地不助他,运去却令展才华",背得很哪。

其悲三:萨哈夫最后主动去向美军投降,名节全失,大悲哀。在萨哈夫舌战美英联军的所有言论中,最最响亮的一句是:"伊拉克绝不投降!"其言铮铮,其骨铮铮。他这句话是代表国家讲的,是代表政府讲的,是代表伊拉克人民讲的,也是代表他自己讲的,国格人格,在此一言。可是,"铁头"萨达姆最后没有做到,"铁嘴"萨哈夫最后也没有做到,让全世界的人都大跌眼镜啊!萨达姆在地洞里被抓时表示愿意投降,世人已是"悲其不死"了,萨哈夫居然还是"通过几位朋友"主动去向美军要求投降,叫人怎么讲呢?呜呼!萨哈夫是危急关头气未馁,穷途末路失大节,人格全丢,国格全丢,大悲哀,大悲哀!巴格达有位书店老板说,萨哈夫一直是他心目中的英雄,甚至是这场战争中唯一的英雄,他的表现可得一百分。可是没有想到,昔日嘴最硬的萨哈夫却会主动去向美军要求投降,他最后只得了零分。萨哈夫啊,听到了吗?零分!

其悲四:萨哈夫心中仍有隐情尚未抖尽,虽已满头白发,却晚景未卜。萨哈夫失踪两个多月后,于2003年6月下旬在媒体重新露面,又一次引起轰动,弄得巴格达市民"彻夜不眠",怀念他,同情他,惋惜他,也恨他。此时的萨哈夫,已是"昔日青丝变白发",恰如伍子胥过昭关,一夜白了头。他已不像过去那样幽默了,声音也沙哑了,人也消瘦了许多。他使巴格达市民一下子从麻木状态中醒悟了过来,明白世上究竟发生了什么事。有位出租车司机说,看到他的样子,我才明白"真的变天了"!萨哈夫带给人们的是亡国的悲凉、悲怆。可是,从目前已透露的媒体采访萨哈夫的部分内容来看,他却让人疑窦丛生。例如,他说,他最初通过几位朋友去向美军要求投降,但美军"既不希望我暴露身份,也不希望我自首","直到他们认为时机成熟了",他才"去了美军那里",美军问了他一些过去工作上的事,就把他放了。美军事先也没有将他列入扑克牌通缉令名单,是真的对他"不感兴趣",还是另有奥妙?小布什曾面对记者嬉笑道,"他是我的人,他很棒","有人指控我们雇用了他,让他在那里开讲",此话当真?小布什你这恶棍,玩笑有这么开的吗?萨哈夫到底同美军搞了什么名堂,可曾做过什么交易,他本人却语焉不详。又如,记者问他伊拉克高官"集体消失"究竟是怎么回事?他却说,"那是一个非常困难的处境,不是一个人,而是所有人都面临的困难境地","现在局势很不好,对每个人都不好,所以不便说"。再如,他一面说"我并不惧怕说出什么",一面又说"每个人都可能受到伤害",闪烁其词,他究竟有什么难言之隐?对记者的许多追问,他都以"我不便评论此事""让历史来证明一切"等语搪塞。故,萨哈夫虽已满头白发,并表示"今后绝不从政","我将和家人度过更多时光",希望过"平静而又充满亲情"的生活,但他晚景中似乎仍有不少未知数。历史将如何证明萨哈夫的一切?萨哈夫表示,要在适当的时候把这一切都写出来。那好吧,让我们拭目以待吧,等着看他写的书吧。

2004年2月

美英"情报门"

一

小布什和布莱尔这对战争伙伴,联手打赢了伊拉克战争,眉开眼笑,好不高兴。他们回头处理各自国内的种种棘手问题,嚯,嗓门也高了,底气也足了。再到世界各地一走,也是威风凛凛,自我感觉相当不错。不料,突然之间,两人的后院同时起火,双双陷入了"情报门"危机,都被本国公众和媒体围攻得焦头烂额,难以脱身。

须知,战争是政治的继续;反过来,政治也是战争的继续。伊拉克战争结束后,小布什和布莱尔分别回到国内政治,麻烦立刻就来了。仗虽打完了,但开战的"理由"却仍然画着一个大问号。想当初,"二布"铁了心要向伊拉克开战,为了各自取得本国民意支持,两人一唱一和,把开战"理由"说得鲜血淋淋,煞是吓人。他们合力抬出的两大开战"理由"是:第一,萨达姆支持恐怖主义,与"基地"组织有联系;第二,伊拉克有"大规模杀伤性武器",这是对美国和英国的"直接威胁"。

美英两国的反战派都说,不对啊,联合国派了大批武器核查人员到伊拉克去反复核查,并没有发现"大规模杀伤性武器"呀。"二布"却说,不,虽然一时没有找到,那是因为萨达姆太狡诈了,根据确凿"情报",他手里肯定有,绝对有,大大的有。

反战派还想说点什么,"二布"哪里还有耐心多费口舌,只听嗖的一声,精确制导炸弹已向伊拉克飞了过去,一眨眼工夫,巴格达已成一片火海,开战啦!"二布"大权在握,反战派能有什么办法?纵是咬牙切齿也没有用啊,但心里总是不服。

为什么"二布"铁了心要打这一仗?道理非常简单,他们一个身为美国总统,一个身为英国首相,都想搞出点"政绩",也好"青史留名"。但是,他们心里也明白,他们咬定的那两大开战"理由",若是最终拿不出任何证据来,总不是个事儿。所以,美军去年4月9日攻陷巴格达,小布什4月15日就派出大量情报人员前往伊拉克,前去搜查"大规模杀伤性武器"。本以为这是十拿九稳、手到擒来的事儿,可是哪里知道,几个月查下来,掘地三尺,四处搜寻,连一根毛也没有找到。

这一下,反战派不干了,他们对"二布"大喝一声道:且慢,给老子把问题说说清楚!

这叫秋后算账。反战派把问题提得一针见血:既然萨达姆并没有什么"大规模杀伤性武器",你们凭什么向伊拉克开战?"二布"支支吾吾,心里发虚,哪里说得清楚?说不清楚,就有欺世盗名之嫌,反战派岂能让他俩蒙混过关?"二布"原先咬定的两大开战"理由",顿时成了他们自己头上的两条辫子,被反战派死死揪住不放。

忽然有人抖出猛料说,"二布"所谓伊拉克拥有"大规模杀伤性武器",原来是根据一则假"情报"编造出来的。反战派一听,这还了得,政治道德哪里去了?霎时间,美英两国国内已是唇枪舌剑,口水冲天,喊声一片:"追查!彻底追查!"

哈哈,热闹了。

我们中国人对"情报门"这个外来词汇多少还有点陌生。"情报门"的"门"字里面,大概包含有"欺骗""撒谎""作假""捏造"之类的意思。它是从尼克松当年遭遇的"水门事件"一路演化而来的,我们也只能这么将就着理解它了。

大洋彼岸的这两场热闹,我们只是隔洋看"戏",原也无关我们痛痒。但既然是看热闹,便要琢磨着能不能从中看出一点门道来。细细一看,有了。它表面上是美英两国的主战派与反战派之争,骨子里,却是美英两国的朝野两党之争。美国和英国的两党政治,一样的品牌,一样的奥妙。什么叫政治?就是你整我、我治你。否则,美英两国政坛岂不是太冷清了吗?

当然,美英两国的民众之中,确实也有不少人是出于真诚和善良的愿望,热爱和平,反对战争。但他们的良好愿望也只能在朝野两党掀起的横风浊浪中上下颠簸就是了。

二

美国和英国的"情报门",乍一看是各闹各的,其实两边闹的是同一件事情,只是具体细节有所不同而已。

先说美国"情报门"。

要想看懂美国"情报门",有两把钥匙要掌握:第一,要知道它是美国总统大选的前哨战。第二,要知道它是老布什故事的翻版。知道了第一点,便于透过现象看本质,不至于被纷乱的表面现象所迷惑。知道了第二点,它会给你一个极大的悬念:小布什会不会和老布什一样"赢得战争,输掉选举"呢?对此,目前还很难预测,这要看小布什的"命"是不是比老布什"大"了。

2004年是美国总统大选之年,美国"情报门"爆发在2003年,不早不晚,恰逢其时。共和党和民主党的这场较量,其激烈程度将超过以往。为什么？因为在共和党这边，他们无论如何再不能让老布什"赢得战争，输掉选举"的悲剧在小布什身上重演了。1991年，老布什在总统任内打赢了海湾战争，满以为竞选连任如囊中取物，胜券在握，谁知竟败在民主党克林顿手里。这一回，小布什又在总统任内打赢了伊拉克战争，无论如何要帮助他成功连任。为此，伊拉克战争一结束，共和党就不遗余力地为小布什造势，一次次公布民意调查结果，每次都显示小布什的支持率一路攀升，形势看好。而在民主党那边，他们有了上次击败老布什的成功经验，此次对击败小布什同样充满信心。共和党一个劲儿鼓吹小布什民意看涨、身价攀升，民主党岂肯服输？不服输，就会有动作。他们死死揪住小布什以假情报蒙骗国会和公众的辫子不放，一迭声喝问道："说！你凭什么向伊拉克开战？"

民主党要让小布什知道，"打赢战争"与"赢得选举"从来不是同一回事情，不信可以回家去问问你老子。别以为你打赢了伊拉克战争就一定能够赢得总统连任，不一定。弄得不好，到头来告你一个欺骗公众"罪"或别的什么"罪"，叫你吃不了兜着走。

按说，小布什的工作也是抓得够紧了，美军去年4月9日攻克巴格达，他4月15日就派出大批人员开赴伊拉克去查找"大规模杀伤性武器"，谁知连一根毛也没有找到。民主党的工作也同样抓得很紧很紧，他们一看小布什连一根毛都没有找到，该出手时快出手。去年5月22日，民主党就在众议院情报委员会发难，要求中情局对所谓萨达姆拥有"大规模杀伤性武器"的情报进行重新评估。

在美国政坛，围绕每次总统大选，两党的攻守转换往往是在瞬息之间。小布什在伊拉克得手之时，共和党是占上风的，民主党绝对下风。可是，当"情报门"风波一起，民主党立刻转为攻势，共和党成了守势。

唇枪舌剑中，对共和党和小布什极为不利的消息被一条又一条地抖搂出来。

有消息说，向伊拉克开战前，鹰派头面人物、副总统切尼多次造访中情局，对情报的分析施加政治影响，导致对情报的利用"挑挑拣拣"，对情报分析结论作"倾向性处理"，以便影响国会，误导国会支持向伊拉克开战。

又有消息说，另一位鹰派头面人物、国防部长拉姆斯菲尔德，在五角大楼内成立了一个"影子情报局"，对外称"特别计划办公室"。他们专门"挑选"和"扭曲"中央情报局、国防情报局和联邦调查局搜集到的情报，使之有利于小布什政府向萨达姆开战。拉姆斯菲尔德就是靠这一手，将美国"成功地导向了伊拉克战争"。

更有消息说，向伊拉克开战前夕，小布什在向国会报告的国情咨文中，曾提到一个所谓伊拉克向非洲"购铀"的情报，原来这是一个漏洞百出、荒诞不经的假情报！事情经过如下：2001年10月至11月间，一位非洲国家驻意大利的低级外交官主动找到意大利军事情报局，表示愿意出售一份"原始情报资料"。其主要内容是尼日尔外交部长哈比博签署的尼日尔每年向伊拉克出售五千吨"纯铀"的政府议定书，还附有几份往来电报。2001年底，这份"情报"被英国情报机构以几千美元的价格买走了。2002年8月24日，英国政府据此"情报"公布了萨达姆发展"大规模杀伤性武器"的"罪行"。2003年1月28日，小布什将这一"情报"列入了国情咨文，拿到美国国会去发表演说。3月7日，国际原子能机构总干事即向联合国安理会明确指出，美英两国的"情报"不符合事实。但美英坚持以这份假"情报"为依据，蒙骗本国民众和国际社会，3月20日就向伊拉克开战了。

揭露者说，其实这份假"情报"中的漏洞是显而易见的。其一，每年提供五千吨"纯铀"，不要说尼日尔，世界上任何国家都不具备这样的能力；其二，哈比博1989年就辞去了尼日尔外长职务，他不可能又在2000年以外长身份代表本国政府签订这样重要的合同议定书。又有人揭露,小布什在国情咨文中引用这个"情报"前,中情局曾委派美国驻加蓬大使前往尼日尔去核实过,得出的结论是"纯属虚构"。但小布什为了向伊拉克开战,将错就错,不作纠正。

如此这般,问题严重了。大多数美国人认为,白宫夸大了萨达姆的"威胁",小布什政府"不适当地"处理了情报资料,导致"不适当地"做出了战争选择。

小布什的支持率开始大跌。

民主党立刻向小布什发起猛攻。在上次大选中被"裁定"输给小布什的前副总统戈尔说,小布什在"9·11"事件之前就已预谋了这场战争,他把美国引向了一种"疯狂的政策",他"背叛了我们"。民主党参议员格雷厄姆说,"如果调查发现布什蓄意误导美国人民以发动战争",那么他的问题就"比克林顿在莱温斯基一案中作伪证的性质更严重","他应当受到弹劾"!

联合国负责武器核查的前"监核会"主席布利克斯,早就对美国的霸道气不打一处来,他这时也站出来说,美国为了向伊拉克开战,"制造根本不存在的事实","他们不想听我的意见,我的警告被忽略了",美英发动此次伊拉克战争是"没有任何理由"的。

霎时间,小布什被搞得满头大汗,难以招架。但小布什岂肯"知错认错"?他和他的智囊、谋士、搭档一齐出动,使出十八般武艺抵挡民主党的攻击,力图化解这场风险。这又使我们大大开了一番眼界,欣赏到了小布什和他的班底使出的种种政治招数。

巧言诡辩抵赖术——赖斯、鲍威尔、拉姆斯菲尔德等小布什政府的大员们纷纷出动,辩解,抵赖,对夸大和捏造"情报"的指控矢口否认。赖斯说,当初断定萨达姆拥有"大规模杀伤性武器",那是来自情报机构的"判断",并不是总统或其他政府官员"有意夸大事实"。拉姆斯菲尔德说,美国的情报来自各种渠道、各个方面,自然会有各种不同的判断和结论。言下之意,小布什采用的只是其中的某种结论而已,并不是凭空捏造,也不能算错。又说,"我们是生活在一个充满意外的时代",随时可能发生"出乎意料的意外"。意思是说,战前认为萨达姆拥有"大规模杀伤性武器",现在没有找到,这种"意外"并不"意外"。人们不得不佩服,拉姆斯菲尔德的"辩功"好生了得。

左推右挡洗刷术——先是把责任推给中情局。赖斯说,总统的讲话稿是经过中情局局长特内特看过的,如果特内特觉得哪些内容不恰当,他应当做出修改,但特内特没有吭声啊。特内特又把责任推给英国。他说,他曾对伊拉克"购铀"情报提出过疑问,但英国却对此坚信不疑。众议院情报委员会主席、共和党议员戈斯,更把责任推给了克林顿。他说,小布什政府的"情报失误",是由于前总统克林顿削减了情报开支,才导致情报部门的工作成绩下降。面对这一指责,恐怕会令克林顿哭笑不得。闹了好一阵,看看怎么推也推不掉了,那就想办法挡一挡吧。于是,他们就把中情局局长特内特作为挡箭牌推了出来,让他先把责任揽下来再说。特内特舍命保主,公开发表声明说,总统发表国情咨文前,有关情报经过了中情局审查,总统完全有理由相信中情局为他提供的情报。中情局不慎将不实的"购铀"情报写进了国情咨文,审查时未能删掉,此事的责任全在他特内特。作为呼应,小布什立即发表讲话,对特内特的声明表示"欢迎",表扬特内特这是"有勇气的行为"。接着,小布什又利用手中的总统大权力保特内特,称赞特内特"具有领导中情局的强大能力",明确表态特内特的职位"不会出现危机"。

且战且退脱身术——在各方压力下,小布什政府的一些官员建议,不妨公开承认在情报问题上"出现错误",以"哀兵"姿态平息愤怒。但小布什和他的谋士们却认为,公开"认错"将大大损害总统形象,不利于下一步竞选连任,不干。硬着脖子顶了一阵,眼看实在顶不过去了,小布什才扭扭捏捏地承认"战前的一些情报出现了错误"。拉姆斯菲尔德也承认说,战前情报中出现了某些"疏失"。小布什毕竟已在美国政坛从政多年,他在节节后退之中,时时留心着自己脚下,仅防一不小心被"绊倒",心中牢牢守住一条底线:绝不承认为了向伊拉克开战"故意夸大情报"。就这样,他采取且战且退、且退且战的策略,将原先斩钉截铁咬定萨达姆"拥有大规模杀伤性武器"的说法来了一个偷梁换柱,改说萨达姆"有此计划","我是说经过一段时间他可能造出核弹"。表面上看,他似乎"退"了一步,但骨子里那个"有"字还在,桌子底下还伸着一条腿呢,鬼得很哪。

用"政治白条"挂账拖欠术——民主党决心跟共和党干到底,打算单独成立调查委员会,对"情报门"进行独立调查。小布什政府经过密谋,将计就计,迅速"转变态度",把这一主张接了过去,同意调查。但是,他们将手心一翻,变成了由总统亲自任命一个由两党议员和部分党外专家组成的九人调查委员会来进行"独立调查",并提前给这些人套上一个紧箍咒说,"委员会的工作不要受两党政治影响,这一点很重要"。舆论普遍分析认为,实际上,这是小布什的"拖延战术"。因为,这个独立调查委员会最快也要到2004年3月份之后才能成立起来,调查展开后,有些问题的调查可能一拖半年一年,甚至数年。这样,这场危机的结局将被拖延到大选之后再见分晓了。到那时,小布什也许已经成功连任,即使调查结果对他不利,其"杀伤力"也将大大减弱了。因此,虽然这个调查委员会最终未必一定能确保小布什的"政治安全",但至少,目前可以暂时平息沸沸扬扬的局势,以便让小布什集中全力冲刺2004年大选。这就是说,它是小布什打下的一张"政治白条",是一种美国式的政治拖欠,先挂账再说。至于这笔账最终怎么了、能不能了,先不管它。不得不承认,这是小布什智囊们为他使出的一个"高招"。

背靠后墙反击术——美国"情报门"紧锣密鼓中,伊拉克那边先后发生了两件大事:一是萨达姆的两个儿子乌代和库赛被美军打死了;二是萨达姆本人也被美军抓到了。这两件大事,对于陷入困境的小布什无异于两粒"起死回生丸"。尤其是美军抓到萨达姆的消息传来,小布什高兴得一拍额头,仰天长叹:"哈哈,天助我也!"他一直腰,发觉脊背已经贴到后墙上,腰杆子立刻一硬,不怕了!万幸啊,抓住萨达姆,意味着后墙没有倒。既然已经退到了老墙根下,暂时不必担心被人抄后路了,可以反击了!他马上说,"我的政府研究了相关情报","我们做出了一个合理的结论:萨达姆是个威胁","我的政府看到了这个威胁,国会议员们看到了这个威胁,联合国安理会也看到了这个威胁",因此,"要么我们听这个疯子的话,要么采取行动来保卫美国和世界"!听听,多么冠冕堂皇,多么理直气壮。小布什深知,美国公众最最痛恨的是制造"9·11"灾难的恐怖主义,于是,他又一针扎向公众神经的敏感点:"要想在反恐战争中取得胜利,我们必须打击可能会给恐怖分子提供武器的政权!"这时,粗手大脚的鲍威尔也站了出来,大声说,"基于萨达姆政权的历史",即使伊拉克没有"大规模杀伤性武器",伊拉克战争也没有错,推翻萨达姆也没有错,"我们做出了正确的决定"。

将热热闹闹的美国"情报门"一路看下来,给人的深刻印象是,小布什在国内打政治仗,并不比在伊拉克打军事仗省力。

三

观看英国"情报门",也有一个关节点先要弄明白:当今的美英关系,美国是"主",英国是"仆"。虽然"二布"穿的是连裆裤,一荣俱荣,一损俱损,但两人之间又有"主""仆"之分。美国"情报门"与英国"情报门"的关系,就是"主人"感冒"仆人"陪着一起发烧的关系。

且来结识一下英国"情报门"中的一些主要人物。

"美国仆从"布莱尔[1]。在英国首相布莱尔身上,甘当美国仆从的心态表现得十分鲜明。在他眼里,美国才是财大气粗的地主老财,和美国站在一起脸上才有光彩,跟欧洲大陆法德意奥等等这帮小兄弟们混在一起意思不大。所以你看,欧洲大陆各国一心要联合起来,以整体力量与美国在各个领域的竞争中抗衡,但英国硬是不参加欧盟,布莱尔独自跑到大洋彼岸去围着美国的屁股转。小布什一心想打伊拉克,布莱尔心领神会,立刻编"情报"、造舆论、打头阵,事事冲在前,"不顾一切地追随布什"。美英联军打下了伊拉克,小布什分给布莱尔一块棒棒糖,把他高兴得屁颠屁颠的。可是转眼间,美国那边"情报门"风波一起,小布什立刻将一盆脏水隔着大西洋向布莱尔头上泼了过来,说道,这个"购铀"情报是英国提供的,美国中情局曾提出过疑问,但英国方面坚信不疑。布莱尔想喊冤,又喊不出,原是他自己信誓旦旦要与小布什"荣辱与共"的,现在主人感冒了,他这位仆从还能不陪着主人一起发烧吗?诸位,知道英国公众最最生气的是什么吗?他们最最生气的就是大英国的首相布莱尔居然甘当美国的"附庸"和"走狗",在世界各国面前丢人现眼。英国是什么国度?英国曾是"日不落帝国",英国威风八面时,美国还在穿开裆裤哪。你布莱尔个人甘愿为小布什去卖命也就罢了,没有人来管你,可是你为了讨好美国,竟编造假

---

[1] 开始,布莱尔对提供给美国的所谓伊拉克"核情报"造假死不认错。2004年9月30日,在英国工党年会上,布莱尔因"情报门"问题遭到诘难,一名工党成员谴责他"满手鲜血"。布莱尔万般无奈,承认有关伊拉克拥有生化武器的情报有错误,他表示"我可以为情报错误道歉",但他绝不为推翻萨达姆政权道歉。硬扛十二年后,2015年10月24日,布莱尔接受美国CNN采访,再次承认"我们的情报出现了错误,我对此表示歉意",并表示对策划过程中的错误以及对于推翻(萨达姆)政权后可能出现的局面的认识错误感到抱歉。由此可见,当这些资产阶级政客在台上时,为了达到他们的政治目的,他们是可以不顾廉耻、不顾真假、不顾公众舆论,不择手段地去实现他们的图谋的。他们哪里会把一个国家的主权,以及战乱对这个国家的人民带来的深重灾难放在心上。

情报蒙骗英国议会，蒙骗英国公众，把英国绑在美国的战车上，你布莱尔安的是什么心，怎么不跟你算账？英国人虽然风光不再，但老贵族心态还在啊。尽管二战以来形成的"英美特殊关系"延续至今，但你布莱尔干脆把它变成了"主仆关系"，过分啦。后来，美国有线电视新闻网著名主持人法里德·扎卡里亚采访布莱尔时当面说他，在伊拉克战争中，布莱尔的角色就是小布什的"贵妇狗"。这句话形象极了，对布莱尔挖苦到家了。

"BBC爆破手"吉利根。美国民主党人在国会向小布什发难后第七天，去年5月29日，英国BBC的防务记者安德鲁·吉利根，也向外捅出一条惊人消息称，有一位英国"政府高官"告诉他，向伊拉克开战的"理由"是捏造出来的，其实伊拉克根本不存在"大规模杀伤性武器"。可是，布莱尔办公室的新闻主任坎贝尔，为了编造向伊拉克开战的"理由"，硬让国防部将有关情报内容"重写"，往里加入了萨达姆政权可以在四十五分钟内部署生化武器等内容，并说驻扎有英军的塞浦路斯就在这些"大规模杀伤性武器"的射程以内。正是这些假"情报"，加强了英国议会对伊宣战的决心。吉利根的这篇报道，无异于在布莱尔脚下拉响了一个炸药包，立刻在英国政坛引发了一场轩然大波。

"倒戈大臣"肖特和库克。吉利根的"炸药包"一拉响，布莱尔政府受到极大震荡，立刻有两位大臣级人物站了出来，一左一右夹击布莱尔。一位是布莱尔政府的国际开发事务大臣克莱尔·肖特，她先向布莱尔提交了辞呈，然后接受媒体采访，将攻击矛头直指布莱尔。她说，"这是一个来自首相的政治决定"，他为了向伊拉克开战，授意有关方面"编造情报信息，以制造紧张气氛"，"我们被误导了"，"从事情的发展来看，我认为我们被欺骗了"。肖特这一席话的杀伤力如何了得，英国公众一听，连内阁大臣都被首相欺骗了，何况平头百姓？另一位是前外交大臣罗宾·库克，他马上附和肖特说,也许伊拉克根本就没有这种武器,别说威胁英国了,可能连伊拉克的邻国都威胁不到。两位大臣一齐倒戈,布莱尔恼火不恼火?他狠狠回击道:"说话要有证据,否则给我闭嘴!"可是,这两位大臣也是英国政坛的老资格了,岂是你布莱尔吼一嗓子就能吓得住的?肖特女士不慌不忙,笑眯眯的,大照片登在报纸上,面对面看着布莱尔,她心里在说:"你急什么,我还有话要说哪,你等着。"不久,她真的又抖出一宗猛料:向伊拉克开战前,英国情报机关在联合国秘书长安南办公室内安了窃听器!她的这一揭发,又一次将布莱尔搞得无比难堪。当过外交大臣的库克,则对英美关系的底细知道得更多,他不愠不火,只"点穴"式地对布莱尔的软肋处点了一下,说,在情报问题上,英国和美国是不平等的,英国的情报对美国"完全透明",而美国常常要对英国藏一手。库克这番话表面上不露锋芒,骨子里却是厉害。他是说,为什么此次英美两国的"情报门"风波会闹成你中有我、我中有你呢?都是你布莱尔向美国"献宝"献出来的。再往根上说,这是你布莱尔心甘情愿充当美国的"附庸"和"走狗"带来的恶果。你这是自食其果,怪谁呢?

"冤死鬼"凯利。自从BBC记者吉利根捅出那篇惊人报道后,人们一致声讨布莱尔政府捏造"情报",误导舆论,愚弄公众。BBC即英国广播公司,它拿着英国政府的拨款,却经常跟英国政府过不去。布莱尔和他的心腹们对BBC愤恨得咬牙切齿,他们向BBC施加一连串强大压力,发动反击。吉利根在报道中说,这个惊人内幕是"一位政府高官"告诉他的。那好,布莱尔和他的心腹们一定要BBC说出这个透露内幕的人是谁。说得出,就找那个人算账,请问他为何出卖政府;说不出,就证明是你BBC造谣。随后就有消息说,透露内幕的那个人名叫戴维·凯利。据英国媒体后来介绍,凯利是一名作风严谨的科学家,一向低调,不事张扬。他是英国国防部的首席生化武器专家、联合国生化武器核查小组的高级顾问、世界微生物界的名人。1991年海湾战争结束后,联合国邀请凯利参加对伊拉克的武器核查,他曾先后三十六次进入伊拉克核查生化武器。在英国,对于伊拉克究竟有没有"大规模杀伤性武器",他最有发言权。BBC采访他,算是找对了人。但凯利压根儿没有料到自己会被卷进一场政治风暴。看来,英国国防部部长胡恩是个大滑头,在紧要关头耍了两面手法。他一面示意下属向外透露是凯利接受了BBC采访,一面又亲自给BBC写信要求他们说出那个透露内幕的人。他这样做,显然是为了使自己摆脱干系,让凯利去"一人做事一人当",这无异把凯利往死路上推。一个科学家,哪能经受得住这么强大的政治压力?凯利向媒体解释说,他不是向BBC透露主要情况的那个人。但首相布莱尔不肯放过他,公开要求英国议会和BBC说出那个透露情况的人。布莱尔此话一出,凯利第二天就钻进小树林割腕自杀了。凯利的冤死,又引发了一场强烈地震。当时布莱尔正在飞往日本访问的飞机上,他接到凯利自杀的电话报告,"面如死灰","疯了似的抱着卫星电话",与国内的内阁要员们一一通话商量对策,连续十五个小时没有放下电话。当他的专机在东京机场降落时,他竟破天荒地没有刮胡子,"须根皆白",满脸憔悴。此时,英国国内对布莱尔已是一片讨伐之声:"首相,你的双手是否沾满了鲜血?你是否打算辞职?"一时间,"口水淹没了布莱尔政府","布莱尔备受煎熬",经历着"执政六年来最大的一场危机",面临着"斗牛场上的最后一剑"。这一壶真够布莱尔喝的。但国防部部长胡恩这个滑头,凯利自杀后两天,他就若无其事地去观看一级方程式赛车了。凯利葬礼那一天,他又跑到美国度假去了,以此表示凯利同他"毫无关系"。不管怎么说,凯利毕竟是国防部的一位高级专家,但在这位国防部部长胡恩眼里,凯利之死不如死条狗。要不,怎么会说凯利是"冤死鬼"呢。

"信息大管家"坎贝尔。小报记者出身的坎贝尔,可能原本就有"添油加醋"的职业本性。后来飞黄腾达,当上了布莱尔办公室的新闻主任,充当着布莱尔政府"信息大管家"的角色,拥有广泛的权力,被称为"真正的英国副首相"。吉利根揭露他在伊拉克情报中弄虚作假,塞进所谓萨达姆政权可在四十五分钟内部署生化武器的说法,使他声名狼藉。开始时,他还想"自卫反击",向BBC频频施压。凯利一死,他已陷入"政治绝境",布莱尔也只得弃掉这只当头卒。坎贝尔灰溜溜地以辞职告终,挂官而去。他的女友、布莱尔妻子谢丽的公关顾问菲奥娜·米勒也和他一起辞职,这是布莱尔弃掉的另一只边卒。

"保皇大法官"赫顿。闹剧无论怎么闹,无论闹到何等地步,最后总得有人出来收拾场面。这个人物必须有点权威性,会拿捏分寸,能将事情摆平。环顾英伦,堪当此任者,谁?赫顿。别误会,不是曾到中国来当过一阵足球教练但没有搞出什么名堂的霍顿,而是"英国最资深的法官之一"布莱恩·赫顿,由他领导一个委员会,来主持对"凯利事件"进行独立调查。赫顿是英国最高法院上议院十二位法官中的一位,七十三岁了,资历深,脸上皱纹也深了。在他审理过的案件中,最出名的是审理智利前总统皮诺切特一案,此案也曾引发过诸多争议。赫顿这位"资深大法官",分量全在"资深"二字上。他吃了一辈子英国政法饭,怎能不深谙法律与政治相互关系之奥妙?身为大法官,靠什么拿住人?靠"公正"。赫顿先放出话来,希望在皇家高等法院举行的一系列调查听证会都能够对全英国民现场直播,以完全公开的方式公正地进行司法调查。怎么样?"公正"吧!这叫"先声夺人"。然后,赫顿端住架子,开始传人听证。从政府官员、BBC记者、新闻主管、凯利遗孀、国防部长等,一直传到首相大人布莱尔,一个个被叫到高等法院去问话,搞了几个月,询问了七十多人。其间,案情进展跌宕起伏,媒体报道评说纷纭,公众猜测五花八门。那些天,赫顿拿起铅笔敲脑门,放下卷宗喝咖啡，踩着地毯转圈子，站到窗前去发一小会儿呆，掂量，琢磨，苦苦思索。他深知，公众有反战心理，"民意不可侮"嘛。可是，英军也不能长期不打仗呀，隔几年打它一仗还是需要的。马尔维纳斯群岛那一仗已经过去二十多年了，海湾战争也过去十多年了，伊拉克这一仗打一打也无妨嘛，再不打这支军队就退化了，英国就更不像英国了。布莱尔这个人嘛，开战心切，他可能曾暗示手下对"情报"做了点手脚，一不小心，落下把柄，遇到麻烦，教训不小。挨点批，也好让他长点见识。但布莱尔上台以来，英国经济还算搞得不错，失业率较低。环顾英国政坛，目前还看不出谁的能力胜过他，所以对他还得保一保。赫顿心有所"保"，就必有所"弃"。在他看来，那些同政府站在对立面的官员、大臣，吃里扒外，有失体统，太不像话了。还有，拿了政府拨款却处处和政府作对的BBC，此次也绝不能给他们留什么面子。另外，他又想到，此事直接关系到英美两国关系。虽然布莱尔在美国面前表现得如同"仆从"，让英国人很不舒服，但英国若是一举把布莱尔拉下马，不是明摆着给美国小布什难堪吗？当初，英美两国不顾国际舆论反对，兴师动众打了这场伊拉克战争，现在萨达姆也抓到了，回过头来却自己动手把两国首脑扳倒，这不是让全世界都来看英美两国的笑话吗？这样不行啊。堂堂英国皇家大法官，归根结底还得把英国的国家利益摆在第一位。想到这里，赫顿心里有底了，主意拿定了，腹稿打好了。然后，他躲得远远的，跑到家乡北爱尔兰去撰写、推敲调查报告的结论部分。这是足以决定布莱尔等人"生死"的部分，草率不得，疏忽不得。结论部分拟毕，长达八十九页，他看了又看，想了又想，改了又改，可以了。又一想，英国公众反战倾向甚烈，而他这个调查报告"保皇"色彩甚浓，公布出去，能否服众，要冒很大风险。但不怕，万事预则立，先把退路准备好。他先让办公室向外公布了一项个人声明：本人布莱恩·赫顿勋爵，将在公布调查报告前一天退休。原定2004年1月12日公布调查报告,他选择1月11日退休。真不愧是搞了一辈子法律的"资深大法官",把事情策划得严丝合缝。什么叫"老谋深算",赫顿又让世人长了一回见识。赫顿知道,他这个调查报告,好比是高压锅里焖的一锅肉,多少人都在等着要闻香味、尝鲜味。但高压锅开急了会炸着自己,他先放出一点点气出来,让公众对他这个调查的基调有个思想准备。《太阳报》提前得到赫顿报告的核心内容:布莱尔平安无事。舆论哗然。吵吧,高压锅内的气压已经得到部分释放,赫顿的试探已经达到目的。1月28日,赫顿报告正式公布,四点结论:第一,凯利是自杀,与旁人无涉。第二,国防部新闻办公室不是故意泄露凯利名字,是被媒体逼的。不过,国防部在向媒体通报凯利名字之前,未能提前通知凯利本人,疏忽了。第三,没有证据能说明英国政府有意捏造情报。第四,首相布莱尔没有任何不诚实和不光彩的行为。最后一点,语气特别肯定,力保布莱尔逃过劫难的意图昭然若揭。

"倒霉的BBC二巨头"戴维斯和戴克。赫顿报告,旗帜鲜明,两大特点:一是为布莱尔洗刷得一干二净;二是对BBC的"不实报道"尖锐指责。赫顿在报告中说,BBC关于英国政府故意夸大伊拉克威胁的报道"没有根据",BBC上层未能对记者吉利根的相关报道加以核实,新闻编辑工作存在缺陷。BBC"二戴"一看,在BBC与英国政府的这场激烈对抗中,大法官赫顿维护英国政府和布莱尔的立场如此鲜明,这架"天平"已经不平。事已至此,不必争了,没有用了,最后一个字:撤。BBC董事长加维因·戴维斯立刻向公司递交了辞呈,黯然引退。BBC总经理格雷格·戴克也在当天道歉、辞职。《每日镜报》指出,赫顿报告"抓小放大",对伊拉克究竟有没有"大规模杀伤性武器"这个大问题避而不谈,只抓住几个细枝末节做足了文章。但是,就算你《每日镜报》的评论一针见血,又有什么用?这才显示出大法官赫顿的高水平呢!纵有数千名BBC雇员上街举行示威,抗议赫顿报告威胁新闻自由,带来"政治压力",也已徒然,喊喊而已。赫顿微笑着向人们挥手道:"再见啦!"

四

以上,不厌其详地介绍和评说了美英"情报门"的概况。最后,有三个问题需要作点简要归纳。

第一个问题:如何看待战争的"理由"?这里面包括:发动战争究竟需不需要理由,这种理由是从哪里来的,它怎样才算站得住脚,等等。对于这个问题,似乎可以用多种不同方式来回答。例如,有一种回答是个陈述句,很认真地说:"是的,战争是需要理由的。"但这种回答书呆子气太重了,战争"理由"也能用"一是一、二是二"的方式来陈述吗?战争也是"照章办事"的事情吗?"兵者,诡道也。"(孙子《计篇》)于是,另一种回答就成了疑问句,不屑地说:"笑话!战争还需要'理由'吗?"但这种回答又嫌霸气太露了,当时小布什和布莱尔心里可能真是这么想的,但他们嘴上却不敢贸然这么说,即使"编"也得编出一点"理由"来,所以这种回答方式同样不足取。于是,又有了第三种回答,它是一个语气转折的复合句,点滴不漏地说:"是啊,战争不但需要理由,而且理由必须过硬。"至于这种"理由"是怎么来的,又如何使人听起来理直气壮、严谨周密、不留破绽,则天机不可泄露。一旦稍有不慎,或不周,便会遭来诸多麻烦,不胜难堪。对此,经过美英两国的这场"情报门"风波,小布什和布莱尔算是领教够了。

第二个问题:为什么上一次老布什会"打赢战争,输掉选举"?又为什么此次"二布"联手打赢了伊拉克战争,却会引发"情报门"轩然大波,被搞得如此狼狈不堪?其原因可能是复杂的、多方面的,但其中有一点却是带根本性的:民众不喜欢战争,美英两国多数民众不喜欢战争。老布什虽然打赢了海湾战争，但国内经济搞得很不景气，人们凭什么还要支持他？纵然，"9·11"灾难激起的复仇心理、对伊拉克拥有"大规模杀伤性武器"的刻意渲染，也曾使美英两国民众冲动一时，支持"二布"向伊拉克开战，又使"二布"一度民意看涨、身价攀升。但战争一旦结束，美英两国民众冷静下来一想，又一看，战争没有为他们带来任何好处。相反，被误导、被愚弄的感觉却日益强烈起来，占了上风。这样，美英两国民众怎能不严厉质问"二布"凭什么向伊拉克开战？

第三个问题：小布什和布莱尔都面临着下一届大选，他们的政治命运将会怎样？当我写完这篇文章时，美英"情报门"的声浪似乎暂时有所回落，但此事并未彻底了结。美国那边小布什还挂着"账"呢，英国这边布莱尔也仍然有"坎"要过。到头来，他们两人的政治命运将会怎样？依我看，结局不容乐观，但暂且也难下定论。

2004年将是国际风云变幻莫测之年，让我们一起等着瞧吧。

2004年3月

战 俘 问 题

一

战俘问题,自古就是每一场战争的题中应有之义。有战争就会有战俘,失败的一方会产生俘虏,胜利的一方也会产生俘虏。自古以来,战俘问题都是战争中的大问题。历史上,有些争雄者虽然打了大胜仗,争得了统治地位,但处置战俘太残忍,却留下了千古恶名。尤其现代社会,战俘问题更是"战争政治学"的敏感内容,因为人们的人权意识增强了。

小布什和布莱尔原以为战争是那么好玩的,商量好了要联手打一场伊拉克战争过过瘾,结果好,打开了潘多拉盒子,各种各样的麻烦和灾难性事件向他俩接踵扑来。"情报门"尚未彻底了结,"虐俘门"又曝了出来,这又够他们小哥俩喝一壶的。

美英军队虐待伊拉克战俘,手段之恶劣,遭到世界舆论的一致谴责,名声大恶。恶在何处?恶在不人道、反人性,有悖人类文明进程。

先要说到"战争与人"这个老话题。战争是最能在一瞬间吞噬人的生命,或改变人的一生命运的。一群活生生的人,一旦投入战争,好比一块块石子被投进了冶炼炉内,待到灵魂与肉体在熊熊战火中熔化成"浆",再从火红的炉膛内流出凝固,回到生活中去,这些"人"的内涵已经各不相同:胜利者、英雄、烈士、伤员、败将、逃兵、俘虏。于是,他们各自的命运也就各不相同,胜利者无上荣光,英雄受人崇敬,烈士遗泽后辈,伤残者得到抚恤,败将无奈,逃兵遭人唾弃,而战俘最糟:鄙视、凌辱、虐待、毒刑、残杀,各种厄运都可能落到他们头上。有的人虽然从战俘营中走了出来,却终生走不出被俘的心理阴影。战俘,是战争任意涂改人生命运的活标本。

人类文明自古与血火相随,一直在冒着战火前进。战争这个恶魔是人类自己制造出来的。就像浮士德为了获得知识把灵魂出卖给魔鬼一样,人类为了求得文明进步,也把文明、人权都典给了战争,然后再从战争手里一点一点往回赎、往回讨。人类经过千万年苦苦追求和奋斗之后发现,要想彻底消灭吞噬生命的战争看来办不到,那怎么办呢?就从战争手里追讨人道吧,讨还一点是一点。

在人类文明进程中,战俘充当着一个特殊角色:通过他们标示战争行为的"野蛮"或"文明"。在古代,战俘直接沦为奴隶,或者被统统杀掉,大批大批地杀,杀得血流成河,尸骨成山。或者将战俘当囚徒,留下一条命,在中国被押去筑长城、造阿房宫,在埃及被押去修金字塔,在别的地方被押去开垦荒原、开发荒岛、凿运河、修城堡,都是鞭抽棍打,剑刺刀砍,最后油干脂尽,遗尸荒野,白骨森森。

自从进入资本主义时代,人类的文明意识、人道意识开始觉醒,这才渐渐关注战俘境遇。于是有了"以人性为基础"的战争法,有了国际红十字会发起制订的《日内瓦公约》。可是到了二次大战,这一切仍未阻挡住希特勒法西斯将几百万战俘和交战国平民关进集中营,千般虐待,万般折磨,甚至将他们牲畜般赶进杀人工厂,大批斩杀、分类,头发拿去织地毯,骨头粉碎做肥料,脂血熬炼做肥皂,惨绝人寰,罄竹难书。于是,国际红十字会又在1949年对《日内瓦公约》进行全面修订,形成了《关于保护战争受难者之一九四九年日内瓦四公约》,以进一步唤醒人类良知,共同来遵守国际法准则,讲人道,重人权。

这里想附带说一点,不少媒体把"虐俘门"说成"虐囚门",这是不对的,有悖常理,缺乏常识。美英军队虐待的是"战俘",而不是"囚犯",这是两个不同的法律概念。《日内瓦公约》明文规定,"对战俘可以拘禁",但"不得监禁"。将放下武器的一般战俘混同于"囚犯",这是缺乏国际法观念的表现。再以种种恶劣手段去虐待他们,那就是犯罪了。这是国际法准则,世界各国都应当遵守的。时代发展到今天,美英军队还发生如此严重的虐俘事件,国际影响太坏了。

我作为带过兵、参过战、也处置过战俘的人,看到美军如此虐待战俘,真可谓触目惊心。我知道部队到了战区应该怎么带,士兵到了战区应该怎么教育、怎么管理,抓到了战俘应该怎样处置。我忍不住想问一声驻伊美军领导层:你们提醒过士兵要严守军纪、宽待俘虏吗?你们还懂得一点国际法准则和现代战争文明吗?

其实,只要是一名真正的军人,只要是一名沐浴过人类现代文明的军人,都应该懂得一些国际法准则和现代战争文明。难怪老军人出身的美国国务卿鲍威尔也不得不承认,如此卑劣的虐俘事件,使他"深感痛惜"。

二

一个国家、一支军队的俘虏政策,往往从一个侧面反映出这个国家、这支军队的历史文化传统。可以毫不夸张地说,在世界各国军队中,中国人民解放军对待俘虏是最好的。

在我国古代军事史上,也曾发生过秦国在长平之战中将赵国四十余万战俘"尽杀之"的重大事件。此事幽怨绵绵,遗恨千古。这是发生在秦始皇曾祖父时代的事。在秦国统一中国的过程中,一直浸透着这种暴烈传统。当时,秦国强大到了无以匹敌的地步,但秦始皇统一中国后为何未能长盛?这个历史教训,中国历代有识之士不断地分析、总结,再分析、再总结。千百年来,人们的一致看法是:秦朝速亡,与它在统一六国过程中的军事手段过于残暴、统一后施政过于严酷不无关系。成吉思汗打下了多大地盘啊,为何都巩固不住?看看他的"屠城"政策,就不难找到答案。我们中国文化有一个优长,就是善于在扬弃中继承。中国历代的政治家、军事家,都将秦国"坑卒"和成吉思汗"屠城"引以为鉴,视为兵家大忌。

毛泽东是一代伟人,他对中国军事历史文化的研究和造诣博大精深。他一向把严明军纪看成是得民心、得天下的重要条件之一。解放战争时期,他亲自颁布《三大纪律八项注意》,不虐待俘虏就是重要内容之一。建国后,毛泽东在阅读二十四史时,千年史事,一生征战,都成感慨。当他读到一篇古代人物传记时,又在书页上写下了一则重要批语:"杀降不可,杀俘尤不可。"他这则批语,应当成为兵家万世警言。在毛泽东心目中,无论从总结中国几千年历史经验的角度看,还是从总结他自己的一生斗争经验看,善待战俘,都是一个不容忽视、不容草率的大问题。我一向认为,毛泽东是中国文化的一个高峰,虽然他也有他的历史局限性,晚年也犯过严重错误。但仅就毛泽东处置战俘的思想内涵而言,却包含着他对中国几千年历史经验和文化传统的消化与吸收。

我军的俘虏政策规定得很具体:不打,不骂,不搜腰包,不侮辱人格。不要小瞧这几个看似简单的"不",它却是关乎人心向背的大政治、大政策。解放战争初期,我军总兵力仅为一百二十万,不到三年时间,打了三大战役,自己的伤亡数也不小,但总兵力却猛增至四百万,奥妙何在?解放区群众踊跃参军是一个方面,另一个极大的奥秘是:大批国民党军队士兵被俘虏后,在我军的优俘政策感化下,一教育,一动员,纷纷掉转枪口,加入我军,重新投入战斗,以排山倒海之势向国民党军进攻。如此大规模地将战俘迅速转化为我用,这不仅在中国军事史上,在世界军事史上也是空前绝后的奇迹。

批评别人是要有资格要有资本的,我刚好找到一本去年出版的《美军战俘——朝鲜战争火线纪事》,作者是当年参加外军战俘管理工作的两位志愿军老战士,不妨摘引几段,看看中国人民志愿军当年是怎样对待美军战俘的。

火线释放:

战场情况,瞬息万变。但是,无论情况怎样紧急和多变,我志愿军都要对受伤的战俘予以救助,给药包扎。绝大部分伤病战俘都由前方战俘收容所转送后方战俘营;有一些则在前沿阵地释放,让美、英军方接回去。火线释放战俘伤员,得到了毛主席嘉许。

《纽约时报》报道:"被俘的二十七名受伤的美军伤员昨天被释放。伤员们说,他们被俘后,有吃的东西,待遇也好。"

《温哥华日报》报道:"中国人曾无数次将受伤的美军俘虏放回他们的阵地。伤员不能走路时,中国人就将伤员放在一个地方,美国军队去接运伤员时,中国人就停止射击。"

尽力抢救:

一名美军士兵被俘时身负重伤。他被一颗手榴弹炸伤双腿,四个脚趾被炸掉,腿部还有大小弹片十多块。这名二十六岁、已有三个孩子的美军士兵,被送到志愿军战俘营总医院时伤情恶化,奄奄一息。总医院的医护人员多次为他施行手术,取出所有弹片,保住了他的双腿,使他免受截肢之苦。志愿军军医并且用中国人的血液给他输血。渐渐地,他可以不用拐杖站立起来,迈开脚步走路了。不久,这个被俘的美军士兵伤员完全恢复了健康。

举办战俘营"奥运会":

运动大会会场设在碧潼中学操场。主席台上方挂着"中国人民志愿军碧潼战俘营奥林匹克运动会"横幅。有松柏枝扎成的"和平之门",有中、朝、英文写的标语,彩旗招展,喜气洋洋。

美军战俘小威利斯·斯通手持火把跑步进入会场。

运动大会共进行了田径、球类、体操、拳击、摔跤、拔河等二十七个项目的比赛。参加篮球、排球、足球、垒球、橄榄球等项目比赛的战俘共有三百五十九人,其中以美军战俘居多,比赛场上最为突出。裁判员、计时员、发令员有二十九人。参加文娱节目演出的战俘有二百零二人。由二十六人组成的战俘啦啦队不停地敲锣打鼓,呐喊助威。

经过十二天紧张而热烈的比赛,战俘五团获团体总分第一名……

为战俘过圣诞节:

1951年12月上旬,正准备将一批战俘北送。敌机不断袭扰,加上天寒地冻,路途是艰难的。在最顺利的情况下,估计也要二十多天才能到达鸭绿江边的碧潼志愿军战俘营。这样,战俘们的圣诞节很可能是在途中,没法过了。怎么办?领导层经过紧急研究,决定安排战俘们提前过圣诞节。于是,立即派人兼程到安东(丹东)采购节日食品和礼物。北上的头一天傍晚,战俘们聚集在一间大屋子里,兴趣盎然地做游戏,然后每人得到一袋食品和礼物,其中有糖果、饼干、花生、香烟及工艺品等。俘管领导宣布:今天提前简单地过一个圣诞节,争取12月23日以前到达碧潼,过一个像样的圣诞节。全场情绪高涨,大家用圣诞树和彩纸,自己布置场地,自演节目,尽情欢娱,直到深夜。

第二天一早,一名被俘的美军少尉来问王队长兼翻译:"中国人也过圣诞节?""不。"又问:"你们是教徒吗?""不是。""那为什么你们这样重视圣诞节?""因为你们重视,所以我们重视。"这个美军少尉听了连声道谢。

北上的战俘队伍,终于在圣诞节前一天抵达碧潼。这时,碧潼战俘营已是张灯结彩,装饰一新。第二天,战俘们又正式过了一个更加丰富多彩的圣诞节……

像我们这些人,从当兵第一天起就唱《三大纪律八项注意》,不虐待俘虏这条军纪是在头脑里牢牢扎了根的。后来我们自己带领部队上战场,对战士们也是一遍又一遍地搞教育,严格执行俘虏政策是必不可少的教育内容之一,哪里敢疏忽。在老山前线,我曾亲自审讯过一名越军战俘。他姓阮,黑黑瘦瘦的,是晚上偷袭我们阵地时被俘获的。我想通过审讯这名战俘,了解一些对面越军的情况。我们的干部把这名战俘带到指挥所后面的简易木板房里,向我报告说:"到了。"我进去时,这名战俘的眼睛是用黑布条蒙着的。我知道,这是为了不让他看到沿途我军的情况。但把他带进屋子后,我们的那名干部仍不想为他解开脸上的黑布条,我问:"为什么?"他说:"别让他看出你是一位领导。"我一听乐了:"哦,不必,解掉。"战俘刚看到我时有点紧张。我那时抽烟抽得很厉害,我点了一支烟,也给了他一支,就像同他面对面拉家常似的,通过越语翻译向他问话。他渐渐平静下来,回答我的提问。问到后面他就很放松了,答话也不再是两个字、三个字一句了,他的话咕噜咕噜多了起来。我临走时,又对负责看管战俘的那名干部再三交代,对战俘的伙食、医疗和人身安全,一样都不能马虎。后来,从后方上来的人告诉我说,我接触过的那名战俘经常和看管他的战士有说有笑的,还会弹吉他,弹的过程中还用手腕、手肘在琴腹上拍打出各种不同声响来,挺"油"的。我一听说:"哦,好,说明我军的优俘政策落实得很好,也说明这名战俘的心情不错。"不久,这名战俘就同其他战俘一起被遣返越南了。

三

此次美军虐俘事件大曝光,损害最大的是美国的国家形象。美国一直以"人权卫士"自居,每年都要发布"人权报告",点评世界各国的"人权状况",甚至不惜发动战争以"捍卫人权"。冷战结束以来,美国向外发动战争,手里拿着两支"令箭":一支是"人权",一支是"反恐"。美国1999年发动科索沃战争的理由就是"为了防止人道主义灾难",甚至喊出了"人权第一,主权第二"的口号。美国发动伊拉克战争时也许愿说,要把伊拉克人民从萨达姆独裁统治下解放出来,让他们享受到"人道"和"民主"。人们曾经觉得,在美国心里眼里,"人权"是至高无上的。此次虐俘事件一曝光,美国自己抽了自己嘴巴。人们不能不换一个视角看美国:当它蔑视某个国家主权的时候,它就以"人权"为武器;当某国的主权已被它踩在脚下的时候,它一贯标榜的"人权"立刻成为儿戏。

这次被曝光的虐俘照片,都拍摄于巴格达西部的阿布格莱布监狱,这个地点也很有讽刺意义。过去,这里是萨达姆用来关押政治犯的,曾被美国描绘成人权状况糟糕透顶的"地狱"。但是,就在这同一座监狱内,美军士兵竟以如此恶劣的手段虐待伊拉克战俘,叫伊拉克民众怎么看美国?

请看一个典型例子:一位名叫拉维的伊拉克人,过去曾是伊拉克共和国卫队的一名军人,有一次因为同一名安全官员发生争执时有攻击萨达姆的言论,被关进这座监狱坐过三年牢。出狱后,他离开军队,当了一名汽车司机。美军占领伊拉克后,他因"涉嫌制造叛乱"又被抓进这座监狱。审讯中,美军连续十六天让他每天二十三小时全身赤露地保持一种坐势,手脚被铐在旁边的栅栏上。为了不让他睡觉,一个震耳欲聋的立体音响一刻不停地对他开着,电灯昼夜不灭。"他们用冷水浇我,让我站在吹着刺骨冷风的空调前。接着用皮带把我绑在一把金属椅上,他们用电棒击我,直到我小便失禁。"他的两颗牙齿在审讯中被打碎,造成下颌感染,住进了阿布格莱布医院。今年3月底,美军的虐俘丑闻已在其内部曝光,他们开始悄悄"消除麻烦",将他释放回家。那天,被释放回家的拉维正和母亲一起看电视,屏幕上突然出现美国女兵羞辱伊拉克裸体男俘的照片,这个镜头让整个伊斯兰世界感到奇耻大辱。拉维的母亲问他:"你在阿布格莱布监狱时,他们也这样折磨你了吗?"拉维回答说:"没有。"但他说完立刻跑回自己的房间关上门哭了,因为照片上的裸体男俘中第二名就是他,虐待他的那个美国女兵就是林黛·英格兰。拉维以自己的亲身体验作了对比,他说:"萨达姆实施的折磨只是美国人的百分之一。"

小布什和拉姆斯菲尔德都辩解说,虐待伊拉克战俘是少数美军士兵干的蠢事,它不代表美国的价值观,美国不会以这样的方式来处理问题。这个说法行吗?不行啊。《日内瓦公约》明文规定,凡战俘,均被视为"处在敌国国家权力管辖之下,而非处在俘获他的个人或军事单位的权力之下"。因此,"拘留国应对战俘负责,并给予人道待遇和保护"。更何况,美军士兵的这些虐俘行为,大多是在美国情报官员指使下干的,有些"虐待性审讯"是直接得到五角大楼批准的,有的甚至是拉姆斯菲尔德签过字的,这不代表美国的国家意志代表什么?

如果这次虐俘事件不是输理输到了底,丢人丢到了家,按照美国人的傲慢性格,不可能从美国总统小布什到国务卿鲍威尔、国家安全事务助理赖斯、国防部长拉姆斯菲尔德、参谋长联席会议主席迈尔斯等,这么多头面人物一个接一个在世界各国媒体面前"表示歉意"。

四

虐俘事件,更直接地损害了美军的形象。

不要以为美军在世界上装备最先进,实力最强,美军的"文明"程度也最高,远不是那么回事。不可否认,美军拥有从钢铁和信息技术转化来的强大战斗力,但美军在军纪方面的形象却向来很差。美国大兵在旧中国留下过的形象,相信上了年纪的中国人都还记得。二次大战后,美军在日本、菲律宾、韩国、越南留下的违纪劣迹可以收罗一大筐。

美军在历次战争中都发生过虐待战俘的现象。前几年,国内出版过一本《朝鲜战争战俘遣返解释代表的日记》,记述了美军在朝鲜战争中虐待我国志愿军战俘的事例,书的扉页上印有杨得志将军的题词:"一笔血淋淋的人权债!"杨得志在抗美援朝战争后期当过志愿军司令员,他对这方面的情况比一般人了解得更多、更清楚。

在另一本《志愿军战俘纪事》里,记录了更多当年美军虐待我国志愿军战俘的事例。先看这样一个例子：

> 在战俘收容所门前，战俘们停了下来。两旁的美军士兵一哄而上，搜身开始了。战俘身上每一样值钱的东西——钢笔、手表、戒指、打火机，几乎都被搜走了。一位战俘被搜走了藏在鞋底的两个金戒指，他说："一个长相怪模怪样的美国兵，不知羞耻地搜了我的全身，他先撸开我的袖子，指着我的胳膊上戴手表的印记咕噜了几句，我一摊手，做出丢了的样子，但他毫不松劲，甚至硬扯下了我的内裤。当他搜出那两个金戒指时，立刻大声喊叫起来，把金戒指举过头顶手舞足蹈，拿给其他美国兵看，然后又脱下我的另一只鞋，憋着气把我这只又臭又破的军用胶鞋放到鼻子前仔细地看来看去，然后把手伸进去摸个遍，随后把它扔得老远……"

这个例子是五十多年前的事了，现在的美军士兵对待战俘又表现得怎么样？美国《华盛顿邮报》网站上刚刚披露了一则消息，去年以来被调查的"驻伊美国士兵偷窃金钱、首饰或其他财产"的案例就有十八起。

《志愿军战俘纪事》里还记述了几名美军士兵集体强奸四名志愿军年轻女战俘的经过：

> 在一次战斗中，部队被打散了。她们四姐妹跑进深山，靠着指南针，到处找部队……
> 她们被俘了。
> 她们被押到一个帐篷前。美国兵说是要进去个别"审讯"。四个人一起坐在地上，抱成一团，谁也不进去。
> 两个美国兵一前一后，把小李抬了起来，她两腿乱蹬，连

哭带喊:"我不去!我不去!"

"站住!"大姐站了起来:"你们别动她,有话跟我说。"

一会儿,就听到帐篷里传出大姐的呼喊声。

三个人不顾美国兵的阻挡,一齐冲进帐篷。只见几个脱得一丝不挂的美国兵,正在把大姐按在行军床上……

几个美国兵一拥而上,把她们抱住了……

接下来发生的情况是:当一个美国兵从四姐妹之一的大赵身上爬起时,她猛地抓过美国兵放在地上的卡宾枪,一梭子弹将这个美国兵打死了。其余几个美国兵连滚带爬逃了出去,帐篷被包围了,美国兵架起机枪向帐篷内扫射。四姐妹抱在一起,大姐、大赵、小李牺牲了,个子最小的小张被压在她们身体下面,负伤昏了过去。后来,小张被押到了釜山美军战俘收容所,她完全变了,目光呆滞,面色苍白,沉默寡言。

几十年后,小张在接受该书作者采访时,还讲了朝鲜人民军女战俘遭美军士兵强奸的事。有一段时间,美国兵天天晚上到女俘收容所强奸人民军女战俘。第二年,有一个被强奸的人民军女战俘生下了一个黄头发婴儿。美国兵听说了,送来了奶粉、巧克力和面包。她只留下了奶粉,把其他东西都扔了出去。那天晚上,美国兵又来纠缠她,她不从,一把掐住了美国兵的脖子,美国兵掏出匕首,一刀扎在她心口上,把她杀死了。她生下的那个黄头发婴儿成了孤儿,不知后来成活了没有,长大了没有。

以上都是美军对待战俘的历史记录。

美军不断发生虐俘事件,除了美军自身在管理、军纪方面的原因,也同美国政府无视国际法准则有关。"9·11"事件后,美国司法部在一份备忘录中明确提出,美国可以用战争法中有关战俘问题的法规约束其他国家,但美国自己却不一定要遵守,因为"这些国际法在美国的联邦法中没有任何法律地位"。连美国司法部都持这种观点,美军士兵心目中哪里还有一点国际法准则的影子？在阿布格莱布监狱,负责看管伊拉克战俘的美军士兵居然不了解《日内瓦公约》,监狱大门内的牌子上公开写着"可以使用致命暴力"。参与虐待伊拉克战俘的美军女兵哈尔曼事后说,"这个监狱内毫无法纪可言","军警们的首要任务就是折磨囚犯",她的职责就是"将监狱变成地狱",按情报官的要求"让囚犯开口招供"。

五

美军发生如此严重的虐俘丑闻,也是小布什重用鹰派、对伊拉克实施强硬政策的必然结果。

拉姆斯菲尔德作为美国鹰派的头面人物,一贯"鹰"气森严,刚愎自用。什么联合国,什么国际红十字会,什么民主党,什么稳健派,统统不在他眼里。国际红十字会关于美军虐待伊拉克战俘的第一份报告,早在今年1月中旬就提交给了美国军方,身为美国国防部长的拉姆斯菲尔德却压根儿不予理睬。随后,有人把美军虐待战俘的照片直接送到了五角大楼,他仍想瞒天过海,一手捂住,一声不吭。但信息化是一把双刃剑。一方面,先进的信息技术使美军战斗力"如虎添翼";另一方面,高度普及的信息知识、信息器材,也给美军自身带来了大麻烦。不少美军士兵都有自备数码相机和笔记本电脑,美军虐待伊拉克战俘的场景早已在士兵中传播开了,美国哥伦比亚广播公司一次就弄到了一千多张虐俘照片。也许,以往拉姆斯菲尔德遇到不光彩、有麻烦的事情,惯用手法是"压下""闷掉",但在信息社会还想一手遮天难了。据说,虐俘照片被曝光后,被搞得很被动的小布什曾责问拉姆斯菲尔德,这些事为何一点气都不向他透？

从骨子里讲,拉姆斯菲尔德一直在怂恿美军的虐俘行为,因为他急于要从伊拉克战俘口中得到"重要情报",以便用来修补"情报门"风波中被揭穿的各种漏洞。虐俘事件一曝光,闹得美国在国际上声名狼藉,美国国内对拉姆斯菲尔德一片讨伐之声,一浪高过一浪地要轰他下台。面对这种局面,小布什左右为难。不过,小布什在左右为难之中,牢牢把握着一个中心:围绕秋季大选权衡一切。拉姆斯菲尔德是去是留,小布什目前正踩在细钢丝上左右摇晃,要看他能不能找到新的平衡。

小布什要找替罪羊是肯定的,问题是找到以后"杀"不"杀",是"杀"一只,还是"杀"两只。中情局长特尼特已经辞职而去了,先"杀"这一只,看看外面够吃不够吃。如果一桌盛宴够吃了,拉姆斯菲尔德这一只就不"杀"了;如果散席之前外面还是一片嚷嚷不够吃,这一只还得"杀"。

六

在这次曝光的美军虐俘照片中,有一幅是一个美国女兵指着一排伊拉克裸体男俘的生殖器在照相。这幅照片很有代表性,它向人们揭示了某些深层次的问题。伊拉克是穆斯林国家,他们的妇女出门都要戴上黑纱头套的,一个美国女兵居然敢在穆斯林国家这样放肆地羞辱伊拉克男俘,说明她根本没有把伊斯兰文明放在眼里。

有的文章一针见血地指出,美军发生如此严重的虐俘事件,说到底是"文明鄙视"在作怪。不是说"文明冲突"吗?其实"文明冲突"的要害在于文明歧视。由歧视而鄙视,由鄙视而敌视,由敌视而冲突。不歧视,不鄙视,不敌视,何来冲突?

美国与伊斯兰世界为何积怨那么深?对此,最需要深刻反思的是美国。美国发动伊拉克战争,战略目标是以伊拉克为突破口,实施鹰派提出的"大中东计划",按照美国模式"改造中东"。这个"计划"的文化含义是什么,用不着解释的。

一种文明要吃掉另一种文明,世界上会有那么轻松的事情吗？听听亨廷顿是怎么说的吧。"文明冲突论"就是由亨廷顿提出来的,他知道文明与文明之间是怎么回事。他说,他在伊拉克战争爆发前就预测过,美军一旦进入伊拉克,将会面临两场战争。一场是针对萨达姆及其政权和军队的战争,这场战争一个半月就能打赢。接下来,第二场战争将是针对伊拉克人民的战争,这场战争是"永远也打不赢的"。

为什么美军迅速占领了伊拉克,却久久征服不了伊拉克人心？这方面的问题光靠枪炮、坦克和激光制导炸弹是无法解决的。

一句话,虐俘事件一曝光,伊拉克的人心更难收拾了。

七

美军官兵中并不是全都没有文明意识、人道精神。《志愿军战俘纪事》的作者在书中写道:"在(美军)战俘营中也有一些实行人道主义和医德高尚的美国军医。"他采访过的一位志愿军战俘魏林,至今仍念念不忘在美军战俘营中为他精心治疗战伤的那位美军上尉军医奥斯曼,夸他"是个好人、好医生"。这说明,用良心去做的事,是会被人永远记住的。用良心说出来的话,即使对当年的敌人也是公正的。

这次发生在伊拉克的虐俘事件,是被一位有良心的美军士兵约瑟夫·达比最先揭发的。美军虐俘事件被揭露,在美国国内继"情报门"之后又一次掀起轩然大波,批评之声铺天盖地,其中虽然充满了美国两党政治斗争的色彩,但也不乏有识之士的正义之声。有位美国议员说,美国士兵被俘后,我们会要求对方不要虐待他们。现在我们自己这样做,今后怎么去要求别国善待美军战俘?这叫将心比心。凡是能将心比心的人,说明他的良心还在。

美国人应该将心比心地想一些问题了。美国士兵在国外战亡、被俘、失踪,美国政府会千方百计与相关国家交涉,活要见人,死要见尸,见不到尸体找尸骨,竭尽保护本国公民之责。二次大战、朝鲜战争、越南战争,都已过去几十年了,美国至今仍在不断寻找美军士兵遗失在异国他乡的尸骨。是啊,美国政府这样爱惜本国士兵没有错,但美国士兵是人,伊拉克士兵就不是人吗?世界上没有比伊拉克战俘更悲惨的了,他们眼下是"无国无君",成了政治孤儿,没有国家政权为他们说话,难道美军就该不把他们当人了吗?

问题是,美国鹰派不肯将心比心为别国想问题。为什么美国在伊拉克军事上打了胜仗,政治上却打了大败仗?透过虐俘事件可以看出一个深层问题,美国鹰派正在把美国的对外政策引向一意孤行的极端主义。你看,联合国不同意向伊拉克开战,他们可以撇开联合国;对伊开战理由不充分,他们不惜编造假情报;为了从战俘口中获得他们急需的"重要情报"去修补前面的漏洞,他们可以怂恿、批准对战俘进行"虐待性审讯"。至此,鹰派的致命伤已暴露无遗:霸气太甚,孤注一掷,不计后果。

美国鹰派把国际政治看得太简单了。

他们把中东"民主化改造"看得太简单了。

他们把伊拉克的民心向背看得太简单了。

他们把如何打赢一场战争看得太简单了。

2004年5月

伊拉克游击战解读

战无常法,文无常法。伊拉克游击战头绪较多,兹列出若干相互关联,但并不十分连贯的问题,分述如下。

一

伊拉克游击战为何值得关注?

从一般军事学意义上讲,伊拉克游击战是世界上最新发生的战争现象之一,不能不关注。虽然小布什在去年(2003年)5月1日就已宣布伊拉克境内的主要作战行动已"结束",但他至今仍未宣布在伊拉克结束战争状态,说明伊拉克战争仍在继续。它不是以正规战的形态在继续,而是以游击战的形态在继续。游击战并不是信息化时代才出现的战争新样式,但信息化条件下的游击战怎么打,却是个新问题。伊拉克游击战虽然存在某些"先天不足",并由此带来了许多复杂因素,但它毕竟出现了信息化背景下游击战的一些新特点,所以值得关注和研究。

从世界政治局势讲,今年3月20日是伊拉克战争爆发一周年,美国原计划6月30日要向伊拉克临时政府"交权",本以为伊拉克局势将会渐渐平静下来了,谁知与美国的愿望恰恰相反,伊拉克游击战骤然升级,伊拉克局势风云突变,更让人不能不关注。3月底,在"逊尼三角地带"爆发了"费卢杰事件"。4月初,又在什叶派传统区爆发了什叶派起义。这样,就形成了逊尼、什叶两派"南北呼应,一致抗美"的新局面。这一重大变化,使小布什政府陷入了极大被动,也使伊拉克政局的未来走向和今年秋天的美国大选增加了许多变数。这说明,信息化时代的游击战不仅具有"小打小闹"的战术意义,而且具有影响战争全局的战略意义,所以它值得关注和研究。

关注伊拉克游击战,还有另一个理由,它回答了当代军事学上的一个争论:在信息化条件下,游击战是否已经过时?"游击"作为一个古老军语流传至今,年代已经很久远了。我国汉代就有"游击将军",到清代仍有这一职务。在世界战争史上,游击战虽然向来不是主流战法,但它也古已有之。由于游击战以小股、分散、游动、袭击为主要特点,具有很大的主动性、灵活性、隐蔽性,尤其适合弱方抗击强敌时采用。二十世纪中期,游击战曾在世界范围内兴盛一时。二次大战中,从世界东方到西方,被德、日、意法西斯占领的各国人民,纷纷以广泛的游击战抗击入侵者,成为世界战争史上的一种奇观。中国的抗日游击战争举世闻名,毛泽东论抗日游击战的军事名著魅力长存。南斯拉夫电影《瓦尔特保卫萨拉热窝》,也曾经让中国人看得激动不已。后来,切·格瓦拉领导的游击战,更是红遍拉丁美洲和非洲。再后来,越南游击战曾使美军吃尽了苦头,被迫从越南撤军。但自从进入信息化时代以来,战争面貌已经大变。有人曾一度认为,在信息化时代游击战已经过时,这种作战样式将会消亡。事实是不是这样呢?伊拉克游击战向世人表明,在信息化时代游击战并未消亡。在高技术兵器和高技术手段主宰的信息化战争中,游击战仍然有它一定的地位,它仍然可以有所作为。

二

那么,应该如何给伊拉克游击战准确定位?

首先要明确,伊拉克游击战,是从伊拉克战争中派生出来的,它是从属于这场伊拉克战争的。因此,必须着眼伊拉克战争的全局,才能对伊拉克游击战作出恰当评价。不妨把伊拉克战争分成三个阶段来分析,从中找到游击战的地位。

第一阶段:战略运筹阶段。这个阶段从2002年秋天至2003年3月19日战争爆发前夜,前后约半年左右。这个阶段的战略主导权完全掌握在美英手里,按照美英两国的战争意志进行战争的酝酿和谋划。这期间,美英两国忙活了三件事:一是为开战造势。他们在国际上大造"萨达姆支持恐怖主义""萨达姆拥有大规模杀伤性武器""萨达姆是一个严重威胁"等舆论,为这场"倒萨战争"制造"充分理由",营造开战气氛。在当时,美英这一手是做得很成功的。二是向战区大规模调集兵力。从2002年秋季开始,美英两国先后向波斯湾、阿拉伯海和地中海调遣了"小鹰""星座""林肯""杜鲁门""罗斯福""皇家方舟"等五六艘航母,每一艘航母都率领着一支强大的海军编队,从东、西、南三个方向对伊拉克形成合围之势。美英的地面部队和空中力量,也分别从美英两国本土和欧洲、亚洲、太平洋地区紧急调往中东。在科威特、卡塔尔、巴林、迪戈加西亚岛等地建立起了二十多个后勤保障基地。美军中央司令部也于2002年12月在卡塔尔首都多哈郊外的赛利耶兵营开设了前线指挥所。美军的军用卫星系统也提前启动,为对伊开战构建侦察、通信、导航和指挥系统。三是展开全方位的外交攻势,力争取得联合国的开战"授权"。这一点,美英的如意算盘未能实现,联合国始终通不过出兵决议。法、德、俄三国也公开站出来反对美英出兵伊拉克。但是,这时美英的战略运筹已经一切就绪,万事俱备,只欠"西"风。联合国通得过也罢、通不过也罢,法、德、俄赞成也罢、反对也罢,小布什和布莱尔已是"二"意孤行,决心开战,决不回头了。伊拉克方面,萨达姆在战略运筹阶段究竟做了些什么,我们目前无从知其详。但从伊军在交战中暴露出来的一系列严重问题看,萨达姆及其高官们在战争爆发前的战略运筹是非常糟糕的。

第二阶段:正面交战阶段。这个阶段从2003年3月20日美英联军空袭巴格达开始,到5月1日小布什宣布伊拉克境内的主要作战行动已经"结束"为止,满打满算,前后四十二天。这个阶段,美英联军仰仗军事上的绝对优势,打得伊拉克军队毫无招架之力。伊军就像小孩手里玩的一个气球,事前被吹得如何如何,结果"扑哧"一声就瘪了,美英联军在战场上胜得"干脆利落"。

第三阶段:游击战阶段。这个阶段从2003年5月延续到今天,时间已经过去将近一年,仍然看不清何时是它的尽头。如果说,正面交战阶段是美英联军的一曲凯歌,游击战阶段却是他们的一场噩梦。美军中央司令部司令、驻伊最高长官阿比扎伊德惊呼,美军在伊拉克遇到了"典型的游击战威胁"。一年来,美英占领军就像被困在伊拉克沙漠烈日下的一头猛兽,任凭它如何抖鬃、甩耳、打滚、狂奔,都摆脱不了那些吸血昆虫的轮番袭扰,搞得它苦不堪言。它走不了几步就要回头吼咬一口,但咬到的却是自己的皮肉,咬不到那些讨厌的虫子。西方媒体说得好,美英联军先是"快速取得胜利",然后"漫漫消受折磨"。

三

可是,为何又说伊拉克游击战存在"先天不足"呢?

呈现在全世界面前的伊拉克游击战,是一个"渐战渐热"的过程。它开始阶段显得"慢热",就是因为它存在"先天不足"。只有看到这一点,才能以冷静的态度观察它、评价它。

人们应当还能记得,当时面对巴格达迅速陷落之"谜",在世人"百思不得其解"之中,曾经有过一"解":不少人以为伊拉克共和国卫队可能已经有组织地转入地下,将与美英联军展开顽强的城市游击战,但这种局面并未出现。接着,萨达姆及其高官又"神秘失踪",人们又普遍猜测,萨达姆可能会统一指挥伊拉克抵抗力量开展广泛的游击战,这种局面同样没有出现。比较合理的解释是,在战前和战中,萨达姆及其高官们并没有或没有来得及对抗击美英联军的各种战法进行过周密的战略谋划和部署。当时他们的"集体消失",并不是为了"放弃正规战,转向游击战",而是一败涂地的溃逃。逃亡中的萨达姆及其高官们,整日价风声鹤唳,惊魂不定,再想组织力量开展游击战,已无从谈起。萨达姆在逃亡中即使撒过一些美元,发过一些"号召",也已人心难买,难成气候了。萨达姆被美军抓获后,从他藏身处搜出的一份文件中,记录有十几个秘密抵抗组织,美军"据此抓获了三名伊拉克前军官",但并没有找到萨达姆直接指挥游击战的证据。

种种迹象表明,伊拉克游击战并不是萨达姆政权的统一部署,它在很大程度上是一种自发性的"民间爆发"。这说明,任何一个国家的人民都是不愿意当亡国奴的,即便到了"无国无君"的地步,民众也会奋起抵抗外国占领军。

最近有消息透露,针对美国占领军的许多爆炸袭击事件,大多是由萨达姆政权的一个代号为"M14"的特工组织策划的,它过去的名称叫"反恐和特别行动处"。去年伊拉克战争打响后,它就开始制订针对美国占领军的《挑战计划》。这个消息是真是假,一时难以分辨。即使真有此事,伊拉克游击战开始阶段"慢热"的现实也说明,当时"M14"策划的《挑战计划》很可能没有来得及部署,萨达姆政权就已迅速倒台。现在"M14"出来发挥一点作用,也是"死灰复燃",为伊拉克游击战增加一个火星而已,伊拉克游击战的全面指挥权显然不在它手里,不可能靠它形成燎原烈火。当然,有一点是可以肯定的,被美国占领军当局强令解散的三十多万伊拉克军队,有不少人投入了各种抵抗组织。但所有这些同萨达姆政权有联系的因素,都未能使伊拉克游击战形成统一领导、统一组织、统一指挥,足见伊拉克游击战主要是"民间爆发",而非萨达姆政权统一部署,这就是它最大的"先天不足"。

四

那么,带有"民间爆发"和"渐战渐热"特点的伊拉克游击战,一年来究竟打得怎么样?

结论:打得不错。西方媒体评论说,伊拉克游击队比萨达姆的共和国卫队打得好,一点不假。

先看过程。起初,美国国防部长拉姆斯菲尔德对伊拉克游击战不屑一顾,认为他们"缺乏组织,根本算不上什么游击战",后来的情况却大大出乎他的意料。据统计,去年5至6月间,驻伊美军平均每天遭袭不超过五六次,到8月间已上升至每天遭袭约二十次。美国国务卿鲍威尔毕竟是老军人出身,他说得比较诚恳:"我们没有料到袭击竟会如此密集,持续时间如此之长。"五角大楼最终不得不面对伊拉克游击战这个"严重现实",在美国本土路易斯安那州建立了一个名为"伊拉克村"的游击战模拟训练营地,将一批批准备开赴伊拉克换防的美军士兵先集中到这里来进行游击战训练,使他们作好充分的心理准备。但许多美国士兵和伊拉克游击队一交火,立刻惊呼:"情况比预想的更严重!"

再看地域。伊拉克游击战的发展态势是先北后南，遍地开战。游击战开展得最早、最广泛、最活跃的地区，是位于巴格达以北、摩苏尔以南的"逊尼三角地带"，战斗打得最为激烈的是这一区域内的"抵抗之都"费卢杰。论袭击次数，首都巴格达及其周边地区发生频率最高，占到袭击总次数的百分之四十以上。这一点，可能与各国媒体派驻伊拉克的机构都集中在巴格达有关，它们对巴格达及其周边地区发生的袭击事件报道得最为迅速而详尽。相对而言，今年3月底以前，伊拉克南部什叶派传统区域还是比较"平静"的。但4月初，突然爆发的什叶派起义却席卷了伊拉克中部和南部的许多城市。

再看战法。我曾作过一个粗略统计，从去年6月至今年3月这十个月内，伊拉克境内直接针对美国占领军的较大袭击活动有一百二十四次（凡是针对外国使馆、国际机构、民用设施、清真寺、穆斯林群众、外国公民等带有恐怖主义色彩的爆炸事件统统剔除），其战法大致可以分为五类：袭击战三十四次（小股游击队员主动出击歼敌）；伏击战十七次（在美军车队、巡逻队经过途中设伏歼敌）；炸弹战四十七次（以路边炸弹、汽车炸弹、地雷等爆炸方式歼敌）；火力战二十一次（以火箭筒、反坦克导弹、迫击炮、枪榴弹等发射火器歼敌）；狙击战五次（狙击手射击歼敌）。袭击的主要目标有：美军直升机、美军坦克装甲车、美军车队、美军执勤巡逻队、美军零星巡逻兵、美国军政要人、联军总部、占领军兵营、美国中情局驻巴格达办事处、伊拉克临管会要员、警察局等。

再看战果。战果是最有说服力的。截至今年4月30日，美军在伊拉克死亡人数已达七百四十二人。其中，正面交战阶段死亡一百三十九人，游击战阶段死亡六百零三人。游击战阶段的死亡人数是正面交战阶段的四点三倍。美国是一个很奇怪的国家，它最喜欢打仗，却最怕死人。自从美国在越南战争中死人死怕了之后,它在海湾战争中曾竭力鼓吹过"非接触""零伤亡"理论。经过"9·11"事件,在"复仇"心理支配下,美国人对战争中死人的心理承受能力有所回升,但大多数美国人在这方面的心理承受能力仍然有限。如果美军在伊拉克的死亡人数照这样不断增加下去,美国国内舆论总有一天会沸腾起来。民主党参议员爱德华·肯尼迪一声惊呼:"伊拉克将是'布什的越南'!"搞得小布什和共和党心惊肉跳。今秋小布什能否竞选连任总统,伊拉克局势的发展无疑将是决定性因素之一。这些,都是伊拉克游击战打出的战略影响。

五

伊拉克游击战有哪些比较具体的战例?

观点总是抽象的,数字总是枯燥的,讲一些具体战例就比较生动了。

袭击美英联军总部的战例。一年来,设在巴格达"绿区"的联军总部(原为萨达姆总统的"共和国宫"),一直处在伊拉克游击队的迫击炮和火箭弹的火力威胁之下,遭到过很多次火力袭击,造成美军官兵不小伤亡。游击队员往往提前将迫击炮弹、火箭弹等藏在路边的垃圾箱内,或埋在公园内。一旦出现机会,他们迅速潜至弹药隐藏地点,将弹药取出,以简便射击方法对联军总部实施射击,打完就撤。去年11月25日晚上,联军总部又一次遭到火箭弹袭击,院内发出凄厉警报,探照灯照亮了漆黑的夜空,高音喇叭不停地喊叫:"袭击!袭击!请迅速隐蔽,这不是演习!"

袭击美军巡逻队的战例。一次,美军执行巡逻任务的一辆"悍马"吉普车经过巴格达穆斯坦叙利亚大学,有一辆雪佛莱小轿车在后面悄悄跟进,当它驶至离美军吉普车约二十米距离时,车顶突然打开,一名游击队员迅速向"悍马"吉普车发射了一枚火箭弹,"悍马"吉普车爆炸起火,车上四名美军士兵炸成重伤。还有一次,一支美军车队正在一条高速公路上开进,突然驶来一辆装满炸药的小汽车冲进美军车队引爆,美军车队遭受重大伤亡。又有一次,美军第四步兵师一辆最先进的艾布拉姆斯主战坦克在巴格达以北布莱德镇巡逻时,被游击队安放在路上的自制强烈爆炸装置炸毁,重达七十吨的大家伙居然被掀翻,三名坦克乘员当场炸死两人,炸伤一人。伊拉克游击队用"路边炸弹"袭击美军巡逻队打出了威风。这种"路边炸弹"大多是用迫击炮弹等爆炸物改制而成,早期用电线引爆,容易被发现。后来改用手机遥控引爆,被称为"手机遥控炸弹",很厉害。在费卢杰,美军形容"路上每块黑色石头底下都有炸弹",可见其恐惧心理多么严重。

袭击占领军兵营的战例。去年9月,在北方库尔德人控制的埃尔比勒市,伊拉克游击队用汽车炸弹袭击美军驻地,一座两层楼建筑被炸毁,在楼内工作的六名美国国防部人员受伤。去年12月,美军一〇一空降师第三旅设在摩苏尔附近塔勒阿法尔镇的一个基地遭到汽车炸弹袭击,造成四十一名美军士兵死伤。今年2月,驻巴格达国际机场和萨达姆老家提克里特的美军食堂屡遭迫击炮袭击,造成十多名美军士兵伤亡,打得美军士兵不敢进食堂吃饭。

袭击美国军政要员的战例。去年10月,美国国防部副部长沃尔福威茨到伊拉克进行"战区视察",下榻在巴格达市中心的拉希德饭店。那一天,有一辆外观像发电机的拖车被拉进了离这家酒店约四百米的一个公园内,它实际上是一辆经过改装的火箭发射车。几分钟后,它突然向拉希德饭店发射了八发火箭弹,当场炸死一名美军上校,炸伤十七名美军士兵,沃尔福威茨狼狈撤离。美军找到这辆火箭车时,游击队员已不知去向,车上还有十一发火箭弹。没过几天,美军又在巴基斯坦饭店和石油部大楼附近查获两辆安装在毛驴车上的简易火箭发射装置,这种毛驴车在巴格达市内随处可见,搞得美军惶恐不安。今年2月,美军中央司令部司令、驻伊最高长官阿比扎伊德的车队在费卢杰也遭到火箭弹袭击,把他惊出一身冷汗。

击落美军直升机的战例。在伊拉克执行任务的美军"黑鹰""阿帕奇"等各型直升机共有六百二十多架,大多装有"标准的反导弹装备"和对地射击机枪。但伊拉克游击队以"落后"对"先进",用反坦克火箭筒打美军直升机,创造了极佳的战绩。还有一种肩扛式单兵萨姆防空导弹,打直升机也很有效。去年11月,美军一架支奴干大型运输直升机被击落,机上十六名美军士兵死亡,二十人受伤。另一次,美军又有一架黑鹰直升机被击落,机上六名美军士兵全部死亡,后面一架直升机上的一名美军少将侥幸逃过一劫。一年来,仅在"抵抗之都"费卢杰,已有十多架美军直升机被击落。

手刃美国占领军士兵的战例。去年11月,在北方城市摩苏尔市区,两名美军士兵驾车遇到交通堵塞。两名游击队员悄悄溜到他们身旁,一边一个,不声不响,动作麻利地割断了他们的喉管。驻伊美军听到这个故事,无不毛骨悚然。

六

发生在信息化时代的伊拉克游击战,有哪些新特点?

信息化时代这个大背景,既为游击战提供了新的作战空间、新的作战手段,也使游击战增加了许多制约因素。从伊拉克游击战的总体面貌来看,它对信息化时代提供的新的空间、新的手段利用并不多,但受信息化时代的制约却比较明显。这种状况,同伊拉克的社会发展水平、游击队的"起家"条件、游击队员的构成成分等因素有关。

同旧式游击战相比,伊拉克游击战所展现的新特点有:

战场空间主要在城市。旧式游击战往往以乡村为广阔战场，伊拉克游击战则不同。一年来，伊拉克境内直接针对美英占领军的较大袭击活动，比较集中地发生在十八个城市。其中，以首都巴格达为中心的中部城市四个(首都巴格达、拉马迪、哈勒迪亚、法鲁贾)，北部"逊尼三角地带"的城市十一个(费卢杰、提克里特、摩苏尔、基尔库克、巴古拜、萨迈拉、拜莱德、塔吉、盖亚拉、塔勒阿法尔、舒马亚特)，南部城市三个(卡尔巴拉、希拉、纳杰夫)。伊拉克游击战的战场空间这一特点，固然同美英占领军主要在城市直接有关，但它也和当今的时代特点存在着一定关系。在信息化条件下，社会的"神经系统"主要在城市，游击战要想打出社会影响，必须打到城市去。

作战方式小群多样。在信息化时代，侦察手段越来越先进，空中和地面快速反应越来越快捷，游击队的隐蔽越来越困难，已不可能像旧式游击战那样，集结较大队伍，筹集较多装备和弹药，进行较长时间的战前准备，然后一举发起攻击。伊拉克游击战充分体现出"小快灵便、随机应变"的新特点。一般都是小股出没，组织小规模战斗。大多以五六人一组的形式展开活动，歼敌手段"袭、打、炸、杀"并用。作战目标比较现实，不求大捷，务求小胜，每战必使敌方有死伤，积小胜为大胜。每次战斗打死打伤占领军大多在十人以内，一次歼灭美军十人以上的战例较少。

指挥机构高度隐蔽。伊拉克游击战已经打了一年，但外界对它的组织状况、指挥机构、指挥员不甚了了。英国《观察家报》说，美国情报机构迟迟未能弄清"究竟是谁在领导这场伊拉克抵抗运动"。美国《新闻周刊》也说，美军在伊拉克打的是一场"黑暗中的战争"，"虽然不断遭到袭击，却不了解面对的敌人"。在信息化条件下，游击队的指挥机构如果不保持高度隐蔽，极难生存。什叶派起义领袖萨德尔敢于公开举旗亮相，那是因为他本来就浮在水面上,从美军占领伊拉克的第一天起,他就一直在呼吁"赶走美国占领军"。否则,他公开发动什叶派起义的举动就显得有些"冒失"了。

通信手段"反向选择"。信息化条件下,高度普及的现代通信手段快速便捷,但它极易暴露目标,瞬间招来毁灭性攻击。车臣的武装头目杜达耶夫,就是因为使用移动电话,被俄军雷达跟踪系统迅速锁定目标,发射两枚导弹,一举将他击毙。"基地"组织的二号人物阿布·祖巴耶达赫,也是因为使用手机暴露目标被捕获。伊拉克游击队指挥机构为了有效保存自己,多数采用原始方法进行通信联络和指挥,传递的信息是手写的,由秘密人员传送。在高技术条件下,美军自己也认为,"在某些情况下,少一分现代化,就多一分安全"。美军有时也通过这种"反向选择"思维来解决某些复杂问题。例如,美国空军在研究如何防止恐怖组织发动网络攻击时,找到"一个简单的办法",就是"不要过分依赖全球信息基础设施,不要迅速将所有的敏感通信系统相互连接"。

游击队员寓兵于民。伊拉克游击队中的许多人平时并不集结在一起活动,同普通人在家过日子并无两样。他们利用穆斯林宗教集会时碰头联络,接到指令时才出来执行战斗任务。这些措施,都是为了最大限度地降低暴露目标的危险,最大限度地保存实力。

尽可能利用现代化工具。汽车和手机,是伊拉克游击队利用最多的两样现代化工具,"汽车炸弹"和"手机遥控炸弹"都发挥了较大威力。但对网络等先进工具则利用不多,总体上它是一场低技术水平的游击战。

七

伊拉克游击队中有哪几个主要派别?

投入伊拉克游击战的各派抵抗力量,山头林立,各自为战。从媒体报道的情况看,大致可以分为三大派。

第一派,可统称为"逊尼派武装"。它以萨达姆前政权支持者为骨干,美国称之为"萨达姆残余势力"。这一派的社会基础是逊尼派穆斯林,主要游击区域是"逊尼三角地带"。这个三角地带的南部两角,西至巴格达以西一百一十公里的拉马迪,东至巴格达东北六十公里的巴古拜;它的北部顶端是离巴格达以北四百公里的北方重镇摩苏尔。"逊尼三角地带"被称为萨达姆权力的发源地,萨达姆老家提克里特、"抵抗之都"费卢杰,都在这个区域内。这个区域内的居民以逊尼派阿拉伯人为主,并聚居着被遣散的萨达姆政权的许多政府官员、被解散的三十多万伊军的残兵败将、逊尼派穆斯林、复兴社会党党徒、萨达姆家族、萨达姆崇拜者等等。美军惊呼,在这个区域内遇到的抵抗"超出想象"。在游击战开始阶段,这一派抵抗力量对政治前途的认知和感觉是模糊的。他们已经无法再以萨达姆或复兴社会党的名义将各派抵抗力量集合到自己的旗帜下。他们已经无力为"复国"而战,但要为"复仇"而战。今后是重拾门户,还是投入其他政治派别的怀抱,并不明确,并不清晰。随着时间的推移,他们的政治目标才渐渐清晰起来。美国《新闻周刊》曾采访过活跃在"逊尼三角地带"的一支重要游击队"穆罕默德军"的三名游击队员,他们明确表示,既"不支持萨达姆重新掌权",也"反对美国对伊拉克的占领",希望建立一个"没有萨达姆,也没有美国人"的伊拉克新政权。

第二派,可统称为"什叶派民兵"。这一派抵抗力量的社会基础是占伊拉克人口百分之六十的什叶派穆斯林,其突出代表是萨德尔领导的"迈赫迪军"。他们的政治目标是要建立一个以什叶派为主导的伊斯兰新政权。在萨达姆(逊尼派)执政时期,什叶派穆斯林是长期受压的宗教派别,因此,他们对美国发动的"倒萨战争"

采取了"默认"的态度。对于美国能否帮助他们建立一个以什叶派为主导的新政权,他们一直在观望和等待,因而,对美国占领军保持了较长时间的"沉默"。但是,一年来的形势发展使他们感到失望。因此,今年4月突然爆发了席卷伊拉克中部和南部许多城市的什叶派起义。起义领袖萨德尔年轻气盛,代表着什叶派穆斯林中的少壮派、强硬派。这一派抵抗力量虽然"慢起",但爆发力很强。它将逐步壮大,还是速起速灭,尚需观察。

第三派,可统称为"外国志愿军",这一派的情况十分复杂。萨达姆政权倒台后,中东各国的穆斯林原教旨主义者、带有极端宗教情绪的自杀式袭击者、"阿拉伯武装人员""伊斯兰武装力量""伊斯兰支持者组织"等,纷纷拥入伊拉克,"准备发起一场旷日持久的反美游击战"。他们当中,既有以泛阿拉伯主义和泛伊斯兰主义为旗帜的中东各国的极端组织、极端分子,也包括一些带有"基地"背景的国际恐怖组织。"外国志愿军"在伊拉克制造了一系列自杀性爆炸事件,炸美军,也炸穆斯林,蓄意制造宗教矛盾,竭力把水搅混,为他们的"反美武装斗争"创造条件。据报道,今年3月,"基地"第三号人物、约旦人扎卡维在幕后策划,利用什叶派穆斯林庆祝阿舒拉节的时机,以连环式自杀性大爆炸的方式,制造了几百人伤亡的大血案。

八

伊拉克游击战中有哪些复杂因素?

投入伊拉克游击战的各派抵抗力量,好比一圈又一圈逐步扩大的"政治涟漪":第一圈是萨达姆前政权的支持者;第二圈是伊拉克民族主义者;第三圈是中东各国的伊斯兰原教旨主义者。他们政见各异,目标不一,鱼龙混杂,善恶杂陈。

"逊尼派武装"与"什叶派民兵"分属两个不同教派,历史上形成的教派矛盾根深蒂固。萨达姆执政时期是逊尼派得势,什叶派受压;现在是重新摸牌,双方都想摸到一副好牌。逊尼派仍想在未来政权中保持优势;什叶派则想一举争得主导地位,从此翻身。因此,"逊尼派武装"和"什叶派民兵"眼前可以在"反占领"的战斗中结成暂时联盟,一旦美国占领军被赶走或撤出伊拉克,双方的固有矛盾将会突出起来。

另一派"外国志愿军",更使伊拉克游击战增加了许多复杂性。尤其是带有"基地"背景的国际恐怖组织,竭力按照他们的意志要把伊拉克游击战引入极端主义、恐怖主义轨道。这就带来了两方面的"恶果":一是为美军镇压伊拉克抵抗运动增添了口实。美国发动伊拉克战争,刻意制造的两大"虚拟理由"之一,就是"萨达姆支持恐怖主义"。因此,伊拉克游击战被恐怖组织掺和进来,不是恐怖主义也成了恐怖主义,严重削弱了伊拉克人民"反占领"斗争的正义性。小布什和美国政府一口咬定,"伊拉克已经成为反对国际恐怖主义的主战场",伊拉克发生的所有武装抵抗活动都是"恐怖主义"。二是使伊拉克游击战失去了许多国际同情和支持。恐怖组织制造的一系列自杀性爆炸事件,炸约旦大使馆,炸联合国驻伊办事处,炸国际红十字会驻伊机构,四面树敌,自我孤立,遭到国际舆论的一致谴责。特别是频频把袭击爆炸的攻击目标指向伊拉克平民百姓,滥杀无辜,丢民意,失人心。

九

伊拉克游击战的发展前景如何?

伊拉克游击战可能面临三种前途:

第一,反对美国占领军的武装斗争取得重大胜利,最终把美国占领军赶出伊拉克。但接下来,各派武装力量很有可能继续为"分权"而战,引发内战。

第二,各派抵抗力量均遭到美军严厉镇压,大多丧失武装反抗能力,有的从此销声匿迹。美国向伊拉克临时政府"顺利交权",伊拉克游击战转入低潮。

第三,美军撤出伊拉克后,它扶植的伊拉克新政权控制不住局势,各派武装力量重新崛起,互相开战,伊拉克被拖进内乱深渊。

对于上述"疑难杂症"是否有药可治?药方有,药难找。药方是几个"假如":

假如一,出现一个强有力的政治派别,能将各派抵抗力量整合到自己的旗帜下,从而解决统一领导、统一组织、统一指挥的问题,情况将会发生根本性变化。但是,眼下在伊拉克尚找不出这样强有力的政治派别。伊拉克复兴社会党曾经是最强大的政治力量,但现在即使让它"复活",它也无法找回以往的凝聚力和号召力了。逊尼派、什叶派、库尔德人,哪一派都难以将各派抵抗力量整合到自己的旗帜下。

假如二,有一支武装力量能够迅速发展壮大,强大到足以和美国占领军正面抗衡。然后,由它出面将各路杂牌武装收编起来,发军饷,发装备,从军事角度解决统一领导、统一组织、统一指挥的问题。要是那样,说不定也能打出一个天下来。但是,目前伊拉克还看不出哪一支武装力量具有这样的发展潜力。

假如三,出现一位比萨德尔更有政治远见、更富斗争经验、更孚众望的领袖人物,他能够提出被伊拉克各方所接受的政治主张,能够有效地凝聚起伊拉克民族精神,要是那样,也不是完全没有"一呼百应、天助民归"的某种可能性。但是,这样的杰出人物在伊拉克暂时尚未出现。

最后,还一个难题不好解决。

假如真的出现了以上几种"假如"中的某一种"假如",别的大问题都解决了之后,也仍然会有一个难题遗留下来。这就是:对伊拉克境内存在的国际恐怖组织怎么办?这是为伊拉克新政权出好的一道考试题,无论谁上台执政,都必须回答这道考试题,它要考考新政权的执政能力够不够。

2004年5月

临时总理阿拉维

一

眼下的伊拉克,总统是临时的,政府是临时的,总理也是临时的。2004年6月28日上午,美国占领当局向伊拉克"交权",布雷默把象征伊拉克主权的一些法律文书交给了临时总统亚瓦尔,实际上是把实权交给了临时政府总理阿拉维。但阿拉维目前还是"临时工",他能干多长时间,下一步能否转为"正式工",还是未知数,还要看。

舆论普遍认为,这是一场木偶戏,在前台表演的是阿拉维,在幕后牵线的是美国,没有错。阿拉维背后将有一个多达三千人的美国使团,还有十五万美英联军驻扎在伊拉克。但木偶戏也是戏,不妨静下心来,观看一下这出木偶戏的某些微妙处。从现在起,人们观察伊拉克过渡时期的形势,主要看阿拉维。明年1月伊拉克大选,如果阿拉维能够正式当选总理,"临时工"转成了"正式工",今后伊拉克向何处去,更要看他的。

人们都在等着看什么呢?都在等着观看这场战争的结局。不,是在等着观看两场战争的结局。海湾战争之后,老布什只画了一个分号,把画句号的任务留给了儿子。小布什又发动了一场伊拉克战争,他能不能就此画圆这个句号?

阿拉维是不是布什父子想要画的那个句号?

无论如何,布什父子以美国两代总统的身份,先后发动了两场战争,才搞掉了萨达姆,换上了阿拉维,仅凭这一点,阿拉维此人也值得看一看。

二

世事难料。原先,阿拉维和萨达姆是同党,后来成为政敌。他俩曾一起参加阿拉伯复兴社会党的地下活动,当时在巴格达医学院上学的阿拉维,曾为出生入死的萨达姆治过胃病。后来产生分歧,两人分道扬镳。萨达姆追随贝克尔发动政变成功,先在贝克尔手下当了十一年副总统,后来当了总统。阿拉维流亡海外,在美英情报机关资助下开始了"倒萨"活动。萨达姆曾想招安阿拉维,阿拉维不从。萨达姆的异母兄弟提克里蒂派人到伦敦去暗杀阿拉维,一斧子砍下去,砍在他腿骨上,流了很多血,却没有砍死他,屋内呼救声乍起,杀手越窗而逃,为伊拉克历史留下了一个悬念。

三十年河东,三十年河西。如今,流亡海外三十年、大难不死、留下跛行残疾的阿拉维,终于借助美英联军的力量回到了伊拉克,不可一世的萨达姆反倒成了阿拉维的阶下囚,等着接受审判。阿拉维已经放出话来,他个人认为萨达姆应该处以死刑。不管将来审判结果萨达姆是死是活,都会让人心生感慨。

伊拉克这个国家,历史悠久,却多灾多难。二十世纪二十年代后先后获得了半独立、独立地位,却陷入长期内乱。于是提出一个大问题:伊拉克向何处去?乱世争雄出人物。萨达姆和阿拉维,都是在二十世纪五六十年代投身于政治活动的,那时伊拉克世事纷乱,他们两人都梦想着要使自己成为缔造伊拉克历史的英雄人物,两人找到了同一座政治平台——阿拉伯复兴社会党。萨达姆比阿拉维年长八九岁,党龄也比他早十一二年,满可以在阿拉维面前以兄长自居。但普天之下,别的事情都能讲点交情,唯独政治斗争从来不讲交情。政治歧见一旦产生,党友立刻成为政敌。两人争雄的第一回合,萨达姆成功登上伊拉克的政治舞台,阿拉维落荒而走。现在是第二回合,萨达姆落马,阿拉维上马。

伊拉克向何处去?萨达姆道路代表的是一个方向,阿拉维道路代表的是另一个方向。现在,萨达姆道路已经走到头,阿拉维道路究竟能走多远,尚难料定。不过,即使下一步中途换马,阿拉维道路代表的方向已不太可能发生根本性改变了。

三十年前,阿拉维和萨达姆究竟产生了哪些政见分歧,目前无从查考。但有一点可以断定:在伊拉克向何处去的问题上,他们两人的政治主张是对立的。何以见得?因为他们两人的出身背景完全不同。不要小看这一点,它有时会像血缘感情一样,影响一个人选择的政治道路。

萨达姆从小丧父,靠叔父将他扶养成人,艰难玉成。萨达姆的出身背景,不仅造就了他的倔强性格,也使他的精神世界更具伊拉克本土化特点。他后来的独裁、专制,从一个侧面表明,他吸收的主要是伊拉克本土文化营养,而不是外来的西方文化营养。萨达姆念念不忘的是伊拉克历史上的巴比伦文明,他最崇拜的英雄是新巴比伦国王尼布甲尼撒和阿拉伯民族英雄萨拉丁。他一向崇尚阿拉伯民族的强悍性格:要么不站立,要么站立在高山之巅。萨达姆最终的惨败,除了他个人性格中的悲剧因素,也包含着伊拉克历史文化遗产中的某些悲剧因素。

阿拉维的出身背景则不同,他出身于伊拉克封建王朝旧臣家庭,他的前辈与英国殖民者有着较深的渊源。第一次世界大战后,奥斯曼帝国走向崩溃,英国乘机在伊拉克扶持哈希姆家族建立了费萨尔王朝,将伊拉克从奥斯曼帝国中分离出来,成为英国殖民地。1932年英国撤出伊拉克后,名义上"独立"的费萨尔王朝仍受英国控制,处于半独立地位。直到二十世纪五十年代,阿拉维家族中还有人担任费萨尔末代王朝的卫生大臣。阿拉维本人学医,也与家族背景有关。

阿拉维毕业于巴格达医学院,在英国流亡期间继续求学,先后获得伦敦大学医学硕士、英国皇家医学院医学博士学位。之后,他在伦敦郊区的一家医院当了一名神经外科医生,同时也是一位商人。他曾先后被联合国开发计划署、世界卫生组织和联合国儿童基金会等国际机构聘为顾问,有过一些国际机构工作经验。

阿拉维的出身背景,使他对外国势力有一种与生俱来的依附心理。他依附的并不是阿拉伯世界的王室豪门,而是英国和美国这样的现代西方资本主义国家。他当年选择英国作为流亡地,是来源于其家族背景的一种"政治本能",躲到英国的羽翼下,内心就有了一种安全感。在流亡的日子里,谁能帮助他在政治上找到出头之日,他就依附谁。他为美英情报部门效力,借助美英占领军的力量重返伊拉克政坛。今后,阿拉维对外国势力的个人依附变成了国家依附,将会给伊拉克历史带来什么样的结果,不难分析。

对于美国来说,一个土生土长的伊拉克总统萨达姆,布什父子发动了两场战争才把他搞掉,太费事了。现在,阿拉维和伊拉克临时政府的组成人员,不少人都是长期生活在美国或英国的政治流亡者。他们的底细、把柄都捏在美国中央情报局手心里,美国什么时候觉得他们不顺心、不顺意了,想换就能换,好办多了,也省事多了。

三

萨达姆倒台后,阿拉维并未"一步登天"。他在"临管会"工作的一年多时间里,遇到了另一个强劲的政治对手:艾哈迈德·沙拉比。

美国最早选择的是沙拉比。在英国殖民统治时期,沙拉比家族是伊拉克最富有的家族之一。沙拉比早年留学美国,在麻省理工学院专攻数学,又在芝加哥大学取得博士学位。后来回到黎巴嫩,在贝鲁特某大学任教,脑子极好用,被称为"会走路的百科全书"。再后来,成为约旦第二大银行家。1989年银行投机事败,转而投身政治,以推翻萨达姆政权为目标。1991年海湾战争后,沙拉比看准时机,投美国所好,于1992年成立了伊拉克最大的反对派组织"伊拉克国民大会",他担任主席。沙拉比下决心要以这个组织为资本,同美国做一笔比在约旦办银行获利更大的买卖。果然,美国立刻对他寄予厚望。1998年,美国国会通过《解放伊拉克法案》,拨出九千七百万美元巨款支持"倒萨"活动,沙拉比的"伊拉克国民大会"是其扶持重点。据有的资料透露,过去四年间,美国共向沙拉比的"伊拉克国民大会"提供了两千七百万美元巨额资金支持。作为交易,沙拉比向美国提供的"伊拉克拥有大规模杀伤性武器"这条"重要情报",也成为美国向伊拉克开战的主要理由。萨达姆政权倒台后,沙拉比大摇大摆地回到伊拉克,以伊拉克第一大反对派组织主席的身份,担任了伊拉克"临管会"第一位轮值主席。许多人曾认为,伊拉克临时政府总理非他莫属。

沙拉比哪里知道,他身边有一个人正在同他暗暗较劲。谁?阿拉维。无论沙拉比多么风光,阿拉维始终捺住性子,不张扬,暗使劲。

主要是美国要对他们两人进行考查比较。

经过"临管会"一年多试用考查,美国发现沙拉比裤裆里有一裤裆屎,不但不能重用他,还必须狠狠收拾他。美国最最恼火的一件事,就是他提供的"伊拉克拥有大规模杀伤性武器"是一则假情报，成了"情报门"的导火索，在美国朝野掀起轩然大波，把小布什和美国政府搞得狼狈不堪。再回头一查，发现沙拉比向美国提供的情报大部分是假的，骗走了美国不少钱。这时，美国忽然想起，沙拉比在约旦办银行也搞得一塌糊涂，约旦政府不但没收了他的银行，还以挪用、盗窃、滥用存款、货币投机等多项罪名，缺席判处他二十二年监禁，使他在国际上声名狼藉。

沙拉比的这些旧账，美国并不是不知道，但美国的实用主义堪称世界第一。当时，美国国防部副部长沃尔福威茨等人认为，沙拉比是美国手里的一张"倒萨"王牌，他在国际上名声好不好，不用管。直到沙拉比用假情报糊弄美国的伎俩被揭穿后，美国重新想起他在约旦办银行拆的烂污，就像吃了一只大苍蝇，想吐吐不出。

沙拉比提供假情报的问题暴露后，有关他贪污腐败、弄虚作假、欺诈捣鬼等一连串的不端行为都被揭露出来。美国又发现，沙拉比还充当伊朗间谍，玩弄两面手法，一面把美国在伊拉克的意图向伊朗通风报信，一面有意误导美国。

美国特别不能容忍的是，沙拉比还没有真正掌握什么实权，就敢一次又一次同美国唱反调、做手脚、闹别扭。美国出于政治考虑，准备有条件地允许部分复兴社会党人重返政府部门和军队，沙拉比立刻攻击美国道："这不亚于二次大战后让德国纳粹重新执政。"美国发现石油换食品计划中的大量资金被前政权官员贪污了，准备搞调查。沙拉比却说，他已经组织人调查过了，请美国向他支付五百万美元调查费，如果美国不肯向他支付这笔钱，他就要把有关情况向外公布了。实际上，沙拉比自己从中搞了名堂，他用这个办法阻止美国调查。沙拉比还提出，伊拉克的重建基金也应该交给伊拉克人来管。今年5月，伊拉克一名"临管会"轮值主席萨利姆遇袭身亡，沙拉比又借此攻击美国说，这件事表明"美国在伊拉克的安全计划失败了"，唯一的办法是把伊拉克安全部队交还给伊拉克自己指挥,不应该由美国人指挥。至此,美国对他只剩下最后一个感觉:"这条狗疯了。"

怎么办?明天就收拾他。

2004年5月18日,美国国防部就向外透露,每月向沙拉比的"伊拉克国民大会"提供三十四万美元的资助(每年四百多万美元)已被取消。5月20日,美军士兵和伊拉克警察将沙拉比在巴格达的"伊拉克国民大会"总部团团包围,进行突击搜查。美军士兵用枪口顶住沙拉比的脑门儿,不许动。美军士兵和伊拉克警察呼啸而去后,沙拉比用一句阿Q式的语言掩饰内心的无比尴尬,他对记者说:"当美国以这种方式对老朋友下手的时候,它的麻烦可就大了。"

美国主子对付一条走狗还不容易吗?老子一心想把你喂大,你却反咬老子一口,不识相的东西!狠狠一脚,踢得沙拉比"汪"的一声,夹起尾巴灰溜溜地走了。

5月28日,美国正式宣布了伊拉克临时政府组成人员名单和临时总理人选,从中再也找不到沙拉比的名字。

四

阿拉维在同沙拉比暗暗较量的过程中,他采取的是"龟兔赛跑"的策略,沙拉比是兔子,他是乌龟。阿拉维表面上不动声色,暗地里却在加紧做好两方面的工作:对内,做好"临管会"多数成员的工作,暗中拉票,争取支持;对外,雇请美国前外交官帕特里克·特罗斯开办的咨询公司,花大钱派人到美国去游说,通过华盛顿的政治说客和纽约的政治评论家们为他造舆论。阿拉维成功了。他在这场"龟兔赛跑"中胜出,宣告"登顶"成功,当上了伊拉克临时政府总理。

人们忽然发现,不能小看阿拉维。

阿拉维简历：他学生时代就秘密加入了阿拉伯复兴社会党。阿拉维二十六岁时已是阿拉伯复兴社会党的地区领导成员之一，由于他当年同伊拉克总统贝克尔和副总统萨达姆产生了分歧，1971年出走贝鲁特。第二年，阿拉维从贝鲁特前往伦敦定居。流亡中，他密切关注着伊拉克国内局势，结识了不少伊拉克流亡人士。1974年，他与部分流亡人士成立了一个旨在推翻萨达姆政权的秘密组织，得到美国中央情报局的支持。1975年，他宣布退出阿拉伯复兴社会党。1979年，萨达姆当上总统后，曾以威逼利诱等手段想"劝"阿拉维回国，未果。1987年，萨达姆的异母兄弟提克里蒂派人到伦敦去暗杀他，未杀死。1990年，阿拉维的"倒萨"活动由地下转为公开。1991年，海湾战争爆发，阿拉维宣告成立"伊拉克民族团结阵线"，亲任主席。他这个组织比沙拉比的"伊拉克国民大会"早成立一年。1996年，中情局雇用了阿拉维，他秘密策划，准备在伊拉克内部发动一场推翻萨达姆的军事政变，美国提供了六百万美元经费援助。此事被萨达姆情报机关侦破，参与者均被逮捕处决，阿拉维在伊拉克国内的亲属也受到牵连。

阿拉维策划的那次军事政变虽然破产了，他却由此积累了一笔重要资本：秘密结识了一些伊军将领。这次伊拉克战争爆发，阿拉维回到国内，亲自找拉马迪地区和巴格达以西地区的一些伊拉克将领谈话，使这些人一枪未放就投降了。

萨达姆政权倒台后，阿拉维也进入了美国选定的"临管会"，成为九名主席团成员之一。

阿拉维能当上临时政府总理，还有另外一个重要因素，就是他的英国背景。英国是伊拉克殖民地时期的宗主国，伊拉克旧王室、旧贵族、旧官僚的后辈们，对英国都有一种依恋之情。英国伦敦是萨达姆时代反对派人士的会集之地。阿拉维流亡英国三十年，在伦敦市郊安家落户，成家立业，等于成了英国的"养子"。

英国也对伊拉克这个老殖民地旧情难忘,寄居在英国的大批伊拉克流亡者,无时无刻不在影响着英国政府对萨达姆政权的政策取向。

美国虽然想一口独吞伊拉克,但伊拉克战争是"二布"联手发动的,对英国在伊拉克的传统影响、传统利益也不能一点不顾及。美国要想在伊拉克站住脚,英国对伊拉克的传统影响是一笔可以借用的重要资源。另外,留美的亚瓦尔是逊尼派,留英的阿拉维是什叶派,安排这样两个人分别担任伊拉克临时总统和临时总理,恰好找到一种平衡,也算是美国给了英国一个面子。

五

阿拉维取得了美国的信任,伊拉克老百姓却对他不信任。在伊拉克老百姓心目中,阿拉维过去是美国"中情局雇员",现在是美国傀儡。他去国已经三十年,依靠美英枪杆子撑腰,回国当上了临时政府总理,这样的人能真心实意为伊拉克民众效命吗?伊拉克老百姓对他疑问多多,疑云难消。

像阿拉维这样一些投靠外国势力的流亡者,仰仗外国枪杆子回国执政,都会发现自己是走在一条狭窄的小巷里,两边都被高墙封堵着。一边是美国主子,一边是伊拉克民众,中间那条小路窄得像一线天,随时都有被挤扁的危险。为了求得伊拉克老百姓的"接纳",他们必须在依附性和独立性之间走钢丝。他们背后见了美国主子点头哈腰,当着伊拉克老百姓的面又必须竭力表现出某些独立性,否则根本站不住脚。沙拉比为什么急于要对美国主子说"不"?就是急于想以这样的姿态讨好伊拉克的老百姓。但沙拉比这位花花公子式的人物,把握政治火候的功夫远远不到家,在这条深巷中没有走出几步,就两面碰壁,被挤扁了脑袋。

伊拉克老百姓压根儿就瞧不起这些跟在美国坦克后面回国来执政的政客们。沙拉比和阿拉维,都曾遇到过一件尴尬事,很能说明这一点。萨达姆倒台后,在巴格达以南的一片坟地里挖出了不少什叶派穆斯林的尸体,死者家属纷纷前去认领被害亲人的尸骸。沙拉比闻讯赶去,主动和现场的死者家属和记者们套近乎、拉关系,想借此机会煽动对萨达姆前政权的仇恨。死者家属们一听就火了,立刻对他破口大骂,有些人甚至动手要把他扔进坟坑里去,吓得沙拉比像一条灰狗似的走了。什叶派穆斯林对待沙拉比是这样,逊尼派穆斯林对待阿拉维怎么样?今年4月,逊尼派"抵抗之都"费卢杰发生了杀死美国人的事件,美军对费卢杰重重包围,血腥扫荡了三个星期。解除包围后,阿拉维派人送去六卡车家用电器,对费卢杰老百姓表示慰问。车上特意挂了一条横幅:伊亚德·阿拉维博士送给费卢杰人民的礼物。但费卢杰的游击队员在城外就将这个车队截住了,不准他们进城,请司机们立刻掉转车头开回巴格达,滚!司机们要求让他们把东西送到市长办公室去。游击队员们说,你们可以送去,但我们会把你们的车子全都烧掉。卡车司机们吓得赶紧掉转车头开回了巴格达。

开天辟地到如今,天下都是靠自己打下来的香。靠外国枪杆子即使能够"得天下",在中国叫"汉奸",在伊拉克叫"伊奸",无法得人心。

阿拉维为了千方百计争取伊拉克人心,怎么办呢?他使出的手段有"五抓":

一抓"主权"。阿拉维在临时政府成立大会上说,临时政府应该"具有完全主权",这是恢复法治、维护稳定和建设民主生活的关键。为此,临时政府要做好一切准备,在6月30日"收回全部主权"。阿拉维为何敢把"具有完全主权"和"收回全部主权"作为临时政府的宣言?因为当时联合国正在围绕美国提出的交权决议草案密切磋商，国际舆论一致认为，美国应该向伊拉克交回全部主权。他聪明地利用了国际舆论的力量。几天后，联合国正式通过决议，满足了伊拉克收回"全部主权"的要求。美国交权后，阿拉维的每个关节上都被美国拴着一根线，美国牵一牵他才能动一动。但是，他要求收回"全部主权"的公开讲话，却在舆论上赢得了一分。

二抓"平乱"。阿拉维深知，尽快恢复伊拉克社会安定，是全国老百姓人心所向。美国交权后，他说，现在国家稳定和人民生命安全已掌握在我们自己手中，我们有办法恢复和保证安全。他很快公布了一些新的法律，赋予伊拉克安全部队以更大的权力，可以抓人，可以宵禁，甚至可以使用某些萨达姆用过的办法。假如阿拉维真的能在较短时间内使安全状况得到改善，伊拉克老百姓对他的态度也将有所改善。

三抓"武装"。阿拉维公开表示，美军占领当局行政长官布雷默下令解散伊拉克几十万军队是一个大错误，它造成了强力机关真空，使许多旧军人跑到武装反抗组织中成了骨干，成为伊拉克社会动乱的重要根源。他这个说法不无道理。他宣布，这些人参加抵抗外国占领军的战斗是合法的，只要愿意放下武器，就能得到临时政府"特赦"。6月8日，他公布了一个重大消息，说是经过谈判，已有九个主要政党同意解散各自的民兵组织，将有十万名武装分子放下武器，有的将回到军队，有的将成为警察，有的可以参加安全机构，有的回家过平民生活。此举也使他收到了不小的宣传效果，又得了一分。

四抓"舆论"。阿拉维把他在国外流亡期间创办的广播电台改成调频电台，每天播出十二小时，又出版了《巴格达》日报，大力宣传他的"治国方略"。他还同美国密切配合，在媒体打造自己的形象，不断提升国际知名度。

五抓"民心"。他对萨达姆政权的残存势力采取了分化瓦解、拉拢收买、怀柔招安等策略。他公开主张,要区分萨达姆死党和一般复兴社会党人,对后者应当重新起用。今年4月美军对费卢杰实施血腥扫荡,造成四百多名伊拉克平民伤亡。阿拉维当时做了一个"姿态",宣布退出"临管会",对美军的血腥扫荡表示强烈抗议。后来在各方劝说下,他才"放弃辞职"。随后,美军同意由萨达姆时期的旧军官接管费卢杰,当地民众热烈欢迎。这样一来,也使逊尼派对阿拉维软化了一些敌意。

但是,另外一件事却很微妙。阿拉维要求美国把萨达姆交给伊拉克临时政府审判,他原以为这样可以一举两得,既可借此体现伊拉克主权,又可借此争取民心。但是,在萨达姆对伊拉克民心影响力的判断上,美国和阿拉维一错再错。美国发动伊拉克战争之初,原以为推翻了萨达姆政权,伊拉克民众会万人空巷,手持鲜花,夹道欢迎美军。结果,美军不但没有受到夹道欢迎,反而迎来了接连不断的袭击爆炸事件。这一次,公开播放审讯萨达姆的镜头后,同样没有收到预期效果,反而使许多伊拉克人看到了一个重新活过来的萨达姆。美国和伊拉克临时政府都承认,此举又是一个失策。

人心这东西,看不见,摸不着,要想揣摩透它,难;要想得到它,更难。人心向背,这是天下第一号大学问。

伊拉克民众对阿拉维的不信任,不是那么容易消除的。他们至少以十个不信任在等着阿拉维,好比一场乒乓球比赛,阿拉维零比十落后,他必须一分一分往上搏,眼下虽然已经得了几分,但想从根本上改变局面难而又难。他即使能搏到十比十平,功亏一篑的可能性仍然极大。

六

阿拉维除了"中情局雇员"的污名难洗,民心难得,他面临的其

他挑战还有很多。给他粗略算一算,至少还有以下"六难"在等着他:

一难:武装抵抗活动难平息。虽然阿拉维宣称,已有九个政党同意解散各自的民兵组织,但那还只是口头上的。如果阿拉维对他们许下的诺言兑现不了,这些组织的武装抵抗活动很可能死灰复燃。在伊拉克这样有着长期动乱历史的国家里,乱世英雄们都懂得,谁手里有武装力量,谁就有生存的实力保障、争得地位的政治资本。谁的武装实力强,谁的发言权就大。在实际利益没有到手之前就贸然"缴械",无异于自投罗网。何况,影响最大的萨德尔"迈赫迪军"并没有同意解散,反而说要发动更大的抵抗。美国交权以来,伊拉克境内的袭击爆炸事件仍然接连不断,反对派一点面子也没有给阿拉维。

另外,我在《伊拉克游击战解读》一文结尾处曾写过那样一段话:"别的大问题都解决了之后,也仍然会有最后一个难题被遗留下来,那就是对伊拉克境内存在的国际恐怖组织怎么办?这是为伊拉克新政权出好的一道考试题,谁上台执政,谁就必须回答这道考试题,用它来考考新政权的执政能力够不够。"现在的情况是,阿拉维既想解决局势不稳这个大难题,又想利用这个大难题,为自己赢得更多争取立住脚跟的时间。此话怎讲?伊拉克临时宪法明确规定,大选必须在2005年1月31日前举行。但阿拉维上个月在接受美国哥伦比亚广播公司采访时却说:"我们承诺举行选举……但安全是决定我们能否在1月、2月或3月举行选举的主要因素。"他这番话本身就可能成为不稳定因素,有的武装分子已向阿拉维本人发出了死亡威胁。

二难:宗教派别难摆平。逊尼派与什叶派的教派矛盾根深蒂固。萨达姆时代逊尼派独掌大权,什叶派长期不服,萨达姆采取高压政策。现在按人口比例分配政治权力,什叶派占伊拉克人口总数百分之六十,逊尼派占百分之二十,权力大小颠倒了过来。即使这样,什叶派也不一定感到很满足,因为他们谋求的是要建立一个完全由什叶派说了算的新政权。今后,什叶派的这一过高要求一旦得不到满足,他们很可能把不满发泄到阿拉维身上,认为他背叛了什叶派。逊尼派则很容易同萨达姆时代相比较,感到政治地位一落千丈,更容易把失落感发泄到阿拉维身上。另外,还有库尔德人的问题,恐怕比处理教派矛盾更难。想当初,萨达姆的高压政策算是厉害了,库尔德人硬是不服,萨达姆动用毒气镇压库尔德人暴乱,被扣上了一条"反人类罪",等待审判。

三难:政治派别难对付。伊拉克的众多政治派别,不管过去是地下的,还是地上的,都在等着享受一次政治大会餐。萨达姆时代得到美国资助的反对派组织就有六个,阿拉维宣布同意解散民兵组织的政党是九个,到明年1月伊拉克大选时,还不知道又会冒出多少个政治派别来。这些且不说,单说沙拉比的"伊拉克国民大会",它是萨达姆时代的第一大反对派组织,现在沙拉比被美国一脚踢开,这个组织转眼成了站在阿拉维对立面的第一大反对党。想当初,沙拉比的实力比阿拉维强,牌子比阿拉维硬,现在阿拉维上台,沙拉比落马,沙拉比岂肯善罢甘休?

四难:西方民主与伊斯兰文明难融合。美国把阿拉维扶上台,指望他在伊拉克推行美国式的政治制度,以树立"样板",进而对中东进行"民主化改造",这是美国既定的战略目标。但是,历史上一次又一次十字军东征,基督教文明想征服伊斯兰文明,征服了没有?征服不了。美国发动伊拉克战争时,小布什一不小心说漏了嘴,说这是一场"新的十字军东征",令阿拉伯世界舆论哗然,使他不得不马上改口。阿拉维当然很清楚,伊拉克是有着深厚阿拉伯历史文化和伊斯兰宗教传统的国家,伊拉克民众最难接受的,恰恰是用美式民主替代伊拉克传统这一条。为了应对这个大难题,阿拉维采取了"有话在先"的策略,在美国交权前一天,他就在美国《华盛顿邮报》上刊登文章说,伊拉克有自己独特的文化和历史背景,有自己的习俗和价值观,不应该照搬美国、英国或其他国家的政治体制,而应该在吸收别国经验的基础上,再听听联合国和其他国际组织的建议,找到最适合伊拉克的民主政治体制。他这些话本身应该说是讲得不错的,但这是他的一厢情愿,美国能给伊拉克这么大政治空间吗?看实践吧。

五难:同阿拉伯国家的友好关系难建立。阿拉伯世界想团结、难团结,这个现状谁都看得见。过去,萨达姆总想在阿拉伯世界当老大,向伊朗开战,向科威特开战,把自己搞得越来越孤立,最后导致毁灭性恶果。现在,萨达姆垮台了,但伊朗仍是美国的死对头,两伊关系能改善吗?另外,美国要以伊拉克为突破口,对中东进行"民主化改造",无形之中又把伊拉克摆到了许多中东国家的对立面,这些国家都以一种紧张的心情和警惕的目光,在注视着伊拉克的一举一动,很难同它亲近得起来。

六难:国民经济难恢复。多灾多难的伊拉克,从1991年至2003年,短短十二年,经历了两场战争,基础设施被炸得差不多了。战后的伊拉克,百业待举,百废待兴。国民经济要想得到全面恢复,谈何容易。现在,世界主要国家都盯着美国把持的"伊拉克重建"这块大蛋糕,势必会在国际上引发一场错综复杂的利益之争。同时,被揭露的许多情况表明,不少驻伊美军头目、伊拉克临时政府各级官员,都已纷纷插手重建工程,贪污腐败之风正在迅速蔓延。

伊拉克的过渡时期,阿拉维前进道路上布满弹坑,他随时都有可能踩到路边炸弹,先看看他能不能走完这一段危险路段吧。

2004年7月

从伊拉克战争说到诺曼底登陆

一

诺曼底登陆与伊拉克战争有什么关系？

毫无关系。

不，有点关系。

2004年6月6日，适逢诺曼底登陆六十周年纪念日。就在这个纪念日的前几天，小布什在美国空军学院发表讲话说："反恐战争是二十一世纪的第二次世界大战，我们正在一场风暴中飞翔。"他本来并不是诗人，却想借助一点诗意，利用纪念诺曼底登陆六十周年这个重要日子，来抬一抬自己。谁知他话音未落，立刻招来媒体一片嘘声。世界舆论迅速提醒小布什：伊拉克战争根本不能和二次大战相提并论，纪念诺曼底登陆六十周年也和伊拉克战争扯不上边。有一位参加过二战的美国老兵德马蒂诺，这时也插了一句：二次大战的目标是崇高的，而伊拉克战争更像是一场"鬼鬼祟祟的战争"。几天后，小布什到法国诺曼底海滩去出席纪念大会，虽然也发表了讲话，但他再不敢提伊拉克战争。

不过我倒想说，伊拉克战争与诺曼底登陆还是有点关系，虽然它不是小布什说的那种关系。你看,6月6日那一天,美、英、法、德、俄等十六国元首和政府首脑云集诺曼底。不仅是"为了和平,重温战争",他们还想借诺曼底登陆六十周年纪念活动之"泥",抹平自伊拉克战争以来产生的裂痕。诺曼底登陆和毫不相干的伊拉克战争,就这样产生了某种联系。

世界上没有孤立的事件。地球这边一只蝴蝶飞过,地球那边可能引发一场雪崩。一件千万年前的什么文物出土,会使今天的学术界翻江倒海。在诺曼底登陆这座二次大战的回音壁上,被一场充满争议的伊拉克战争撞出一点当年反法西斯战争的历史回声来,倒也并不奇怪。

想当年,二次大战进入决战阶段,苏联对德展开强大反攻,美英在诺曼底登陆开辟第二战场,对德军东西夹击,最终将德国法西斯打败。战后,美英却与苏联迅速反目成仇,对峙了近半个世纪。然后,苏联崩溃,冷战终结,二次大战形成的世界政治版图被打乱、重组,这个过程迄今仍在继续。

世事变迁,沧海桑田,其间充满了前因后果、千丝万缕、瓜瓜葛葛,剪不断,理还乱。

血战诺曼底,匆匆六十年。阳光下,碧海边,战魂尚在,白骨已朽。海风吹白发,踯躅人已老。昔日敌手相逢,相视一笑:"你好吧?""你好吧?""坐吧。""坐吧。"声音发颤,手指发抖,眼已花,耳已背。风声浪声里,一个大声问,一个高声答,一声战争,一声和平。情丝悠悠,泪光闪闪……这就是二战老兵们凭吊诺曼底战场的情景,挺感人的。

在诺曼底海滩纪念大会的中心会场上,却是首脑云集,风云际会。它使人联想起二次大战中那些大国政治家们叱咤风云的一幕,悠悠往事,历历在目。二战中的罗斯福、丘吉尔、斯大林等老一代政治家,曾以他们的政治谋略和军事行动,战胜了纳粹,改变了世界,留下了遗产。今天的小布什、布莱尔、希拉克、普京、施罗德等新一代政治家,围绕一场充满争议的伊拉克战争,也都显露出了他们各自的心迹,也都在想按照他们各自的意志去影响世界、改变世界。

然而,这两代政治家,是两个不同时代政治风云的产物。他们是"爷爷辈"与"孙子辈"的关系。比较一下这两代政治家的胸怀、视野、抱负和作为,会让人生出许多感慨来。

二

说到诺曼底登陆,不能不说到美国战时总统罗斯福,不能不说到罗斯福在二战中的历史作用。

美国真正发迹,是在二战。这期间,罗斯福连任四届总统,实际任职十三年,所起的作用十分关键。至少有这样三条:第一,罗斯福充分利用二战契机,以军工生产振兴美国经济,大发战争财,使美国成了暴发户。第二,罗斯福促成并主持了"三巨头"会谈,成功地协调了同盟国在反法西斯战争中的立场,与苏联联手打败了希特勒,为最终取得反法西斯战争胜利作出了重要贡献。第三,罗斯福及早提出了建立战后国际新秩序的战略构想,在他提议下成立了联合国,奠定了战后世界政治格局的基本框架。罗斯福在二战中的这些谋略和作为,使美国在战后的西方世界开始发挥"领导作用"。

美国崛起,与两次世界大战有着密切关系。两次大战,主战场都在欧洲、亚洲。一个个欧洲老牌强国的前庭后院、坛坛罐罐都被砸得稀巴烂。美国这个新贵豪门却远隔大洋,两边临海,独门独院,安然无恙。二战中,美国虽然被日本偷袭了一下珍珠港,那只是被人砸了一家孤岛小店,鱼池小殃,城门未失,无碍大局。二次大战爆发,开始阶段美国并未参战,罗斯福及时吁请国会修改"中立法",允许交战国从美国大量购买武器。日本偷袭珍珠港后,美国正式参战,罗斯福进一步动员美国全部工业力量投入军工生产,其军工生产能力达到德国和日本的总和。到1944年,美国军工生产已上升至轴心国的两倍。二战期间,美国生产出这么多武器装备,从交战国换回了滚滚财富,发战争财发得昏天黑地。二战中,美国向英国提供了五十艘超龄驱逐舰,却换取了西半球八个军事基地,又狠狠地捞到一笔实利。如此这般,美国怎能不暴富、怎能不发迹?

不可否认,在国际政治中,罗斯福是一位富有远见的世界级政治家。纵观罗斯福在二战中的政策取向和行为实践,他始终紧紧围绕一个战略目标在努力:美国要站出来当头。

要实现这样的战略大目标,必须在外交事务中有大突破才行。罗斯福从哪里搞重大突破?搞"三巨头"会谈。他的战略思维是:两次大战,都由德国发起,不把德国彻底制服不行。但要彻底制服德国,必须联合其他大国共同对敌。当时法国已经沦陷,无可指望,只能先联合英国。罗斯福频频与丘吉尔会晤,共同签署了《大西洋宪章》,向世界宣告:美英两国将联合起来打败法西斯。但罗斯福和丘吉尔都清楚,仅靠美英两国的力量还不够,还必须同苏联搞联合。这时罗斯福已经看得很清楚,斯大林领导下的苏联,已在对德作战中挺过了最艰难的时期,并且愈战愈强,可以预见战后的苏联将会更强大。因此,罗斯福得出结论,要想最终战胜希特勒,必须同苏联联手,别无选择。

但要和苏联这个"共产主义恶魔"坐到一起,这种转变谈何容易?美国朝野想不通,连罗斯福的儿子埃利特奥也不理解。罗斯福对儿子说:"美国将不得不出面领导。"为什么呢?因为"英国在走下坡路,中国仍在十八世纪状态中,俄国猜疑我们,而且使得我们也猜疑它。美国是能在世局中缔造和平的唯一大国。这是一项巨大的职责,我们实现它的唯一办法是面对面地与这样的人会谈。"

罗斯福早已成竹在胸。美国要想站出来"领导"这个世界,就必须在世界反法西斯战争中当好挑头的角色,战后别的国家才能认可美国的"领导地位"。

罗斯福为了实现他的战略目标,付出了巨大耐心。战争期间,他以主要精力协调盟国在反法西斯战争中的立场,运筹战后安排。罗斯福是"三巨头"会谈的主持人、协调者。会谈中,主要靠他来协调三方关系,平衡三方利益。如果不是罗斯福的远见、胸怀和耐心,很难想象,斯大林能和丘吉尔在一系列涉及双方利害关系的重大问题上达成一致意见。"三巨头"会谈取得成功,起到了"搞定战争""摆平世界"的作用。

就以诺曼底登陆为例。

早在1941年9月,当时美国尚未参战,斯大林就要求丘吉尔在欧洲开辟第二战场,对德实施战略夹击,以减轻苏联压力,但丘吉尔考虑得更多的是英国在北非、南欧的利益,对此很不积极。不久,日本偷袭珍珠港,美国参战。苏联又同美、英两国分别就开辟欧洲第二战场进行磋商,由于丘吉尔反对,仍无结果。

此事一直拖到1943年11月,在德黑兰举行第一次"三巨头"会谈时,诺曼底登陆(又称"霸王战役")才被正式提上议事日程。丘吉尔仍在会上讨价还价,只同意在地中海搞小规模登陆,不同意在风大浪急的英吉利海峡搞大规模登陆。斯大林对他说,在地中海即使登陆成功,上岸后有阿尔卑斯山脉阻挡,作战部队很难翻越,对德军构不成直接威胁。只有从英吉利海峡登陆,进入法国北部,才能迅速突破德军大西洋防线,穿越法国本土,直击德军要害。但为了照顾丘吉尔的情绪,斯大林又说,地中海方向可以搞一个辅助战役,起配合作用,但主要战役必须放在法国北部。丘吉尔固执己见,不同意。罗斯福调解说:"如果进行地中海战役,势必推迟'霸王战役'。我是不想推迟'霸王战役'的。"很显然,罗斯福已站到了斯大林一边。但顽固的丘吉尔寸步不让,第一次讨论未果。

次日再谈。丘吉尔仍不改口,顽固到底。斯大林火了,突然从椅子上站了起来,回转身去对伏罗希洛夫和莫洛托夫说:"我们家里的事情堆积如山,没有必要在这里浪费时间,我看不会有什么结果……"

罗斯福一看,此事再不能议而不决了,马上打圆场道:"很清楚,我们对'霸王战役'重要性的看法完全一致,唯一的问题是什么时候开始。"接着,他果断地否定了丘吉尔的意见,明确表态:"在地中海搞一次战役是危险的,它会分散作战部队,推迟'霸王战役'。我主张不要改变魁北克会议商定的'霸王战役'发动日期,即1944年5月上旬。"至此,诺曼底登陆计划才基本敲定。如果没有罗斯福,诺曼底登陆战役也许最终都搞不起来,至少搞不成这么大规模。要是那样,二次大战的进程和结局说不定会出现另外一些情况。

关于成立联合国的构想,也显示出罗斯福的远见。在他看来,第一次世界大战结束后成立的"国联",未能在阻止德、日、意侵略扩张行动方面发挥作用,导致一次大战结束后,相隔仅短短二十年,又爆发了二次大战,这是一个教训。为此,在德黑兰举行第一次"三巨头"会谈时,罗斯福就向斯大林透露了建立联合国的构想。他说,战后要成立一个大约由三十五个国家组成的机构,在它上面再建立一个由十来个国家组成的执行委员会,执行委员会上面再建立一个由美、苏、英、中四国组成的小机构,他叫它"四个警察",这个机构有权立即处理对和平的任何威胁和突然事变。

这里有一个细节,罗斯福讲的"四个警察"后来成了联合国五个安理会常任理事国的基础,但罗斯福当时没有提到法国,他对法国很反感。他举例说:"1935年,当意大利进攻埃塞俄比亚时,当时存在的唯一机构就是国联。我曾亲自请求法国封闭苏伊士运河，但是法国把它交给了国联。国联对此发生争论，一事无成。结果意大利军队通过了苏伊士运河，占领了埃塞俄比亚。"他说，如果当时有一个像"四个警察"这样的机构，就有可能下令封闭苏伊士运河。

斯大林一听就明白了，罗斯福是想建立一个美国能发挥主要作用的国际机构。他知道，战后的欧洲和世界，都已离不开美国的影响了。斯大林表态说，可以成立一个欧洲委员会或世界委员会。并说，在欧洲委员会里面也应当有美国。这就是罗斯福在二战中为美国奠定的"领导地位"。

逝者如斯。

今年，恰逢诺曼底登陆六十周年。小布什一心想找到罗斯福在二战中那种"世界领袖"的感觉，但他没有找到，他找不到。

常言道，时势造英雄，英雄造时势。二次大战为罗斯福总统提供了一个历史性机遇，为他搭建了一个世界性大舞台，使他演出了精彩一幕。但不要忘了，小布什同样遇到了千载难逢的历史性好机遇，时势也为他搭建了一个大舞台。可惜，小布什"识时务"的本领无法跟罗斯福相比，大好机遇被他痛失了，大好舞台被他自己糟蹋了。

小布什遇到了什么样的历史性机遇？想想嘛，世纪之交，苏联瓦解了，冷战终结了，剩下美国一强。举目世界，英国、法国实力不济，德国、日本尚未重新获得参赛资格，俄罗斯自顾不暇，中国还在初级阶段，印度睡意蒙眬将醒未醒，没有人能与美国争高低。请问，美国什么时候遇到过这样好的历史机遇？没有，千载难逢。小布什如果真有远见，真有抱负，真有本事站出来"领导世界新潮流"，那就应该在世人面前拿出点远见卓识来，至少拿出一张草图来，同时拿出一点"世界最强"的大家风范来，对不同文化背景的世界各国人民多表现出一点美国的善意来,让世人对这个世界看到更多希望,对未来增添更大信心。可是没有,人们看到的小布什,小家子气得不行,狭隘得不行,自我紧张得不行。在这个世界上,他似乎谁都容不下,这怎么行?

时势也为小布什搭建了一个世界性大舞台。"9·11事件"后,全世界一个声音支持反恐,没有哪一个国家公开与美国唱反调。请问,美国主张干的事,有哪一件得到过全世界如此广泛一致的支持?没有,史无前例。反恐斗争就是一个世界性大舞台,你小布什好好演出吧。可是不,小布什偏偏要在完全一致的世界反恐舆论中制造出一点不一致来。他刚刚打完阿富汗,又急着要打伊拉克。联合国讨论说,目前尚未找到伊拉克支持恐怖主义的确切证据,不要急,操之过急不好。小布什哪里听得进?你联合国通不过,我可以不理你联合国。他和布莱尔一商量,干!就开战了。反恐是世界性大课题,全世界的人都在翘首以盼,希望能够找到对付恐怖主义的良策,逐步缓解它、化解它、最终解决它。多么好的一笔资源啊,他不会经营。说到底,他没有这个远见,没有这个胸怀,不愿利用反恐这个契机,去解决一些国际上最基本的矛盾,不愿借反恐机会去推动世界进步事业发展,急欲报美国一国之私仇,只想捞取美国一国之私利,哪有不碰钉子的?平日里口口声声国际大家庭,关键时刻却不去调动世界上方方面面的积极性,完全不像干大事、成大业的做派,倒像一副"开小店"的做派,连股份制都不要,只同英国布莱尔小哥俩合伙,省事,分红时好算账。

再看看当年的罗斯福,他为了在反法西斯战争中充当好西方大国的挑头角色,付出了多少坚忍不拔的努力!举行"三巨头"第二次会谈时,斯大林以自己要指挥战争、难以分身为由,执意不肯离开苏联。那时罗斯福的健康状况已经很差,但为了办成大事,他可以拖着病躯,千里万里坐海轮、坐飞机,前往苏联雅尔塔去参加第二次"三巨头"会谈,坚持与苏联在反法西斯战争中合作到底,并成功协调美、英、苏三方利益,在胜利前夕先把蛋糕切好。

世界是大家的,要办成一两件世界大事,哪能一意孤行?尤其解决世界性难题,哪能容许你图省事?

小布什与罗斯福,胸怀、气度,显然不在一个档次。伊拉克战争打成这样,拖成这样,不是没有原因的。

三

丘吉尔和布莱尔,这"祖""孙"俩处理世界事务的视野和气质,也不在一个档次。

由于太胖,将腰带扎到胸口的丘吉尔,同样是一位世界级政治家,他也是二战风云中的主要人物之一,也为反法西斯战争胜利做出过重要贡献。丘吉尔性格复杂,却爱憎分明。他早年毕业于军事学院,当过海军大臣、陆军大臣兼空军大臣、财政大臣,两度担任英国首相,还是一位获得过诺贝尔文学奖的作家。人们送给他的头衔很多:纵横捭阖的政治家、左右逢源的外交家、雄辩的天才演说家、出尔反尔的政客……

丘吉尔在二战中的表现,值得称道的是他识时务,突出地表现在他对苏联态度的转变上。苏联十月革命成功之初,担任英国陆军大臣的丘吉尔,曾是反共急先锋。当时第一次世界大战刚结束,协约国讨论制裁德国时,丘吉尔却竭力主张"把德国养大,迫使它同布尔什维克斗"。第一次世界大战后对德国遗痈养患,丘吉尔是有账的。当然,后来张伯伦对希特勒实行绥靖政策,责任更大。

但在二战中,丘吉尔的反法西斯立场很坚定。1941年6月22日苏德战争爆发的当天,已担任首相的丘吉尔立即发表了一篇著名的广播演说,坚决支持苏联反击德国法西斯军队的侵略。

他说:"在过去二十五年中,没有一个人像我这样始终一贯地反对共产主义……但是这一切,在我们眼前展现的情景之下都已黯然失色……我们只有一个宗旨,一个唯一的和不可改变的目标,我们决心要毁灭希特勒……什么都不能改变我们这个决心……我们将给俄国和俄国人民以一切援助……俄国的危难也就是我们的危难……让我们齐心协力打击敌人吧……"

政治家的最大价值体现在哪里?在国内政治中为大多数人谋利益,在国际政治中主持正义,站在推动人类进步事业这一边。丘吉尔无论以往曾经如何反共,但当法西斯危及人类文明时,他却表现出了是非分明的道德观、价值观,反对纳粹,支持苏联。

丘吉尔和罗斯福一样,在重大历史关头,也是敢于搞重大外交突破的人。而且,只要丘吉尔想干一件什么事,他总能为自己找到令人难以驳倒的理由。他留下过一句名言:"没有永久的朋友,也没有永久的敌人,只有永久的利益。"

1942年,丘吉尔主动要求访苏,亲赴战云密布的莫斯科与斯大林会晤,为推迟开辟欧洲第二战场亲自向斯大林做解释。同时,丘吉尔也是为了要去摸清一个底细:如果再推迟开辟欧洲第二战场,苏联承受压力过大,斯大林会不会单独和德国媾和?事关重大,粗心不得,他必须亲自跑一趟。

斯大林很快答复,欢迎他去。此时敌人离莫斯科最近处仅五十公里,丘吉尔想请斯大林到高加索的阿斯特拉罕会晤。斯大林说,不,你要来就来莫斯科。斯大林是"宁可喜欢真正的敌人,也不喜欢假的朋友"的人。丘吉尔要摸斯大林的底,斯大林何尝不在摸丘吉尔的底?丘吉尔顽固,斯大林更强硬。斯大林虽然对丘吉尔一再拖延开辟第二战场很不满,但对他的雄辩口才和固执得很坦率的个性,却表现出了少有的尊重。在欢迎丘吉尔的宴会上,斯大林向丘吉尔讲了一个故事:萧伯纳访苏时,曾向他建议邀请当时的英国首相劳合·乔治访苏。斯大林说:"为什么要邀请他来?他是干涉我们的头子。"萧伯纳夫人立即纠正说:"不对,是丘吉尔使他误入歧途。"丘吉尔一听,马上向斯大林承认说:"我是干涉最活跃的人物。"说完马上问斯大林:"你已经宽恕我了吗?"斯大林一听笑了:"这一切都已过去,过去的事情应该属于上帝。"两人最后一次会谈结束时,已是深夜了,斯大林破例把丘吉尔请到自己的住所去,两人面对面一边喝酒聊天,一边等着莫洛托夫把公报草稿送来,两人共同审阅、签署。

通过面对面接触,丘吉尔对斯大林钢铁般的意志敬佩之至。当时,苏德战争战线漫长,苏联损失巨大,压力巨大,困难巨大,莫斯科郊外五十公里处就有德军,真正称得上惊涛骇浪、惊心动魄。斯大林却谈笑自如,稳如泰山。丘吉尔心中的那个疑虑消失得无影无踪。事后,丘吉尔在给罗斯福写信通报与斯大林的会谈情况时称,他与斯大林已经"建立了一种对将来很有益的个人关系"。

够不够世界级政治家,有没有大局观是一个重要标志。在盟军的反法西斯行动中,丘吉尔经常表现出利己主义倾向,但他对反法西斯同盟这个大局的分量是知道的。几年中,他为了协调英、美、苏三大国关系,无数次来往穿梭,做了大量工作。再如,为了认真做好诺曼底登陆战役的准备,斯大林提醒说,应当及早任命一位盟军总司令,只有让同一位总司令来负责战役的准备和战役的实施,这样才能搞得好,切忌中途换人。这是经验之谈。在这个问题上,丘吉尔也是顾大局的。虽然诺曼底登陆战役是在英国集结和展开,但考虑到一旦战役发起,美军参战人数将大大超过英军,丘吉尔立即表态,这个总司令应该由美国人来当,英国人可以当地中海方向的司令。于是,罗斯福知人善任,任命最善于协调关系的艾森豪威尔担任盟军总司令,全盘负责诺曼底登陆战役的准备和实施。顽固的丘吉尔一旦同意实施这次战役,他后来也是出了很大力的。丘吉尔对世界反法西斯战争的胜利有一份功劳,以反法西斯斗士的形象载入了史册。

不知从什么时候起,只要英国同美国站在一起,英国永远是配角。当今的英国首相布莱尔,在反恐问题上与小布什站在同一立场,这一点不能说他错。但是,在发动伊拉克战争这个问题上,当国际社会意见严重不一致时,却没有看到布莱尔站出来为协调各国立场做过什么工作。相反,他积极为小布什提供一些不实情报,助长小布什撇开联合国推行单边主义,"二布"联手,贸然开战。他一心想当反恐急先锋,到头来只在这出戏里扮了个小角色。在布莱尔身上,已经找不到一点丘吉尔雄辩、固执、爱憎分明、不知疲倦、不折不挠的遗风。

诺曼底登陆六十周年纪念活动,按理说布莱尔也是东道主之一。在法国诺曼底海滩举行的纪念大会,布莱尔也跟着英国女王去参加了。他追随小布什在伊拉克辛辛苦苦打了一仗,可是到了隆重纪念诺曼底登陆六十周年的场合,他却浑身上下像是生怕别人看出他参与了伊拉克战争似的。这说明,打仗也不是可以乱打、瞎打的。像诺曼底登陆这样的仗,名垂史册;而像伊拉克战争这样的仗,却非议丛生。

四

这次诺曼底登陆六十周年纪念活动,法国是东道主。法国总统希拉克利用这个机会,大胆邀请俄国总统普京、德国总理施罗德也来出席庆典,此举含有深义,闪耀着异彩。

法国这个国家,军事传统也是很深厚的。想当年,拿破仑横扫欧洲,威风无比,最后却来了个滑铁卢,这就不去说它了。法国在第一次世界大战中还曾打过大胜仗,但随后,这个老迈帝国却每况愈下，屡战屡败，难提当年。二战中，法国早早败在德国手下，贝当投降，全国沦陷。直到诺曼底登陆战役成功，美英盟军攻入法国，才协助法国光复国土。但法国在二次大战中也有一个最大收获，那就是在抗战过程中缔造了新的民族传统，那就是在强权面前绝不低眉顺眼，始终坚持民族独立自主的戴高乐传统，这一点难能可贵。

戴高乐是有骨气的。当时，戴高乐频繁来往于英法之间，千方百计争取英国的帮助，以抵制法国国内的投降倾向，却突然听到贝当出面组阁，准备同德国单独媾和的消息。戴高乐是贝当的老部下，但他绝不容忍投降，毅然决然地与贝当分道扬镳，不辞而别，重返英国，在伦敦发表了著名的"6·18"广播讲话，号召抵抗。随后，戴高乐在伦敦成立法兰西民族解放委员会，领导抵抗运动，为日后解放祖国打下了基础。

可是，美国总统罗斯福对法国、对戴高乐抱有深深的偏见。罗斯福非常瞧不起法国，瞧不起法国人，瞧不起戴高乐。他认为法国人在战争期间表现太差了，打得太差了，简直毫无斗志，不堪一击。罗斯福打定主意，战后不能给法国以大国地位，它没有资格，也不能给戴高乐有什么出人头地的机会。因此，在"三巨头"会谈中，罗斯福在法国问题上一直坚持这样几条：第一，盟军一旦进入法国，必须对法国实行军事占领，由盟国军政府对法国进行管理。第二，为此，盟军进入法国后，既不同贝当的投降政府打交道，也不同戴高乐的法兰西民族解放委员会打交道，只和地方机构发生必要的联系。第三，基于上述考虑，他让盟军总司令艾森豪威尔把戴高乐指挥的法国军团派往意大利作战，不让他在解放法国本土作战中发挥作用。第四，将来占领德国后，对德管理机构内没有法国的位置，战后其他国际主要机构中也没有法国的位置。

丘吉尔的看法与罗斯福相反，他希望战后有一个强大的法国出现，以保持欧洲大陆的均势。丘吉尔内心一直在想，战后只有一个强大的法国和英国站在一起,将来才能对抗苏联。为此,他多次表示要依靠戴高乐,依靠法兰西民族解放委员会,让他们来行使法国的民政管理权力。

罗斯福不同意丘吉尔的看法。他当着斯大林的面,嘲笑丘吉尔也不看看法国如今还有什么分量,居然还想把法国重新培养成一个强国。斯大林对法国也没有多少好感,但不像罗斯福那样偏激。

戴高乐对罗斯福如此藐视法国极为愤慨,展开了坚决斗争。他针锋相对地坚持这样几条:第一,法国军团必须参加解放祖国的战役,并且必须由法国军队负责解放巴黎;第二,盟军在法国土地上必须完全尊重法国的主权;第三,在法国建立政府是法国人民自己的事情,除此之外,不承认其他任何形式的政府存在;第四,法国的国际地位必须得到尊重。

担任盟军总司令的艾森豪威尔身临其境,看出了罗斯福法国政策的偏颇,他对戴高乐的立场表示理解和同情。在戴高乐的强烈要求下,1944年8月23日,艾森豪威尔向勒克莱尔指挥的法国第二装甲师下达了命令:向巴黎进军!戴高乐的车队在装甲师后面全速跟进,随部队同时进入了巴黎。第二天,巴黎解放。戴高乐从巴黎解放的第一天开始,就牢牢掌握了新生法国的命运。后来,经过戴高乐据理力争,丘吉尔竭力说项,斯大林表示默认,罗斯福做出让步,法国最终也进入了对德四国管制委员会,后来又成为联合国安理会五个常任理事国之一。

但是,法国从此同美国结下了宿怨。

战后,戴高乐对美国把欧洲盟国当成"小伙伴"使唤的态度十分反感,他响亮地提出了"欧洲是欧洲人的欧洲"的口号,并一怒退出北约,把美军从法国领土上赶走。

战后半个多世纪以来,美国的强权政治愈演愈烈,法国一如既往地奉行独立自主政策。平时看不出什么,关键时刻就难免碰出火花。小布什发动伊拉克战争,法国总统希拉克为何带头唱反调?因为你美国太不把别国的主权放在眼里了,总这样下去是不行的。纪念诺曼底登陆六十周年,小布什的毛病又来了,他硬把伊拉克战争与二次大战扯到一起。希拉克不乐意了,他通过自己手下的人转告小布什手下的人:在纪念诺曼底登陆六十周年大会上,法国人不希望听到伊拉克战争这个词。这句话除了"辣"味十足,还有更深一层含义:二战都过去六十年了,美国处理世界事务的思维早该更新了。

希拉克总统经过深思熟虑,亮出了精心设计的一招:他邀请俄罗斯总统普京、德国总理施罗德都来出席诺曼底登陆六十周年纪念大会。这是一个惊世之举。希拉克通过这一举动告诉全世界:二次大战中的敌、我、友三方终于汇集一堂,他们面对新的世纪,要共同为旧世纪画一个句号,结束过去,共创未来。

希拉克,大手笔。法国实力不如美国,境界高于美国。

高卢雄鸡,这一声啼得高亢、雄壮。

五

普京总统接到希拉克邀请,想必是别有一番滋味在心头。他会对希拉克心生感激,但不会过于激动。二次大战,苏联遭受损失最大,消灭敌人最多,战胜德国法西斯的功劳也最大。反法西斯战争的光荣,俄罗斯民族当之无愧,应居头功。想当年,斯大林的钢铁意志,代表着俄罗斯的民族意志,那是不可战胜的。在商定"三巨头"会谈地点时,只有斯大林才有这样的资本,能与美国总统罗斯福讨价还价说:"我要指挥战争,忙啊。你想谈,你就来,我是走不开。"也只有斯大林才有这样的资格,让莫洛托夫通知丘吉尔说:"你想来跟我谈什么,好啊。你要来,就来莫斯科,别的地方我是不去的。敌人离莫斯科近是近了点,我都不怕,你怕什么?"

苏联时代,纪念卫国战争胜利都是苏联自己搞庆祝。两大原因:一是美英虽然与苏联联手打败了希特勒,但战后迅速反目成仇,尖锐对立,你死我活,不再往来。二是在战胜德国法西斯过程中,苏联一直独当一面,抗击和歼灭了大部分德军。西方参战国家,搞来搞去,真正能够拿出来说一说的也就是这个诺曼底登陆战役。苏联打了多少大战役,西方能比吗?苏联没有必要去同西方掺和在一起搞纪念活动。那些年,每到反法西斯战争胜利纪念日,苏联都是独自在莫斯科红场搞盛大阅兵式,振军威,扬国威。苏联独家搞纪念活动,照样惊天动、泣鬼神。

普京二次大战后出生在列宁格勒,二次大战中列宁格勒被德军围困一千个日日夜夜的艰苦岁月,他没有亲身经历过。但普京从小受到的俄罗斯民族精神的熏陶和卫国战争英雄主义的熏陶,却是终生难忘的。

过去还有一个小小的别扭:二次大战中,究竟哪一次战役是反法西斯战争的转折点?苏联认为斯大林格勒战役是转折点,西方认为诺曼底登陆战役才是转折点。没有谁出来当裁判,双方都是以我为主,各说各的。过去,布尔什维克的思维向来比较僵化,觉得若是去出席诺曼底登陆纪念活动,那不是等于自我贬低斯大林格勒战役的地位了吗?所以,即使对方有邀请也不能去,何况人家也从来没有邀请过。

俱往矣。

虽然战争历史可以为俄罗斯这个英雄民族作证,但今日之俄罗斯毕竟已不是昔日之苏联。虽然,普京灵魂中仍然保留有斯大林的某些精神基因,但今日之俄罗斯总统普京,毕竟已不是二次大战中的斯大林。对普京来说,再像二次大战中的斯大林那样,端起架子与西方大国首脑们打交道,显然已经不现实。比较现实的态度是放下架子,走进群体,为俄罗斯找到新的起点。

苏联曾经那么强大,最终垮台、瓦解,教训太深了。普京接手之后,也一直在反思,今后的俄罗斯之路应该怎么走?至少,走进群体,显然是他得出的重要结论之一。为了走进群体,普京自己也在积极创造这样的机会。2003年5月底,俄罗斯隆重纪念圣彼得堡建城三百周年,邀请世界各国首脑都去参加,中、美、英、法、德,东西方大国首脑都去了,搞得隆重热烈。此次希拉克邀请普京前去出席诺曼底登陆六十周年庆典,这两次活动大有异曲同工之妙,普京何乐而不去呢,去了不会有任何损失,去。

根据历史教训,世界上有两种喜欢单打独斗的人是难以坚持到底的。

一种是防守型的,腰圆膀粗,力能扛鼎,谁想惹他,上来一个摔倒一个,没有对手。但抗不住对手太多,不是一个两个,是一群,扛着棍,举着叉,围着他转,要跟他干。他背靠后墙站着:"来,谁敢上来?"一天两天还可以,一年两年能坚持,十年八年还能咬咬牙,长期对峙,神经得不到片刻松弛,有朝一日,垮了。

另一种是攻击型的,手里操着家伙,满街乱转:"谁敢不老实啊?"整天嚷嚷着要找人干仗,一天不打不过瘾,身上痒得慌。找着打,追着打。都被他打怕了,恨得咬牙切齿:"这家伙太毒啦!"这个说:"搞他!"那个说:"搞他!"不跟他正面打,正面打打不过他。想些刁招、毒招,也让他吃点苦头,知道点厉害。忽一日,后脑勺上咣当挨了一棒,两眼一黑,乱冒金星:"谁?"一转身,找不到人。连续几次,神经紧张了,躺到床上做噩梦,忽地惊醒坐起来:"谁?"没有人。照这样下去,终有一天会得精神分裂症,早晚也会垮下来,因为他太不想让人活了。

写到这里,我忽然想起《水浒传》里有一个故事,说的是鲁智深被发落到大相国寺看菜园,酸枣门外有二三十个破落户泼皮前来寻衅。鲁智深到这里来看菜园,今后主要同这帮人打交道,刚来就撞上了。上来两个带头的,一个叫过街老鼠张三,一个叫青草蛇李四,跪在粪池边向他叩了头不肯起来,想等鲁智深过去扶他们起来时抱住他的腿将他翻进粪池里去,给他一个下马威。鲁智深一眼看破,反被他一脚一个踢进粪池里,两个小子哭爹喊娘叫救命。鲁智深回头一声喝:"谁敢跑?跑一个踢一个,都叫下粪池!"吓得众泼皮目瞪口呆。鲁智深适可而止,喝道:"快扶那鸟上来,我便饶你众人。"众人将粪池里的两个救起,臭不可闻,鲁智深骂了一声蠢货,哈哈大笑道:"且去菜园池子里洗了来,和你众人说话。"你看看,鲁智深才是高明的政治家,他知道,这时和这些破落户泼皮取得直接沟通,比对他们动武更重要。鲁智深先召集他们开会,喊道:"都来廨宇里坐地说话。"会议当然由鲁智深主持,规格也不高,凑合着坐在地上开。他自己先居中盘腿坐定了,指着众人道:"你那伙鸟人,休要瞒洒家,你等都是甚么鸟人,来这里戏弄洒家?"鲁智深问得实诚,众泼皮也答得到位。都说,他们祖居在此,平日里靠赌博讨钱为生,这片菜园是他们的饭碗,大相国寺里曾几次使钱,也奈何他们不得。鲁智深也如实相告,他原是河西延安府提辖,只因杀人多了,自愿出家,从五台山来到这里。众人觉得鲁提辖虽然功夫了得,但此人通人性,有人情味,可交。于是买了酒菜瓜果,拿来请他客,一边喝酒,一边看他练拳演武,围着他转了。鲁智深喝到兴致高处,倒拔垂杨柳,众泼皮更对他佩服得五体投地。又几日,鲁智深觉得总吃穷兄弟们的过意不去,自己掏钱,请人进城沽了两三担酒,杀了一口猪、一只羊,回请众人。一来二去,双方关系越发融洽,打成一片了。

只是,施耐庵有一个细节没有深入交代:众泼皮指望从菜园里得到的那一小部分经济利益,不知道鲁智深是怎么处理的?这里有个问题是,鲁智深新来乍到,众泼皮为何要与他寻衅作对?因为他们要靠菜园生存,鲁智深来看菜园,等于夺了他们的饭碗,直接威胁到他们的生计。这是关乎生死存亡的矛盾,众泼皮怎能不急?鲁智深的高明处在于,既要制服他们,又要让他们生存得下去。想必,鲁智深不会不给众泼皮留下一点生计,众泼皮也不至于把菜园折腾得让鲁智深在方丈面前下不了台。此后,再没见双方为此引起过摩擦,说明双方都把握有度。

六

德国总理施罗德接到希拉克总统的邀请,想来最是百感交集。德国人发动了两次世界大战,使它在世界上声名狼藉。希特勒对人类文明犯下了深重罪孽,世人对德国法西斯深恶痛绝。二次大战,德国战败,怎么处置它都不为过。半个多世纪以来,德国一直抬不起头,这也叫自作自受,它应该好好反省。

关于德国,有很多旧话可说。单说一件事:当时"三巨头"讨论战后如何处置德国,罗斯福坚持要对德国"五马分尸",将它切成五块。他甚至还产生过将德国分割成一百〇五个省的设想。他的意图就是要通过肢解德国,防止德国军国主义复活。斯大林则认为,对德国肢解是要肢解的,但不应当通过消灭德国的办法来解决德国问题,因为德国是消灭不了的,就像德国消灭不了俄罗斯一样。应当通过使德国非军事化和民主化的办法来防止德国军国主义复活。为此,一定要消灭德国法西斯组织和法西斯军队,对罪恶累累的第三帝国领导人应当交给各国人民审判。无疑,斯大林的认识比罗斯福深刻得多。

又是丘吉尔,他心里不同意罗斯福的方案,但很讲策略,巧妙地将话题轻轻一拨,就被岔开了。他说,现在大家都同意肢解德国,但是实行起来太复杂。究竟如何分割为好,先要对历史、地理、种族、经济等各个方面的现状进行深入调查,还要组织一个专门委员会对上述情况进行复核,复核之后他们自己先要认真研究,然后才能向我们提出正式建议。但是我们的会谈最多只有五六天,时间根本来不及。因此,他建议可以简单一点,把德国分成两个部分,普鲁士和奥地利为一部分,巴伐利亚为一部分。

丘吉尔的发言是一杯及时的"冷饮",大家听了之后心里的火气不是那么大了,逐渐降温。经协商,分为苏、美、英三国占领区。后面又出来一个动议,法国也要加入四国对德管制委员会,要另划一块地盘由法国占领。斯大林不同意。几经争执,斯大林表示,只要不减少苏联占领区,他不再表示异议。于是决定从美、英两国占领区中划出一块来,由法国占领。最后,分成四国占领区。

西方大国的首脑都是学解剖学的,他们的拿手好戏是将一些国家肢解,通常是由美国主刀。二次大战后,被他们肢解了多少国家?德国、朝鲜、越南、巴勒斯坦、中国。除了越南和德国已经重新统一,其他被肢解的国家,伤口里都被塞进了纱布条,至今久久无法愈合。

另一件事是关于德国的战争赔偿问题。开始苏联要求赔偿的数额很大,罗斯福和丘吉尔都说,要接受第一次世界大战的教训,战争赔偿开价太高,战败国难以承受,效果反而不好。丘吉尔问道,如果苏联赔偿要求太高,德国发生饥荒怎么办,大家能不管吗?罗斯福也说,他支持苏联的赔偿要求,但以不使德国人挨饿为限度。

丘吉尔提出不要把战败国逼上绝路,这个思想不无价值。可是,想当年中国在鸦片战争中战败后,英国对中国可没有这么大度。甲午战争战败后,日本更是把中国往绝路上逼。况且,德国是侵略者,中国是被侵略。德国尚且能得到最后一点怜悯,他们对中国连最后一点怜悯都不曾给过。想想老牌帝国主义欺负中国的历史,那真是欺负到家了。中国是礼仪之邦、仁义之邦。二次大战,日本侵略中国,中国人民遭受了多么深重的灾难?后来中日建交,中国政府对日本一字未提战争赔款要求。周恩来总理主持中国外交工作长达半个世纪,他的仁义之心胜过西方政治家不知多少倍。

由于德国两次发动世界大战,由于希特勒法西斯灭绝人性的战争罪行,使德意志民族背上了沉重的历史包袱。但是,德意志民族毕竟是一个有着坚强意志的民族,它们敢于诚恳认罪,低头思过,逐步取得了世人谅解。战后,德国给世人的感觉是德意志民族在反思、在觉悟。这样说的主要依据是,战后联邦德国的历任总统、总理,无论他们的国内政见和政策有多么不同,在勇于承认德国战争罪责这一点上却保持一致。他们一个个都站出来向世界承认,纳粹对犹太人所犯的罪行"现在和将来都是德国人的耻辱","是德国历史上最恶劣、最无耻的事件","国家成了有组织犯罪的凶手"。勃兰特总理在华沙犹太人殉难纪念碑前湿漉漉的大理石地面上双膝跪下,代表国家表示悔罪,使世界为之动容。科尔总理在莫斯科纪念反法西斯战争胜利五十周年大会上致辞说:"我向死难者们请求宽恕。"

德国在这方面的表现的确比日本好,日本各方面都"小",不大气。

德国以诚恳态度认罪、反思、觉悟,这是会有回报的。第一步,世界会谅解它;第二步,世界会接纳它。此次希拉克总统邀请施罗德总理出席诺曼底登陆六十周年庆典,极具象征意义,这是一个转折,一个过渡。世界已向德国张开双臂:来吧,这孩子做错了事,在外面孤独徘徊很久了,回家吧。

施罗德来到诺曼底,神情凝重地下蹲着向战争死难者献花,并再次对纳粹德国在二战中屠杀法国奥拉杜尔村六百多名平民的行为感到"羞愧"。但他已不是单纯自责,而是和大家一起来共同谴责战争。他告诉大家,他在二战中失去了父亲,他同样是战争的受害者,然后他说:"最重要的是,这些记忆帮助我们团结在一起,使我们有了共同观点。"什么共同观点?反对战争,维护和平。从施罗德的讲话中,人们开始看到一个新德国的形象。

法德两国之间,曾经有过百年交战史,两国都曾深受战争之累。希拉克总统此次邀请施罗德总理前来出席诺曼底登陆六十周年庆典,还有另一层含义:借此化解两国百年恩仇,共创未来。施罗德说,他此次来出席庆典,"标志着我们最终克服了曾把德国和法国分开的障碍,清楚表明法国和德国希望一起作为欧洲的一部分继续迈步向前"。

欧洲是欧洲人的欧洲,邻居们好好和睦相处吧。

在新的世纪里,战争之路是再不能走了,共同为谋求世界和平与发展多出点力吧。

但美国又是怎么想的呢?

2004年7月

一场胜负参半的战争

一

伊拉克战争久久落不下大幕,时至今日,伊拉克境内依然爆炸连连、血肉横飞,伊拉克人民被这场战争拖入了灾难的深渊。但无论如何,这场战争已经到了需要对它进行必要总结的时候。伊拉克战争是一场法理莫辨、非议丛生的战争。对于美国在这场战争中的成败得失,世人立场不同,利害不同,见胜见败各不同,毁之誉之皆有之。

作为观战者,天下战事,任我评说,海阔天空,百无禁忌。本文想从军事层面谈谈一己之见:美军精心谋划的这场信息化战争,它究竟打得怎么样?

在军事领域内,新一代战争的产生与发展,总是先有实践、后有理论,然后才是理论与实践相伴成长。海湾战争时,美军虽已初步具备了打信息化战争的装备与手段,但那时它的信息化战争理论尚不完备。因此,美军在海湾战争中,仍然明显地带有"以机械化战争的传统理论指导信息化战争"的痕迹。今天,当我们再用信息化战争的眼光去回看海湾战争,就不难发现,当时美军动用的地面部队规模过大,从发起空袭到展开地面进攻的时间间隔过长,战役阶段与阶段之间极不均衡,且衔接生硬,等等。这些,都是尚未脱尽机械化战争旧痕的证明。

海湾战争后,美军全面总结了那场战争的新鲜经验。随后,又经过十来年深入研究、探索,它构建了一套初步成形的信息化战争理论,并据此对美军的军事战略、作战原则、编制装备、训练方法等,进行了一系列相应改进。此次伊拉克战争,美军的作战思想、具体战法都有了质的飞跃。海湾战争后,美军"将实践上升为理论";到这次伊拉克战争,便是"从理论再回到实践",在它的信息化战争新理论指导下,打了一场"新一代战争"。

这场伊拉克战争,美军在打信息化战争方面又取得了不少新的突破,积累了更多实战经验,但也暴露了诸多问题。更为显眼的是,美军在战场上以全新战法取得的某些骄人战绩,却被美国在战场外暴露的"情报门""虐俘门"等严重问题所造成的恶劣影响极大地抵消了。

对于美军而言,伊拉克战争,半是胜绩,半是梦魇。

二

美军打的这场信息化战争,研究它的某些成功之处,可以帮助我们认清世界军事变革的发展方向。虽然五花八门的新概念、新提法不少,但归结起来看,它的主要"新意",无非反映在以下几个方面。

关于战略原则。

美军打信息化战争,首先强调先发制人。这一条,既是美国的全球军事战略原则,也是美军发动伊拉克战争的战役指导原则,甚至是它战术行动的作战原则。其核心思想就是"迅速占据战场主动"。两军交战,力争主动、力避被动,这是古往今来的一条军事原则,说它新鲜,也并不新鲜。两军遭遇,谁能先敌开火,谁就抢得先手、争得主动,这是很简明的道理。所以,历来的军事家们都强调先机制敌。在毛泽东军事思想中,有时也主张把拳头先收回来,再打出去,诱敌深入,后发制人。但它的实质仍是要寻求或创造一种转换,将全局上的后发制人,转化为局部上的先发制人。

美军打信息化战争的先发制人,同以往传统战争中的先机制敌,存在着"两代战争"的差别。在以往的传统战争中,主观愿望想要抢得先手,实战中往往会受到许多客观条件的制约。比如,由于战场感知能力有限,无法做到信息先行,难以选准对敌发起攻击的最佳时机、最佳部位、要害目标等,难免会产生无从下手的困惑。又比如,由于战场投送能力有限、武器射程太近、命中精度太差,即使捕获到了敌人的重要信息,往往难以在瞬时给敌人以致命一击,使战机稍纵即逝,等等。伊拉克战争中,美军的这些"瓶颈"已不复存在。它拥有信息先行、快速反应、精确打击等信息化战争的全套本领,为它实施先发制人的作战原则提供了强大的物质技术基础。换句话说,美军既然拥有这样大的物质技术优势,它如果不贯彻先发制人的作战原则,岂不是极大地浪费战争资源?更要看到,美军实施先发制人的战略原则,也是美国咄咄逼人地推行霸权主义的表现。美国最新版《国家军事战略》中说得非常明白,"美国必须对那些有可能引起冲突的事态提高警惕,先发制人,并比以往更快地作出反应"。如今,美国比过去更强调"全球到达""前沿存在",更重视在全球保持"先发制人的防卫态势"。美国一旦认为谁对它构成了"威胁",它就有"理由"对谁发起先发制人的打击。说穿了,还是"落后就要挨打"。

关于兵力运用。

美军打信息化战争,不再像过去那样强调集中兵力,而是强调功能、能力和效果的组合。美军对"优势"的理解也和过去不同了,它不再强调数量优势,而是强调组合优势。不再主要依靠地面部队攻击制胜,而是依靠"空、海、陆、天、网"联合制胜。在以往的传统战法中,集中兵力是一条基本准则。冷兵器时代,兵力就是战斗力,"韩信将兵,多多益善"。我国解放战争时期,把"每战集中绝对优势兵力"作为十大军事原则之一,即集中两倍三倍四倍,甚至五倍六倍于敌的绝对优势兵力,将敌四面包围,力求全歼。这是毛泽东军事思想的精髓之一,我军靠它打了一个又一个漂亮的歼灭战,创造了辉煌战绩。

今天的美军,并不是不懂得优势、不要优势,它同样十分强调要对敌形成绝对优势、显示绝对实力。但是,在信息化战争中,集中优势兵力已构不成真正的优势。今天的优势已不在兵力数量,而在质量。美军认为,现在打的是"立足于能力和效果的战争"。如今,美军强调的是组合优势、全谱优势,这样的优势才足以构成真正的绝对优势。美军强调组合,强调一体化,强调网络中心战,强调联合制胜,贯穿其中的都是发挥组合优势、全谱优势的作战思想。美国最新版《国家军事战略》规定,"运用部队应注重为实现作战目标所能产生的效果,而不是数量上占压倒优势的兵力",作战部队应"具备集中效果的能力"。

这是战争观念的一大转变。海湾战争时,美军参战兵力四十五万人(多国部队总兵力达到六十九万人),伊军号称一百二十万,美伊双方兵力对比为一比三。但由于双方兵力的技术含量相差悬殊,美军以少打多,把伊军打得毫无还手之力。即便如此,美国的革新派仍然批评传统派动用兵力规模过大,认为他们尚未摆脱传统战法的思维惯性。在伊拉克战争的谋划阶段,围绕兵力使用问题,再次发生了"鲍氏学说"与"拉氏学说"之争。以鲍威尔为代表的军方传统派认为,美军应动用七个重型师对付伊军。此外,为了保护地面进攻主力的后方和翼侧，还应征召一定数量的预备役部队。鲍威尔是老军人，看来在他几十年的作战、训练中，"以优势兵力去战胜敌人"这条军事原则，已在脑子里刻下了深深的烙印，要他彻底转变观念挺难。这表明，在军事领域也和意识形态领域一样，"传统是一种巨大的保守力量"（恩格斯语）。以拉姆斯菲尔德为代表的革新派，脑子里却没有多少条条框框，这些文职官员对新技术的发展，以及当今新的时代特征，似乎更为敏感。他们竭力主张，必须更多地依赖空中打击力量和地面轻型力量。他们认为，如果还像海湾战争那样动用过大规模的地面部队，那就体现不出美军在情报、侦察、监视和空中精确打击能力方面的重大技术进步。再说，规模过大的地面部队也无法实现快速机动。

实战中，"拉氏学说"占了上风。伊拉克战争开战时，美英联军总兵力为二十四万，其中海空兵力为十三万，地面部队为十一万。这表明，海空力量的使用已经超过了地面部队。在联军十一万地面部队中，担任主攻任务的美军第三机步师、第一〇一空中突击师、第一陆战远征部队和英军第七装甲旅、第三突击旅、第十六空中突击旅，加到一起约六万五千人。而伊军约有三十五万人，全部是地面部队。由于美英十一万地面部队在作战功能、能力、效果的组合上，对三十五万伊军拥有绝对优势，轻而易举地把伊军打得溃不成军。

关于目标选择。

美军打信息化战争，强调先打核心目标、要害目标。美军在伊拉克战争中的"震慑""斩首"行动，就是这种全新战法的集中体现。这同以往的传统战法相比，是一个极大的变化。传统战法，一般都是先扫清外围，然后攻坚突破，最终攻克核心目标。伊拉克战争中，美军却采取"倒过来打"的办法，先打核心目标、要害目标，先炸巴格达，先炸总统府，先炸萨达姆，盯着打，追着打。尽管美军的

"斩首"行动未能一举得逞,但它对伊军的"震慑"作用是显而易见的。好比两个人打架,传统打法是面对面地打,攻击的一方出重拳击打对方胸脯,一拳两拳很难将对方打倒在地。现在的新打法是腾空而起,从头顶上方向对手发起五雷轰顶般的攻击,专往对手脑门儿上打,只要击中一下,准能将对方击昏倒地。

还须看到,采取先打核心目标、要害目标的全新战法后,一系列传统战争观念都随之发生了变化。例如,歼灭敌人有生力量,已不再成为战斗行动的主要目标。歼敌多少,也不再成为衡量战争胜负的主要指标。占领敌方土地,也不再是一场战争的主要目的。美军发动伊拉克战争,主要目标是推翻萨达姆政权,它通过"震慑""斩首"行动已使萨达姆政权迅速垮台,它的战争目标已经实现了,军事上已经"取胜"了。我们至今未见美军公布过它在伊拉克战争中究竟歼灭了多少伊军,对它而言,这一点已无关紧要。

关于火力打击。

美军打信息化战争,精确打击已成为其火力打击的主要手段。海湾战争中,美军使用的精确制导弹药约占百分之十左右,伊拉克战争中已上升至百分之六十八。火力打击的精确化,使美军的作战效能有了大幅度提高。信息化战争的发展趋势之一,将会使导弹、炸弹、炮弹都长上"眼睛"。今后它们不再是"瞎子",发射后都能用它们自己的"眼睛"去寻见目标。在其他条件相等的情况下,谁的精确制导武器多、精确打击能力强,谁就占上风。

关于战役进程。

美军打信息化战争,立足于快速制胜。为此,美军控制战役进程有两个基本概念,一是"快速",二是"决定性",合起来称之为"快速决定性作战行动"。信息化时代,时间、空间概念都发生了变化,地球变"小"了,时间变"短"了。同以往的传统战争相比,信息化战争的战役进程已大大加快,过程已大大缩短。美军强调的"快速",

其内涵是"速度绝对快于敌人","尽快实现战役目的"。它实现"快速"的前提条件有两项：一是夺取战场感知优势,时时料敌于先；二是实现网络化实时指挥,确保先敌作出快速反应。

美军强调的"决定性",其内涵是"破坏敌人的聚合力","摧毁敌人的抵抗意志和抵抗能力"。比较一下海湾战争与伊拉克战争的战役发展过程,就能看出美军在控制战役进程上的新变化。海湾战争中,美军空袭三十八天后才发起地面进攻,而阵势很大的"左勾拳"地面进攻只打了一百个小时就结束了。这就使得它的战役阶段与阶段之间极不均衡,且衔接生硬。伊拉克战争中,美军为了进一步加快战役进程、缩短战役过程,采取了"全纵深密切观察敌人"和"全纵深同时打击敌人"的战役行动,将空袭与地面进攻同时展开,不再将它们分成两个战役阶段。美军以这种迅雷不及掩耳的、空地一体的、全纵深的"快速决定性作战行动",一下子打掉了萨达姆的"聚合力",打垮了伊军的"抵抗意志和抵抗能力"。短短二十一天,美国对伊拉克发动的这场"灭国之战",就这样"轻而易举"地取胜了。

三

美军在战场上快速取胜,快得出乎世人意料,让许多军事评论家们目瞪口呆。一方面,说明美军在这场信息化战争中确有不少新招,效果不错。但另一方面,也由此形成了一个不大不小的认知陷阱：它极容易使人夸大美军打信息化战争的超强能力,对它产生盲目迷信,由此陷入"信息战崇拜"的认识误区。

应当清醒地看到,美军胜得"轻而易举",不全是美军打信息化战争的神奇效果。

美军如此快速取胜,至少还有另一半别的原因。

首先，美军这些年打的这几场战争，无论是海湾战争、科索沃战争、阿富汗战争，还是这次伊拉克战争，都是实力悬殊的非对称战争。从军事实力对比讲，伊拉克、阿富汗、南斯拉夫，它找的这些对手都不是它的对手。美军取胜完全是正常范围内的事情，它并没有创造什么战争神话。美国的策略是一贯的，对于同它实力相当或不相上下的对手，它是只敢冷战，不敢热战。对于同它实力悬殊的对手，它则热衷于热战，不屑于冷战，动不动就想开打。这就应了兵家熟知的一条军事原则：先打好打之敌。这种打法，美国可以对世界起到极大的心理威慑作用："看看吧，谁敢不服？"

其次，美军打败伊军，所花的时间不只是二十一天，而是整整十二年。此话怎讲？有史为证：先是老布什于1991年发动了一场海湾战争，打断了萨达姆的肋骨，将他打趴在地。接下来，对伊拉克实施长达十余年的制裁、核查。到2003年，再由小布什发动一场伊拉克战争，才最终把萨达姆彻底扳倒。

美国这些年打的这几仗，萨达姆算是美国遇到的最强的一个对手，打败他真是费了大劲啦。美国运用的是一条吃柿子的法则。一篮柿子，先吃哪一只？把手伸到篮子里一捏，先挑软的吃。生柿子涩嘴，吃不得，怎么办？把它放进草木灰里，焐软了再吃。萨达姆的铁头再硬，经过海湾战争惨败，又经过十余年制裁、核查，反复折腾，美国还能焐不软这只涩嘴柿子吗？一焐焐了十二年，一直焐到2003年春天，老布什在一旁对小布什使眼色，告诉他那只伊拉克柿子已被焐熟了，软了，可以吃了，再不吃烂了，这才终于把萨达姆搞掉。

因此，对于美国之"胜"，至少可以有三种不同评价。其一，单从美军打信息化战争的战场效果看，可以说美国是快速取胜。其二，从布什父子两代美国总统，先后发动了两场战争，整整花了十二年时间，才最终把萨达姆搞掉，又可以说美国是艰难取胜。

其三，从美国如今深陷伊拉克泥潭拔不出腿来的尴尬处境看，甚至可以说美国是犹胜未胜。就看你是从哪个角度去看、去说了。

又因此，美军打的这场信息化战争，又"神"又不"神"。

四

现在，让我们再来剖析一下美军在这场信息化战争中所暴露的诸多问题，它又可以从另一个侧面启示我们对信息化战争保持一份清醒，不至于被它搞得神迷目眩。

一看美军"斩首"神话之破灭。

美军打信息化战争，最具震撼力的全新战法莫过于"斩首"行动了。从理论上说，美军拥有世界一流的信息获取能力、快速反应能力、精确打击能力，这些都是它采用"斩首"战法的物质技术基础。美军如果真的能在"斩首"行动中将锁定的核心目标一举歼灭，那么，美军也许真的会创造出一场战争刚刚打响就已结束的"神话"。可是，美军在阿富汗战争和伊拉克战争中，两度吹出的两个"斩首"气泡，都先后破灭了。在阿富汗战争中，它未能将本·拉登"斩首"；在伊拉克战争中，它也未能将萨达姆"斩首"。

阿富汗战争结束后，美国为了抓到本·拉登，什么手段都用上了，又是高额悬赏，又是卫星侦察，又是间谍刺探，又是DNA化验，又是对相关国家外交施压、军事威胁。可是，时至今日，本·拉登仍是活不见人、死不见尸。曾有过一条最富刺激性的消息说，小布什其实已经抓住了本·拉登，但他为了达到连任目的，要将本·拉登"冷藏"到美国大选投票前夕才会正式公布。天大的鬼话。假如小布什在得克萨斯老家的克劳福德农场里真有这么大一台冰箱，可以将本·拉登像一爿冻猪肉似的"冷藏"这么长时间，那才真正叫作活见鬼了。政治家可以耍些权术，却切不可对大众耍阴谋。对大众耍阴谋,不但不能得分,反而会丢分,小布什还不至于昏到这种程度。

但这条消息却在无意中泄露了天机,一心谋求连任的小布什,已把赌注全部押在了"反恐"上。智囊们为他献上的一条"妙计",就是在选战拼到最后关头,力争把本·拉登作为一张捞分的大牌打出去,这是真的。种种迹象表明,小布什阵营正在紧锣密鼓地按此计划进行。昨晚,电视里曝出一条消息,美国负责抓捕"基地"头目的首席专家已经到达巴基斯坦,此人欣然回答媒体提问说,抓捕本·拉登的准备工作已"万事俱备,只等下手",抓获他的时间也许就在明天后天或一个月之后。一个月后就是美国大选投票的日子,小布什阵营对美国选民的攻心战已经打响,他们这一手等于对美国选民说:"我们已经摸到了大牌。"不管真假,其心理影响不可小视,足可拉回小布什支持率一两个百分点。假如小布什最后真的抽到本·拉登这张大牌,竞选连任一举获胜,不在话下。怕只怕又是一发"斩首"空炮。

伊拉克战争中,美军对萨达姆多次采取"斩首"行动,却次次扑空,都没有炸到。萨达姆破解美军对他采取"斩首"行动之谜,采用的方法也并不复杂。他怀疑是某位知道他行踪的人向美军出卖了情报,为了验证,他又一次乘坐一辆不起眼的车子来到这个人的住所,稍坐片刻便从后门离去。不一会儿,美军的精确制导炸弹就向这座房子打了下来。萨达姆只轻轻说了一句:"宰了他。"就这样,萨达姆在美军的眼皮底下一次又一次成功地逃过了劫难。萨达姆东躲西藏八个月之后,最终被美军抓住了。

但极具讽刺意味的一点是,美军最后抓住萨达姆的可靠情报,并不是来自它打信息化战争的高科技侦察手段,而是来自十分原始的手工作业式的情报分析方法。起先,美军是指望高科技手段在追杀萨达姆行动中"大显神威"的,除了窃听电话,还在萨达姆可能藏身的敏感地段布放了大量声光传感器,不仅有"电子眼",还有专门用来采集萨达姆身上特殊气息的"电子鼻"。这些高科技手段,高则高矣,却统统一无所获。于是,只得动用大量人力,成立了专门负责抓捕萨达姆的"一二一特种部队""第二十特遣队"、库尔德人特种部队,组织了大批情报分析专家,从分析萨达姆权力基础入手,将提克里特"五大家族"中的所有人员画成图、制成表,然后逐人分析、抓捕、审讯、过筛子,再逐步缩小圈子,圈定重点。最后,终于从中发现了一位名叫穆斯利特的萨达姆保镖,经过多次严酷审讯,终于将他的嘴撬开,供出了萨达姆的藏身地点。就这样,美军费尽了九牛二虎之力,才从一个地洞里将萨达姆擒获。美国官员不得不承认,他们是"通过人力情报而不是卫星情报找到萨达姆"的。这件事,倒也促使美军自己多多少少破除了一些一味依赖高精尖装备的迷信,重新懂得"人力情报、语言、图像和技术技能都十分重要"。萨达姆靠一辆不起眼的出租车,同拥有全套信息战高科技手段的美军周旋了八个月之久才落网,仅就这一点而言,萨达姆也不算太丢人了,美军在世界舆论面前也吹不了太大的牛。

"斩首"行动一次次扑空,美军事后有分析、有解释。美军说,对"时间敏感目标"的打击效果受影响,主要是"从传感器到射手"的时间间隔仍然太长。

原因之一,说是战场信息量实在太大了,像山洪暴发似的汹涌而来,尽管指挥所旁边的信息中心内有一支庞大的科技人员队伍在昼夜不停地通过电脑处理这些信息,以最快速度将"时间敏感目标"这类重要信息分拣、核实、上报、批准,又以最快速度传向精确制导武器系统,却至少已相隔了几分钟十几分钟几十分钟甚至几小时,这个时间间隔还是太长了。看来,下一步还得搞更多更敏感的传感器、更高速的计算机、更强大的网络、更宽的频带,以进一步缩短从发现目标到发射导弹的时间间隔。美国钱多,搞吧。

原因之二,说是目前美军的大部分精确制导炸弹还只能打固定目标,而且大部分精确打击都是提前周密计划好的,下一步要研究打活动目标。据英军伊战总结透露,自1991年海湾战争以来,美英"已在伊拉克进行了十年情报工作",摸清了伊军的主要弱点和伊拉克境内各类重要目标的坐标位置,"因此在战争初期就能实施精确打击"。美军这种按计划进行的精确打击,都是提前将轰炸目标的坐标点输入到精确制导炸弹的芯片里,发射后用GPS制导它瞄准目标的坐标点打过去,精度很高,百发百中。可是,遇到萨达姆这样的"活"目标,问题就来了。指挥所刚接到情报说,萨达姆正在某座房子里,一枚精确制导炸弹刚发射,萨达姆却离开了。这枚精确制导炸弹死死盯住那座房子的坐标点打下去,准是准,却成了马后炮。为了解决这个问题,据说下一步要给精确制导炸弹安装数据链,使它能接收信息流。这样,再遇到像萨达姆这样的"活"目标就好办了,导弹可以根据连续接收的信息流随时改变方向,跟上去盯着他的屁股打,不信打不着。美国人是天生的技术崇拜者,他们即使一头撞到了南墙上,也不信世界上会有解决不了的技术问题,有本事继续搞吧。

原因之三,说是目前的指挥控制机制仍然不太适应打击"时间敏感目标"的要求,要继续改进。早先规定,像袭击萨达姆这样的重要目标,要上报美国高层批准后才能执行。伊拉克战争中,美军已"下放权力",战区指挥官获悉情报后就有权快速做出决策、快速打击"时间敏感目标"。即使这样,萨达姆还是没有打着。于是,他们似乎还想进一步"下放权力"。要是那样,又由谁来保证战场不失控?弄得不好,像科索沃战争中美军随意轰炸中国驻南使馆这类恶性事件,岂不是更容易发生了吗?

二看美军误炸误伤事件之频发。

打信息化战争,各种数据信息,是各种先进武器系统的"生命"。一切先进武器的高性能,都是被聪明人事前做"死"的,它们全凭相关的数据信息做出各种动作。设计时就规定它接收到什么数据信息就做出什么动作,并为它规定了"铁的纪律",严防它做出"违规动作"。这样,先进武器往往在某一方面越"灵",在另一方面就越"笨"。战场上一旦出现什么紧急情况、特殊情况,想让它来个"脑筋急转弯",它绝对转不过来。举一个例子,美军的"爱国者"导弹系统,是美军的"撒手锏"装备,海湾战争后经过改进,性能更先进了。但"爱国者"在伊拉克战争中又暴露出另一个致命弱点:敌我识别能力差。它的雷达系统只要发现空中目标,不问青红皂白就启动它的发射系统立刻发射。有一段时间,"爱国者"连续发生"自己人打自己人"的事故。一次,美军的"爱国者"导弹击落了一架英军的"旋风"式战斗机,弄得英国军界、政界好不痛快。另一次,美军的一架F-16战斗机正在空中执行战斗任务,飞行员突然发现自己的飞机已被地面雷达锁定目标,千钧一发,F-16的武器系统反应更快,先机开火,一发导弹打下去,摧毁的竟是美军自己的"爱国者"导弹系统的一部雷达,大水冲了龙王庙。怎样才能避免这类事故重演呢?据说,下一步要对所有飞机、导弹安装性能更先进、更可靠的敌我识别系统。可是,即使全部更新了敌我识别系统,就能一劳永逸地解决所有问题了吗?不见得。所谓敌我识别系统,无非是一些识别数据的发送和接收关系。一方发现目标,立即发送一组识别数据过去,对方的识别装置反馈一组数据过来,对上了就是自己人,对不上就是敌人,开火。但道高一尺、魔高一丈是一条永远重复的规律。这些识别数据一旦被敌方破译了怎么办,受到敌方干扰又怎么办?

三看美军情报信息之重大失误。

情报信息,是信息化战争之"源"。离开了情报信息这个"起点",指挥控制系统的运行过程就成了无源之水、无的放矢。情报信息正确与否,对信息化战争的成败十分关键。可是,从"9·11"事件到伊拉克战争,美国的情报信息工作一再出现大纰漏、大失误。今年7月,美国正式公布了长达五百多页的"9·11"事件调查报告。报告显示,由于美国情报机构的重大失误,致使美国政府至少坐失了十次可能挫败"9·11"恐怖袭击的机会。由于美国在"9·11"事件中挨了一次沉重打击,所以对情报信息工作的失误清算得比较严厉。

但马上就来了一个问题,美国在伊拉克战争中,又是凭什么样的情报信息去打人家的呢?美国发动伊拉克战争,第一条情报信息就出现了大错误。它煞有介事地说伊拉克拥有"大规模杀伤性武器",子虚乌有。但美国这部庞大的战争机器却凭这样一个虚假情报点火发动了。这就开了一个极其恶劣的先例,它使人们看到,美国仅凭一个虚假情报,就可以对一个主权国家发动一场"灭国之战",这个世界还能有多大安全性?

美国的情报信息失误,在战略层面产生的负面影响是这样,在战役层面产生的负面影响同样很严重。美军为什么选定在去年3月20日清晨向伊拉克开战?因为它得到一个情报:萨达姆正在某所房子里开会。美军决策层认为这是他们创造战争"奇迹"的天赐良机,于是迫不及待地把他们苦心研究的"斩首"战法一举推向实战。结果,萨达姆没有打着,巴格达却已一片火海,伊拉克在瞬间陷入了灭顶之灾。一个国家的存亡,一位总统的生死,竟然都命系于一条虚实难辨的情报信息。这说明,美军打信息化战争,已把越来越大的赌注押在情报信息上。即使获得的是一些真假不清、虚实难辨的情报信息,只要美军认为重要,它就可能据此展开重大战争行动,太轻率了。这使人觉得,美军打信息化战争就像神经紧张地端着一支不关保险的冲锋枪,它总感到世界上到处都存在着针对美国的威胁,哪怕黑暗中有一只老鼠蹿过,它也会端起冲锋枪狂扫一通。

　　美军的虐俘事件，更是美国情报信息工作存在严重问题的一次大暴露。美军虐俘事件的调查报告显示，它的幕后操纵者是美国情报部门，情报部门的幕后策划者又是五角大楼主官拉姆斯菲尔德。早在阿富汗战争中，拉姆斯菲尔德就批准了一项所谓"特殊获取计划"，怂恿美国情报人员"抓你必须抓的人，做你想要做的事"，虐俘事件在那时就开始了。伊拉克战争中，当美军迟迟抓不到萨达姆，又遭到伊拉克武装组织激烈抵抗，搞得焦头烂额。拉姆斯菲尔德为了摆脱困境，急于得到他想要得到的情报，便将"特殊获取计划"移用于审讯伊拉克战俘，骇人听闻的虐俘事件就这样发生了。拉姆斯菲尔德是美军打信息化战争的倡导者、策划者，他却把情报信息工作建立在全凭他主观意志行事的基础上，对战俘可以逼供，对情报内容可以挑选、更改、编写，虚的可以变成"实"的，假的可以变成"真"的，然后就凭这样的情报信息决定美军的战争行动，这对世界秩序和安宁将会带来什么影响？

　　四看美军将信息化战争理想化、简单化带来之恶果。

　　这些年，凡是关注美军"转型"的人，恐怕都会发现，拉姆斯菲尔德的确在其中发挥了举足轻重的作用。然而，再稍稍往深处观察和分析又会发现，拉姆斯菲尔德在全力推进美军向信息化军队"转型"的同时，他也在以走极端的思维方式，把新一代战争的理念推向理想化、简单化的偏颇境地。一方面，他充分利用其担任美国国防部长的职权，竭力按他的理想去设计一支新型军队、去打新一代战争，从而迅速把信息化战争的一系列新概念、新战法运用于实战。另一方面，他极其武断地拒绝考虑影响战争胜负的其他各种复杂因素，认为只要按他的主张把仗打胜，就能解决一切问题。拉姆斯菲尔德就是这样理想化地推进美军"转型"、简单化地导演伊拉克战争。

拉姆斯菲尔德这种走极端的思维方式,带来了什么后果呢?一方面,美军的信息化作战行动的确"见效"了;但另一方面,诸如"情报门""虐俘门"等一连串严重问题却接踵而至。尤其是伊拉克各派武装组织的激烈抵抗,更成了美军"扑不灭的火焰"。这又一次使人想起了"外科医生和内科医生"这则寓言。拉姆斯菲尔德算得上是一位办事果敢、动作麻利的"外科医生",但他只管将露在皮肤外面的那根刺剪掉,刺进肉里的部分他是不管的。他哪里知道,被他剪掉的只是露在皮肤外的三分之一,留在肉里的却有三分之二,而且伤及的是肌肉深部的血管和神经,很快就会化脓腐烂。

诸位,在拉姆斯菲尔德主义的影响下,美军将一场全新的信息化战争打成这种结局,究竟是胜绩,还是败绩?

这场信息化战争,留给世人的,半是思索,半是叹息。

2004 年 9 月

美国玩的是"因祸得福"策略

美国这边,一场伊拉克战争迟迟收不了尾;俄罗斯那边,又突然爆发了别斯兰校园人质大惨案。世界一声惊呼:"反恐反恐,为何越反越恐?"

曰:恐怖主义是一个难解的怨结。要害:世界经济发展不平衡。矛盾焦点:美国与阿拉伯世界积怨太深。这是很值得分析的问题。

世界很不安全,很不太平

"9·11"事件以来,美国高举反恐大旗,三年内发动了两场反恐战争,先打阿富汗,后打伊拉克,打出了什么结果呢?很不幸,美国并没有为本国、为世界打出一片天下太平的美好景象,相反,这世界越打越恐怖了。

请看事实:

在美国国内,"9·11"成了美国人挥之不去的梦魇。今年是"9·11"三周年,美国公众至今仍被笼罩在恐怖气氛中。一些人不敢再乘飞机,乘飞机要提前几个小时到机场,接受连鞋子都得脱掉的安全检查。到处都受到严密监视,随时可能被警察盘查和搜身。白宫至今仍未恢复对本国公众和世界游人开放,白宫周围的马路、草坪至今布满路障、铁丝网、隔离墙,"空气里到处弥漫着恐怖和不安"。有人感叹说,"9·11"改变了美国人的生活。

在伊拉克,老百姓天天生活在血腥恐怖之中。战前,萨达姆其实并没有同国际恐怖组织发生过联系;如今,陷入战乱的伊拉克反倒真的成了"培育恐怖分子的温床"。

在阿富汗,塔利班的恐怖袭击活动至今没有停下来。

在以色列和巴勒斯坦,双方的恐怖袭击事件一天也没有停止过。

在亚洲其他地方,印尼巴厘岛连环爆炸案、印度孟买连环爆炸案、菲律宾人质事件、土耳其连环爆炸案、澳大利亚驻印尼使馆爆炸案,死了多少人?

在非洲,摩洛哥卡萨布兰卡发生五起连环爆炸案,死了多少人?

在欧洲,西班牙"3·11"旅客列车连环爆炸案,死了多少人?

在俄罗斯,莫斯科轴承厂文化宫人质事件,炸死车臣总统卡德罗夫的格罗兹尼狄纳莫体育场爆炸事件,"黑寡妇"腰里捆上炸药上天炸飞机、入地炸地铁,直到震惊世界的别斯兰第一中学校园人质大惨案,死了多少人?

还有,意大利人质被绑架、日本人质被绑架、法国人质被绑架、中国人质被绑架、土耳其人质被杀害、韩国人质被杀害……

这世界,真的很不安静,很不安全,很不太平。

五洲四海还能找到几块安全之地?世界各国,还有几个国家能说自己完全置身于恐怖威胁之外?

难怪,接受民意调查的欧洲人普遍认为,美国以反恐名义发动的伊拉克战争,反而加剧了恐怖主义威胁。

世界人民充满期待的二十一世纪,想不到一开头就被拖进了这样一场"恐怖扩散"的噩梦中,人们怎能不对前景深感失望和忧虑?

这世界,被一个解不开的怨结捆住了。

"9·11"点燃了美国的复仇之火

可恶的国际恐怖分子,似乎对整个世界都充满了仇恨。但是,他们最最痛恨的是美国,"9·11"事件就是证明。

"9·11"点燃了美国的复仇之火。

"9·11"之后,美国社会心理有一个从"反战"到"求战"的明显转换。美国一向恃强好战,二次大战以来,它打的仗最多。但在越南战争中,由于那场战争时间拖得太长,美军死的人太多,美国人被拖怕了、死怕了。当时,美国社会对待"越战"的态度是"越战越反战",反战情绪日益高涨,约翰逊总统被一浪高过一浪的反战浪潮轰下了台。"9·11"事件是一个转折点。举世震惊的"9·11"恐怖袭击事件,确实把美国打痛了、打火了,美国社会爆发出一种复仇心理。在美国国内,战争狂热重新占据上风,美国公众多数人支持小布什发动反恐战争。

小布什上台第一年就遇上"9·11",当头挨了一闷棍,倒霉透了。且不说他急于建功立业,他单为报仇雪恨,也急于要大打出手干一仗,出出心中这口恶气。所以,他上任第一年,就打了一场阿富汗战争,接着又发动了伊拉克战争,把美国战车开得狂奔乱撞,一时间刹不住车了。

美国痛恨恐怖主义,痛恨得对不对呢?对的。它痛恨得在不在理呢?原则上说也是在理的。问题是,美国被"9·11"点燃的复仇之火,烧得有些过火了。它不愿再作任何理性分析了,不顾一切地急于向伊拉克开战。凡事一过火,就会走向主观愿望的反面,这是规律。

严酷的事实已表明,美国的反恐政策如果照此下去,再不肯改弦更张,"9·11"怨结大有越结越深之势。美国急于想用熊熊战火烧掉这个怨结,烧不掉的。美国急于想用刺刀尖挑开这个怨结,也是挑不开的。不久前,小布什在一次讲话中不得不承认,"我并不认为反恐战争能够取得胜利",或许"要到下一代才能看到反恐战争的胜利"。小布什说是这么说,就凭他的牛仔性格,他绝不肯"知难而退"的。他若是连任,他的"暴力反恐"政策还将继续下去。

可是,仅靠一味猛药,治得了国际恐怖主义这样的疑难杂症吗?治不了。

中国有句老话,冤冤相报何时了?

其实,对于美国而言,"9·11"事件,也是它自己搬起石头砸了自己的脚。世界各地的恐怖组织,包括本·拉登在内,最初都曾得到过美国的支持和利用。就连"9·11"驾机袭击美国世贸中心大楼的恐怖分子,也是由美国自己培训出来的。美国的政策、美国的文化、美国的高科技,培育出了如此歹毒的国际恐怖分子,让美国自己尝到了苦头,怨谁呢?先不要怨别人,先怨自己。

可是,世界许多国家也都跟着倒了霉。虽然"9·11"事件是国际恐怖组织与美国结下的仇,但美国与国际恐怖主义的暴力较量,好比是两个你死我活的仇敌抱在一起,扭打成一团,踢翻桌子摔碎碗,搅得鸡飞狗跳,把许多国家也都卷进了冤冤相报的噩梦中。

世界被连累了。

国际恐怖主义根源在哪里?

有一个深层次的问题,绕是绕不开的。那就是,产生国际恐怖主义的根源在哪里？

有一种答案说，国际恐怖主义的产生有着历史、宗教、经济、文化等各方面的复杂因素。话是对的，只是说得太原则、太笼统了。

又有一种答案说，国际恐怖主义的产生，同世界上贫富太悬殊、发展不平衡、社会不公平、制度不合理、信仰有矛盾、文化有冲突等等有联系。此说已渐近本质。

我倒还有另一个看法，国际恐怖主义也是冷战的产物。或者说，它是世界冷战结构崩溃的产物。想当年，冷战冷战，谁和谁战？美国和苏联。打个不太恰当的比方，冷战时期的美国和苏联，就像一对长期不和的"夫妻"，双方怒目而视、吵嘴打架，一直闹到结下刻骨仇恨的地步。国际恐怖主义是这对"冤家夫妻"生下的一个怪胎。

有一个典型得无法再典型的例子：本·拉登。冷战后期的苏联，为了同美国争夺势力范围，出兵入侵阿富汗。信奉伊斯兰原教旨主义的沙特富商本·拉登，大有"路见不平，拔刀相助"的味道，他离开舒适的家庭前往阿富汗，参加伊斯兰"圣战"组织，投入反对苏联入侵阿富汗的斗争，从此踏上了他的"圣战"道路。那时的本·拉登是得到美国支持的，美国有人称他为"英雄"。本·拉登的许多恐怖暴力手段，都是直接从美国中央情报局那里学来的。本·拉登还从美国手里得到过肩扛式防空导弹等先进武器。但是，苏联垮台后，美国一超独霸、一手遮天，对伊斯兰文明压制更甚。本·拉登转而认为，美国的文化、美国的影响，对伊斯兰文明构成了致命的威胁，美国是一个"邪恶帝国"。从此，美国成了本·拉登的头号敌人。

回首当年，苏联当红的年代，马克思主义兴盛的年代，社会主义和共产主义理想激动人心的年代，革命者激情燃烧的年代，世界上是没有国际恐怖主义活动空间的。那时候，世界上有大批大批的人群受到压迫、剥削和奴役,使许许多多追求真理的人们强烈地认识到这个世界不公平、不合理、不平等,要革命。但那时,渴望改变现状的人们,普遍到马克思主义中去找方向、找出路、找力量,甘愿为崇高的革命理想去奋斗、去献身。那时候,全世界风起云涌的是无产阶级革命运动,是轰轰烈烈的反帝反殖运动,争取民族独立、走社会主义道路,是当年势不可当的时代潮流。有一阵子,以社会主义革命为口号的游击战遍布世界各大洲,最为著名的革命活动家是切·格瓦拉。但苏联一垮,国际共运跌入低潮,这使许多革命者的热情开始冷却,激进分子开始寻找别的精神寄托,诉诸别的目标追求。于是,当代世界思想史上,凸现出一幅失去目标和方向的凌乱的世纪末景象,它恰如冰雪融化,堤岸崩塌,浊流漫溢,沉渣泛起,河流改道。极端宗教主义迅速抬头,民族分离主义感到"机会来了",诸多非理性的邪教组织相继出现,国际恐怖主义蔓延的空间突然增大……于是,世界性的新问题来了。

冷战终结后,国际恐怖组织为何转而痛恨美国?因为苏联一垮,美国更霸。美国一手遮天,竭力要把它的价值观普世化,不想给别的文明、别的意识形态留出空间。在中东,美国如此偏袒以色列,压制巴勒斯坦,压制伊斯兰世界,怎能不使信奉伊斯兰原教旨主义的人群憋闷得透不过气来?

国际恐怖组织转而痛恨美国,也反映出伊斯兰世界对美国和西方价值观的极度失望。布热津斯基曾公开承认,全世界十亿穆斯林不佩服西方,许多穆斯林认为西方特别是美国令人讨厌。早在"9·11"事件前,穆斯林国家有位学者就曾发表过一篇文章,他分析了伊斯兰原教旨主义在二十世纪的发展过程,颇能说明一些问题。文章说,在二十世纪的反帝独立运动中,不少伊斯兰国家的新生无产阶级和左翼意识形态,曾一度占据过主导地位。但这些革命相继失败,导致伊斯兰原教旨主义在这些国家的兴起。当时,美国大力支持、利用甚至煽动伊斯兰原教旨主义,把它当作抵制左翼革命的工具。但是,美国和西方竭力推销的自由主义和民主价值观,并没有帮助伊斯兰国家的人民改善生活境遇。在伊斯兰国家取得政权的民主派统治者,掠夺财富,迅速腐败,甚至连最富有的石油国家,也未能实现工业革命。在一个日益现代化的世界面前,伊斯兰世界除了权贵手里很有钱,广大民众长期处在贫困化状态。于是,"暴行与歇斯底里的疯狂就出现了"。

冷战在"反恐"中继续

如今的恐怖组织都带国际性。"基地"组织是一个无国界的恐怖组织。像车臣这样的地域性恐怖组织,也同国际恐怖组织有联系,同样带有国际性。国际性是当今恐怖主义活动的主要特征。因此,反恐是世界各国的共同责任,对此没有人表示异议。

美国反恐政策的最大荒谬之处在于,它既指望别人在反恐问题上支持它,又想借助恐怖组织去"治"别人。

美国对俄罗斯就是采取这种态度。

苏联垮台,美国认为这是它在二十世纪冷战中得到的最大收获,着实高兴了一阵子。但美国渐渐发觉,这块俄式牛排虽然已经到嘴,但块太大,不容易消化,还得设法把它切得更小一点。这几年,车臣恐怖分子困扰着普京,美国却觉得,这是乘机把这块俄式牛排进一步切小的极好机会。

美国遭到"9·11"恐怖袭击,损失超过二次大战日本偷袭珍珠港。普京和世界各国首脑一样,立即发表声明,强烈谴责国际恐怖组织的暴行,同情美国,支持美国打击恐怖主义。

同样,俄罗斯也被车臣恐怖分子搞得苦不堪言。美国却采取反恐双重标准,把车臣非法武装的恐怖袭击活动说成是"民族问题",称车臣恐怖分子为"自由战士"。美国去年4月发表的《国别人权报告》,再次谴责俄罗斯在车臣"滥杀无辜""侵犯人权"。车臣恐怖分子通过各种渠道,每年可以从美国和西方得到上亿美元的经费支持,用于对俄罗斯发动"圣战"。车臣恐怖分子每次经费到手,俄罗斯境内的恐怖袭击活动就此起彼伏,连续不断地发生。普京以强硬态度弹压车臣恐怖分子,美英两国却给车臣两个重要恐怖头目提供政治避难。俄外长拉夫罗夫对此猛烈抨击道:"这些人的罪行俄罗斯已全部记录,允许这些卷入恐怖主义的人政治避难,不仅让我们感到遗憾,而且严重破坏了反恐联盟的团结。"

美英两国从一开始就不在乎包括俄罗斯在内的所谓"反恐联盟的团结",否则,两国就不会置法、德、俄的反对之声于不顾,决意发动伊拉克战争。在美国看来,俄罗斯必须在反恐问题上无条件支持美国,而美国对俄罗斯有条件地表态"支持"一下就不错了,超出这个限度,那就是俄罗斯自作多情。

俄罗斯特别不能容忍的是,别斯兰校园人质大惨案发生后,美国和西方"略表同情"之后,却对俄罗斯处置此次人质事件的做法横加指责。这些年,俄罗斯为了走出困境,一心想保持一个相对稳定的外部环境,同美国和西方打交道时一直采取低姿态,能忍则忍,能让则让。这一次,美国和西方的恶劣态度,终于把俄罗斯激怒了,把普京激怒了。俄方对美国和西方的责难毫不犹豫地进行了反击。

别斯兰校园人质事件结束不到几小时,西方世界就往俄罗斯滴血的伤口上撒了一把盐。欧盟轮值主席、荷兰外交大臣博特,居然要求俄罗斯政府对发生此次惨案向欧盟做出解释。俄罗斯忍无可忍,俄外交部于当天紧急召见荷兰驻俄大使,要求博特本人对上述讲话做出解释。

紧接着,美国又往俄罗斯滴血的伤口上撒了一把辣椒面。别斯兰第一中学校园里的三百九十四名儿童、教师和学生家长的尸体尚未清理完毕，上千名受伤者正在医院抢救，俄罗斯举国沉浸在巨大的悲痛中，美国国务院发言人鲍彻却在华盛顿发表谈话说："美俄两国对车臣一些政治人物的看法不同，华盛顿将继续同主张车臣分裂的温和派领导人进行接触。"俄罗斯外长拉夫罗夫立即予以回击说，美国国务院发言人的讲话是"不合时宜"的，"车臣是俄罗斯内部问题，俄罗斯有能力自己解决，美国人没有必要为此去设计和平进程"。

普京深夜接受西方媒体采访，一名西方记者问普京，俄罗斯政府为何不与车臣非法武装进行谈判？普京怒不可遏地反问道："你为什么不与本·拉登会面，把他邀请到布鲁塞尔或者白宫去会谈，问他要什么，然后就给他什么，满足他的要求，以便恢复平静生活，你为什么不这样做？"普京这些话的锋芒所向，谁都听得明白，他真是火了。

冷战在"反恐"中继续，不对吗？

几天后，小布什也许自觉有些"失策"了，为了挽回国际影响，也为了拉回美国国内俄裔选民的选票，偕劳拉夫人前往俄罗斯驻美国使馆，对别斯兰校园人质事件的死难者表示哀悼，做了一些"弥补"工作。

但本质的问题依然存在，美国奉行这样一套损人利己的反恐政策，如此"反恐"能反出好效果来吗？

美国玩的是"因祸得福"策略

对于美国来说，"9·11"事件是"祸从天降"。但我们中国古典哲学早就有一个说法，叫作"祸福相依"。故"9·11"之于美国，祸虽大矣，焉知非福？

美国这个国家,在道义上从来就是一个得理不让人、无理也不让人的国家,在利益观上又是一个无利不图的国家。世界上每个角角落落,只要有利可图、可得,美国都会毫不犹豫地下手,绝对不肯轻易放过。美国被"9·11"事件一闷棍打痛之后,很快由痛转恨、转狠,下决心要把反恐当成一张牌来打,用它去赢回更多东西。

"9·11"以来,美国假反恐之名,从战略上大捞实利,明眼人一眼便能看穿。给它粗略算一算,短短三年间,美国通过阿富汗战争、伊拉克战争,至少获得了以下重大战略利益:

其一,在西亚,美国打下了阿富汗,在这个战略枢纽之地抢占了立足点。阿富汗虽然贫穷落后,但战略上却是一块风水宝地。它刚好位于中亚、西亚和南亚的接合部,又处在亚洲内陆南下阿拉伯海和印度洋的通道上,战略地位极其重要。过去苏联为了南下印度洋,想从这里打通出口,出兵入侵阿富汗,结果打了十年没有打下来,最后只得撤兵退回去,丢下了这块啃不动的硬骨头。苏联兵败阿富汗,成了它很快走向垮台的一个转折点。这一次,美国以反恐的名义将阿富汗一举拿下,苏联想拿没拿到、反而蚀光老本的这块战略宝地,被美国拿到了。

其二,在南亚,美国压服了巴基斯坦,也顺便震慑了一下印度,从而增加了在南亚次大陆的影响力,获得了南亚事务的部分话语权。巴基斯坦与阿富汗毗邻,它过去一直不肯向美国屈服,这次美国终于用反恐高压政策把它压服了。美国明确地告诉巴基斯坦,美军要从南面向它借道过境攻打阿富汗,美军战机要使用它的领空,请它关闭与阿富汗的边境,并主动剿灭进入其境内的"基地"恐怖分子。如果巴基斯坦答应上述条件,美国可以取消印巴核试验以来对其实施的经济制裁。如果巴基斯坦拒不同意这些条件,那就是支持恐怖主义。当今世界,谁不怕被扣上"支持恐怖主义"这顶大帽子?巴基斯坦被压得喘不过气来,只得全部答应美国所提条件。印度是俄罗斯的传统盟友,美国对此早就心里不舒服。此次美国用反恐大旗在印度眼前一摇晃,印度政府有史以来第一次允许美国军用飞战在其领土上降落。印、巴是在南亚次大陆争雄的两个主要对手,印、巴局势成为影响亚太地区稳定的一个重要因素。美国在南亚次大陆增强了影响力,获得了南亚事务的部分话语权,手中就多了一个重要筹码。

其三,在中亚,美国利用攻打阿富汗的机会,在这片欧亚内陆"心脏地带"打进了楔子,美军获得了中亚独联体国家的军事基地和军事设施的使用权。从此,美国不仅可以坐地控制这些中亚伊斯兰国家,而且,北可遏制俄罗斯南下,东可围堵中国发展,西可敲打伊朗后背。阿富汗战争后,美国又以建立"反恐联盟"的名义,以经济利益为诱饵,在吉尔吉斯斯坦、乌兹别克斯坦两国得到了三个军事基地,留下不走了。从地缘上说,美国在阿富汗和中亚几国的军事存在已连成一片。从资源上说,中亚地区据估计至少有两亿桶以上的石油储量,被认为是二十一世纪"世界战略能源基地"。过去,由于阿富汗长期陷入战乱,中亚通向印度洋出海口的石油管线无人修、无法修。现在阿富汗已被美国打了下来,美国在中亚也有了立足之地,不言而喻,控制中亚丰富石油资源的主动权,又落到了美国手里。

其四,在非洲,美国慑服了利比亚,终于使卡扎菲软化了立场,公开承认洛克比空难责任,并宣布"放弃大规模杀伤性武器"。非洲还有谁比卡扎菲更蛮、更硬?没有了。连卡扎菲都对美国服软了,谁还敢同美国较劲?至少,在短期内是不会有新角色冒出来了。

其五,在欧洲,美国利用发动反恐战争的机会,敲打"老欧洲",拉拢"新欧洲",并决定把一些美军基地和驻欧部队从德国迁往波兰、罗马尼亚、保加利亚等东欧国家,加强在东欧的军事存在,将美国在欧洲的战略前沿进一步向东推进,挤压俄罗斯的战略空间。

其六,在中东,美国打下了伊拉克,乱是乱了点,影响差是差了点,但无论如何,它已在中东打进了一个最大的楔子,再想赶它走是赶不走了。伊拉克地处欧亚大陆的十字路口,战略地位之重要自不必说了,石油储量之丰富也不必说了。过去,美国在中东只有以色列一粒孤子,现在有了以色列和伊拉克两颗子,这一片棋成活的机会就大得多了。下一步,美国将依托伊拉克改造中东,制服伊斯兰世界,分化阿拉伯国家,文章可以一篇一篇往下做,伊拉克的"潜力"大得很哪。

美国虽然在"9·11"事件中挨了一闷棍,但它用"9·11"点燃的复仇之火,在战略上捞回了这么多"实惠",不是"因祸得福"是什么?

一国独霸,怨结难解

天下之事,有人得利,必有人失利,这就叫利害关系,这就叫利益冲突。美国的反恐目的不纯,别人就不服,有的嘴上不敢说不服,至少心里不舒服。于是,这张分食的桌子就难以摆平,世界在短时间内就平静不下来。

你仔细查一查,美国反恐反到现在,它有没有提议世界各国一起坐下来分析分析,恐怖主义根源何在?有没有同世界各国一起讨论讨论,对付恐怖主义除了战争一途,还有没有别的良策,还需不需要辅之以别的一些办法?没有。

联合国即使展开讨论,美国也不想听。安南忍无可忍,愤愤地说:"美国发动伊拉克战争是非法的。"

美国在反恐中肯不肯兼顾一下其他国家的利益呢?它绝对不肯。美国在反恐中表现出来的"私心"是极重的。我在前面的文章中曾经说过,美国在反恐中急欲"报一国之私仇,谋一国之私利",这是一点不假的。

当初,法、德、俄三国为何反对美国向伊拉克开战?别的原因且不去说它,一个基本原因,无非是中东也有它们三国的利益。美国不愿听他们三国的意见,说到底就是不愿和他们分利。这一点,在分割伊拉克战后重建这块蛋糕时,问题就看得十分清楚了。

美国为何一方面要求俄罗斯无条件支持它反恐,另一方面却明里暗里支持车臣恐怖分子?美国的心理状态是:我美国在"9·11"事件中吃了大苦头,你俄罗斯挨得没有我重,我美国吃了亏了,你俄罗斯必须再挨几下重的,我美国心里才平衡。现在,我美国利用反恐得大利,但别想让我美国给你俄罗斯分一杯羹,世界上没有这么便宜的事。

国际恐怖主义为何会闹到今天这么猖獗的地步?别的种种复杂因素先不去说它,其中基本的一条,就是世界发展不平衡。邓小平说,要解决中国的大问题,发展才是硬道理。其实,道理都是一样的,要想解决世界的大难题,发展才是硬道理。美国肯不肯真心实意帮助世界不发达地区快点发展起来呢?它也不肯发这个善心。相反,美国看到哪个国家发展得快一点,它就睡不着,它就要想方设法来牵制你、遏制你,甚至想用一些招数来拖垮你。

但是,只要地球继续围绕太阳运行,天下公理就不会泯灭。天下是大家的,解决天下难题也得大家商量着办。天下不公,世事难平。利益不均,必起冲突。一国独断,非议丛生。一国独吞,消化不良。一国独霸,怨结难解。世界反恐,任重道远。

我说得不对吗?

2004年9月

伊拉克战争后的亚洲命运

一

二十一世纪,是亚洲满怀希望的新世纪。

二十一世纪开元才四年,亚细亚的太阳正在东方地平线上冉冉升起。

这是亚洲充满生机和活力的早晨。

然而,亚洲的世纪之晨却很不宁静。

二

一场备受争议的伊拉克战争,战火至今未熄。透过弥漫在伊拉克上空的战火硝烟,环视当今世界,人类跨进二十一世纪后,冷战虽已成为历史,热点问题却频频出现。新世纪开元以来,老问题,新矛盾,酿造出世界四大热点问题:局部战争、恐怖主义、地区冲突、核扩散风波。

值得我们严重关注的是,新世纪之初这四大热点问题,几乎全都集中在亚洲。

伊拉克战争只是一个"点",亚洲的诸多热点问题却是一个"面"。人们除了继续关注伊拉克战争,似乎还应关注一下亚洲国家的集体命运。

三

新世纪之初,局部战争的热点在亚洲。

新世纪头三年,全球就爆发了两场战争。2001年爆发了阿富汗战争,2003年又爆发了伊拉克战争,这两场战争都发生在亚洲。新世纪前夜发生的几场战争,两伊战争、科威特战争、海湾战争,同样也都在亚洲,都与伊拉克这个"战争热点"有关。只有科索沃战争发生在欧洲。

本来,人类对新世纪充满了和平与安宁的期待,因为人类在二十世纪经历的战争实在太多了,流的血实在太多了,死的人实在太多了。在二十世纪的一百年间,全球不仅爆发了两次世界大战,还发生了大大小小三百七十多次局部战争和武装冲突,死于二十世纪战争的人数超过一亿。二十世纪带给人类的战争灾难的确太深重了。

人类有足够的理由,期望新世纪少一点战争,多一点安宁。可是,亚洲人民一脚踏进新世纪,又接连遇上了两场战争。阿富汗和伊拉克两国人民,又被拖进了深重的战争灾难。他们何时才能从战乱中挣扎出来,重新过上安定生活,好好发展自己的国家,目前还很难预测。依我看,被美国打成一堆虚墟的阿富汗、伊拉克,都像鸦片战争后的中国一样,至少一百年翻不过身来。

不仅如此,在亚洲这片不宁静的土地上,由于历史的和现实的种种复杂原因,这里那里,还存在着一处又一处剑拔弩张的态势。一旦某一处事态在某天早晨或某天夜里突然失控,新世纪的第三场战争很可能还会在亚洲爆发。

四

新世纪之初,恐怖主义的热点也在亚洲。

"9·11"恐怖袭击事件,成了新世纪的一发"开门炮"。新世纪爆发的两场战争,导火索都是"9·11"事件。美国在"9·11"事件中挨了一闷棍,但美国是肯吃亏的国家吗?它无论如何咽不下这口恶气。"9·11"事件后,美国大打反恐战争,显得理直气壮。不过,美国把它在亚洲发动的这两场战争都说成是反恐战争,世人却有不同看法。

美国说阿富汗战争是反恐战争,倒也罢了。因为塔利班政权公开支持恐怖主义,"基地"组织和本·拉登也在阿富汗境内活动,他们同"9·11"恐怖袭击事件难脱干系,该打。国际社会对此没有太大分歧,联合国也默认了。

伊拉克战争就不同了。美国说伊拉克战争也是"反恐战争",国际社会则大不以为然。美国硬说萨达姆"支持恐怖主义",至今找不到证据。因此,联合国秘书长安南说,"美国发动伊拉克战争是非法的"。可是,对于美国来说,伊拉克战争打了也就打了,管它"合法"还是"非法",谁还能把它怎么着?

问题的严重性还在于,"9·11"事件后,美国把亚洲看成是恐怖主义的策源地,将反恐战争的矛头直指亚洲,这成了亚洲在新世纪之初面对的一个极为险恶的现实。实际上,恐怖主义的产生,是世界多种基本矛盾的综合因素造成的,其中美国自身负有很大责任。但美国哪里跟你讲这个,它只知道本·拉登是亚洲人,他出生于沙特,活动于阿富汗。尽管某些恐怖组织比"基地"组织资格更老,恐怖袭击活动在世界各地都有发生,但"基地"组织的巢穴在亚洲,伊斯兰原教旨主义的发源地在亚洲。俄罗斯恐怖分子活动猖獗的车臣、北奥塞梯,在地缘上也靠近西亚,并得到"基地"组织的支持。因此说,眼下的恐怖主义问题突出地反映在亚洲,这一点难以否认。"9·11"恐怖袭击事件表明,"基地"组织最最痛恨的是美国,这也是事实。美国把反恐战争的矛头直指亚洲,又有什么办法?

美国在亚洲大打反恐战争的同时,手里还举着"反恐"棍子,到处敲打"邪恶轴心""流氓国家",又在亚洲引发了许多别的风波和危机。

"9·11"事件也连累了世界。"9·11"以来,美国大打反恐战争,引发了恐怖主义的强烈反弹,恐怖袭击活动此起彼伏,四处蔓延,使世界上许多国家成了恐怖袭击的受害国。

五

新世纪之初,地区冲突的热点也在亚洲。

在中东,巴以冲突旷日持久,始终无法平息,搅得中东不得安宁。巴勒斯坦问题成了亚洲土地上一个久久难以愈合的伤口。美国在巴以冲突中一贯偏袒以色列,引起阿拉伯世界的普遍不满,这是巴以冲突难以平息的关键所在。

在南亚,印巴克什米尔冲突时起时伏。

在中国,台海局势虽然是我国的国内问题,但它同时也成了亚太地区的一个热点。对我国来说,台湾问题不解决,两岸不统一,无法面对历史,无法面对子孙,无法面对未来,绝无退路可走。可是,美国却把台湾问题作为遏制中国崛起的一张牌,陈水扁成了美国手里的一个牵线木偶。他们一旦低估中国实现统一大业的民族意志,在"台独"道路上越走越远,把火玩大,台海局势爆发的危险性必将与日俱增。

在亚洲,还存在着一些其他潜在的地区冲突。

六

新世纪之初,核扩散风波的热点同样在亚洲。

新世纪前夜,印度和巴基斯坦相继跨进了核门槛,使南亚次大陆由无核区变成了有核区。

然后是久久解不开"结"的朝鲜核危机。

然后是伊朗核风波。

然后是韩国科学家的"核好奇"。

然后是"基地"组织也想搞原子弹的"核传说"。

然后是日本核电厂的核蒸汽泄漏事故。

然后是不止一个亚洲国家和地区跃跃欲试的"核欲望""核可能"。

二十世纪,日本作为法西斯侵略者,是唯一受到核惩罚的国家。同时,它也使亚洲成为唯一遭到过核轰炸的地区。进入新世纪以来,亚洲土地上又传出这么多核消息,亚洲人对此怎能无动于衷?

东北亚还能不能成为无核区?

日本是不是也在做"核弹梦"?

阿拉伯国家也在问美国:"为什么以色列可以拥有核武器,阿拉伯国家就不行?"

对此该怎么回答?

亚洲地面上,假如真的出现这么多"烟花爆竹"工厂,安全问题谁负责?

七

哦!亚细亚的世纪之晨,为何如此不宁静?

假如跨进二十一世纪的亚洲还是一片蛮荒之地,在一群拓荒者面前呈现出一幅荆棘丛生的场面,倒也并不奇怪了。然而,亚洲早已不是尚待开垦的处女地,亚洲是人类文明的发祥地。世界四大文明古国——埃及、巴比伦、印度、中国,有三个是在亚洲这片古老神奇的土地上,另一个也在非洲和亚洲的交界处。

二十一世纪之于亚洲,是沉睡过后的苏醒期。

一片古老大陆的苏醒,当然是会有一些动静的。

长期在亚洲巨人卧榻之旁舞枪弄棒、耀武扬威的人,发现巨人已经苏醒,也免不了会有一阵心慌意乱、手忙脚乱。

对于苏醒中的亚洲巨人而言,沉睡过后是清醒。早年的荣华都曾享有过,乱世的灾难都已亲历过,此刻已是参透世事,得大自在,别有一番境界。巨人苏醒后的当务之急,是要好生调养自己,并不想去伤害别人。

但在巨人苏醒、旁人心惊之际,这壁厢翻身起坐之声,穿衣趿鞋之声,那壁厢惊慌走动之声,踢响桌椅板凳之声,过道上窃窃私语之声,这似乎又是难以避免的一幕。

因此说,人类跨进二十一世纪,虽然自然界的气温全球都在升高,但要说人类活动,却是亚洲最热。"热"有各种,有当热该热之"热",有燠燥恶热之"热"。一方面是亚洲人自己想"热",发展热、开发热,竞争热、崛起热,热气腾腾,充满生机,充满活力。另一方面,别人也想趁机把亚洲搅"热",到处插手、插足、插杠子,为的是抢地盘,捞利益。这就又引发出一波又一波抗争热。如此这般,怎不把亚洲搅得"热"上加"热"、越来越"热"?

八

亚洲的沉沦实在太久了。

亚洲这片古老神奇的土地,其实早该"热"起来了。

亚洲自古就是一片丰腴富庶之地。在古代,幼发拉底河和底格里斯河流域的巴比伦古文明何其辉煌,恒河和印度河流域的印度古文明何其辉煌,黄河和长江流域的中国古文明何其辉煌。在非洲与亚洲的交界处,尼罗河流域的古埃及文明何其辉煌。

进入近代以来,欧洲却先于亚洲发展了起来。在后起的欧洲面前,亚洲落伍了,巨人沉沉睡去了。

欧洲的发展,如果离开了对亚洲、美洲和非洲的大肆掠夺,那是不可想象的。由于亚洲和欧洲是连成一片的广阔大陆,欧洲向外掠夺和扩张,亚洲是首当其冲的目标。亚洲曾是欧洲殖民主义、帝国主义侵略扩张势力的狩猎场。在地理概念上,欧洲人习惯于根据他们的距离感,将亚洲分别称之为近东、中东和远东。历史上,欧洲人由西向东,渐次征服了亚洲。

从十一世纪至十三世纪,由西欧封建主和骑士、意大利商人及天主教会发动的十字军东征,是欧洲向亚洲扩张的第一个浪潮。延续了近二百年的十字军东征,经常搞得东地中海沿岸和中东地面兵荒马乱,它对亚洲大陆造成的冲击是巨大的,留下的负面影响是深远的。如今已是二十一世纪了,小布什居然还在说,他发动的伊拉克战争也是一场"新的十字军东征"。他不假思索、脱口而出的这句"错话",流露出了源于欧洲人的那种根深蒂固的暴力观念:征服东方。

从十五世纪末至十七世纪,中国发明的罗盘传入欧洲,欧洲航海大发展,引来地理大发现,由此形成欧洲扩张势力入侵亚洲的第二个浪潮。葡、西、荷、法、英等欧洲老殖民主义国家相继入侵亚洲,大批亚洲国家沦为欧洲列强的殖民地、保护国。

从十八世纪中叶英国工业革命后,欧洲资本主义迅速兴起,形成欧洲扩张势力入侵亚洲的第三个浪潮。这期间,大英帝国成为全球最大的殖民帝国。八国联军入侵中国,使欧洲列强瓜分世界的狂潮达到顶点。

九

这几百年间,亚洲被欧洲列强(也包括后起的日本和美国)瓜分得"体无完肤",惨不忍睹。

请看下列简要史实:

阿富汗:曾被英国三次出兵占领,1919年独立;

伊拉克:曾沦为英国委任统治地,1921年独立;

巴林:曾先后被葡萄牙、伊朗占领,后又沦为英国保护国,1971年独立;

卡塔尔:曾沦为英国保护国,1971年独立;

阿联酋:六个酋长国曾先后遭葡萄牙、荷兰、法国入侵,后又受英国"管理",1971年成立阿拉伯联合酋长国;

阿曼:曾先后遭葡萄牙、波斯、英国入侵,1920年独立;

也门:曾沦为土耳其、英国殖民地,二十世纪六十年代南北也门先后独立,1990年南北也门统一;

沙特:曾沦为英国保护国,1927年独立;

巴勒斯坦与以色列:曾先后被奥斯曼帝国和英国统治,1947年联合国通过决议,规定巴以分治,各自立国。犹太人于1948年成立以色列国,巴勒斯坦解放组织于1988年接受联合国分治决议,成立巴勒斯坦国,但巴以领土争端至今未能平息;

约旦:原为巴勒斯坦一部分,曾沦为英国委任统治地,1946年独立;

叙利亚:曾沦为法国委任统治地,后被英、法军事占领,1946年独立;

黎巴嫩:曾沦为法国委任统治地,后又被英军侵占,1943年独立;

塞浦路斯:曾沦为英国殖民地,1960年独立;

菲律宾:曾先后沦为西班牙、美国、日本殖民地,1946年独立;

印度:曾沦为英国殖民地,1947年印巴分治,1950年宣布为印度共和国;

巴基斯坦:曾与印度同为英国殖民地,1956年立国;

孟加拉:原为巴基斯坦一部分,同为英国殖民地,1971年立国;

斯里兰卡:曾先后沦为葡萄牙、荷兰、英国殖民地,1948年独立;

印尼:曾先后沦为荷兰、日本殖民地,1945年独立;

马尔代夫:曾先后沦为葡萄牙、荷兰、法国、英国殖民地,1965年独立;

文莱:曾沦为英国殖民地,1948年独立;

马来西亚:曾沦为英国殖民地,并先后遭受过葡萄牙、荷兰、英国、日本侵略,1957年独立;

新加坡:原为马来西亚一部分,英国殖民地,1965年立国;

越南:曾沦为法国保护国,1945年独立,1975年南北方统一;

老挝:曾沦为法国保护国,后被日本占领,1945年独立;

柬埔寨:曾沦为法国保护国,后被日本占领,日本投降后被法国重占,1953年独立;

泰国:曾先后遭受葡萄牙、荷兰、英国、法国、日本侵略,1945年后恢复国名暹罗,1949年改称泰王国;

缅甸:曾沦为英国、日本殖民地,1948年独立;

尼泊尔:曾沦为英国殖民地,1923年独立;

朝鲜与韩国:1866年后美国曾三次入侵朝鲜,后沦为日本殖民地。1945年8月,美国和苏联以北纬三十八度线为界,分别进驻朝鲜南部和北部接受日本投降。1948年南部成立大韩民国,北部成立朝鲜民主主义人民共和国。

中国：1840年鸦片战争后，西方列强瓜分中国，使中国沦为半封建半殖民地，直至新中国成立。香港曾被英国强占一百五十多年，1997年回归中国；澳门曾被葡萄牙侵占长达四百余年，1999年回归中国。台湾曾先后被荷兰、西班牙侵占，明末郑成功收复；清康熙打败台湾郑氏割据政权，收复台湾；甲午战败后又被日本侵占，抗日战争胜利后归还中国。

十

亚洲被欧洲列强任意宰割的历史，如果从1498年达伽马绕过好望角来到亚洲算起，一直延续到二十世纪上半叶，长达四百余年。

经过第一次世界大战后，老迈的欧洲开始衰落了，它在亚洲的侵略扩张呈退缩之势。

亚洲早该觉醒了。

但亚洲又来了一位新霸主——美国。

美国对亚洲的争夺，早在十九世纪中后期就开始了。1898年是美国"跨越太平洋，西向进亚洲"的关键一年。这一年，美国正式吞并了夏威夷。同一年，它又发动美西战争，从西班牙手里夺占了波多黎各、古巴、关岛和菲律宾。波多黎各和古巴就在美国家门口，且不去说它。原先美国想到亚洲来，中间隔着太平洋，一步跨不过来。自从它占有了太平洋上的夏威夷、关岛、菲律宾这三个"点"，好比一片水塘中有了三块垫脚石，而且是在一条直线上，它三脚两步就跨过了太平洋，踏上了亚洲大陆。1900年，美国便参加八国联军瓜分中国，它开始在亚洲大干了。

第一次世界大战后，欧洲分崩离析，地位下降，美国在亚洲发出的声音越来越大。

第二次世界大战后，美国已是横行天下、独步亚洲，一切亚洲事务几乎都被打上了美国的烙印。

十一

但是,亚洲在觉醒。

进入二十世纪后,亚洲开始冒着美国的炮火前进。

亚洲的觉醒和崛起始于二十世纪初,发展到今天,大约经历了三个阶段,出现了三个高潮。

第一阶段,是以争取民族独立为主题,亚洲国家共同为摆脱西方殖民统治而艰难奋斗。二十世纪二十年代后,世界反帝反殖运动和社会主义革命运动风起云涌,亚洲共有三十多个国家相继获得独立,这是第一个高潮。中国收回香港、澳门主权则是二十世纪九十年代的事了。也就是说,亚洲国家为彻底摆脱西方殖民统治,经历了贯穿整个二十世纪的百年奋斗。

第二阶段,是以发展民族经济为主题,部分亚洲国家和地区率先走上了经济起飞的快车道。二十世纪六十年代至七十年代,日本从战败中恢复过来,经济高速增长,一跃成为仅次于美国的资本主义经济大国。同一时期经济起飞的还有"亚洲四小龙"(韩国、新加坡和中国台湾、香港)。这是第二个高潮。

第三阶段,是以文明古国民族复兴为主题,中国和印度经历了种种磨难和艰辛,也先后在经济上开始崛起。与此同时,马来西亚、印尼、泰国、越南等另一批亚洲国家的经济也开始快速发展。这是第三个高潮。目前,亚洲正处在这个发展高潮中。

十二

二次大战结束以来,美国在亚洲采取的一系列政策,贯穿着以下三条基本线索：

第一，竭力封堵亚洲社会主义国家，这是一条主线。美国不惜以冷战加热战，在亚洲遏制苏联影响，围堵中国新生政权，反对朝鲜、越南等社会主义国家。它发动朝鲜战争、越南战争，驻军台湾（中美建交后撤出）、派出第七舰队巡弋台湾海峡，都是出于这一目的。整个冷战时期，亚洲成了美国与苏联争霸的前哨阵地。

第二，竭力控制亚洲新独立的国家。进入二十世纪后，一大批亚洲国家先后摆脱了殖民统治，相继获得独立。美国立即插进手来，填补老殖民主义者退出后的"真空"，向这些新独立的亚洲国家渗透，有的则直接被纳入美国的控制之下，为其全球战略服务。

第三，竭力争夺亚洲石油资源。石油是什么？石油不仅是一种经济力量，也是一种军事力量。石油运输线是现代化国家的命脉。可以设想一下，一旦石油断供，一向"生活在汽车上"的美国还能不能正常运作？拥有那么多飞机、军舰、坦克的美军还能不能打仗？不要说美国，即使是大部分发展中国家，如今对石油能源的依赖也在与日俱增。控制世界能源命脉，不仅是美国亚洲政策的重要内容，也是它全球战略的重要目标之一。

十三

亚洲在美国全球战略中的分量是显而易见的。因此，二次大战结束以来，美国在亚洲发动局部战争的次数最多，规模也最大。1950年发动了朝鲜战争，1961年发动了越南战争，1991年发动了海湾战争，2001年发动了阿富汗战争，2003年又发动了伊拉克战争，平均十年要在亚洲打一仗。特别是最近十多年来，美国在亚洲发动战争的密度明显增加，时间间隔大大缩短，这对亚洲不是一个好兆头。

美国在亚洲的"前沿军事存在"也最多。目前,美国海外驻军有三十七万多人。其中,驻欧洲和非洲十一万多人,常驻亚洲和开到亚洲来执行作战任务的却有二十六万多人,三分之二在亚洲。在美军新公布的全球军事部署调整计划中,虽然随着美军向信息化、数字化"转型",美军在世界各地的驻军人数将会有所减少,但太平洋上的关岛基地正在大规模扩建,以关岛为核心的太平洋"岛链"建设也将得到大大加强,因为这里靠近亚洲前沿。另外,美军又在中亚的吉尔吉斯、乌兹别克两国获得了三个新增加的军事基地。

美国在亚洲打了这么多仗、驻扎了这么多军队、部署了这么多先进武器装备,觉醒中的亚洲,崛起中的亚洲,不是在冒着美国的炮火前进吗?

十四

纵观亚洲觉醒和崛起的三个发展阶段,至少可以看出以下一些问题:

我们看到,亚洲国家的觉醒和崛起,是一种群体趋势,而非个别现象。我们应该欢迎这种群体趋势,融入这种群体趋势,推动这种群体趋势。亚洲国家谁也不要互相孤立、自我孤立。被人孤立,寸步难行。自我孤立,死路一条。谋得共同发展,最好。

我们又看到,亚洲的经验表明,世界是多元的,只要勇于面对现实,勇于改革开放,勇于适应世界经济发展的时代潮流,不同社会制度、不同意识形态的亚洲国家,同样可以取得惊人成绩。谁也不要过分自信,谁也不要过分自以为是,应该学会互相取长补短。

我们还看到,亚洲国家的发展道路是极不平坦的,亚洲国家之间的发展状况也是极不平衡的。有的国家虽然较早获得了独立,却一直没有发展起来,比如阿富汗。有的虽然曾经有所发展,却不善把握,国家命运又一次遭受重大挫折,比如伊拉克。有些亚洲国家,虽然一度发展较快,但发展过程中经受了重大风浪和波折,基础仍然十分脆弱。亚洲金融风暴就是一个典型例子,它使原来发展较快的东南亚国家和韩国、中国香港等一批国家和地区蒙受了巨大的经济损失。这就提醒亚洲国家,必须时刻保持清醒,即使一时发展较快、较好,也不要陷入盲目性,不能自满,不能停顿,容不得丝毫懈怠。

十五

很显然,亚洲的觉醒过程是极其艰难而缓慢的,亚洲崛起的道路也将是曲折而漫长的。

为什么会这样?有外因,有内因。

先说外因。

影响亚洲发展的外部原因,首先来自几百年殖民统治留下的许多遗患。殖民主义虽然在二十世纪退出了亚洲,但它们留下的许多后遗症在短期内却很难彻底根除。在亚洲大地上,这样的陈年痕迹是随处可见的。中东的巴以冲突,南亚的克什米尔争端,都能从中找到西方殖民统治者留下的根子。包括我国的西藏问题,也让我们看到了西方殖民主义留下的遗患。如果没有这些历史包袱,亚洲国家岂不是可以相处得更加和睦一些,共同发展得更加顺利一些、更快一些?

其次,来自美国的霸权主义的干预。在亚洲大地上,这样的新鲜痕迹更是随处可见。先举一个例子:二十世纪先后获得独立的三十多个亚洲国家,有一批选择了社会主义道路,有一批选择了伊斯兰复兴道路,有一批选择了西方式道路。本来,每个国家走什么道路,应该尊重各国人民自己的选择。美国却说:这不行!根据美国的意识形态原则,它对走不同道路的亚洲国家采取了截然不同的政策:对有些国家竭力封堵、遏制;对有些国家千方百计渗透、控制;而对有的国家则全力培植、扶持,使之成为美国的同盟、附庸。

十六

亚洲不同国家发展的难易、快慢,与美国的霸权主义干预大有关系。

美国的意识形态原则是非常明确的,不加掩饰的。美国为了遏制亚洲社会主义国家,不惜跨洋过海跑到亚洲来发动朝鲜战争、越南战争。这两场战争,给相关国家造成了巨大的战争创伤,中国也为这两场战争付出了极大的民族牺牲。医治战争创伤,不仅要付出沉重的代价,而且会耽搁时间、贻误发展机遇。

这些年,亚洲国家经济发展的实践经验证明,经济发展、社会进步、国家富强,存在多种模式、多条道路、多种可能。各国完全可以根据本国不同国情,作出不同选择,条条大路通罗马。美国却说:这不行!你的道路与美国不同,你发展,它担心。你发展越快,它担心越大,总要想些办法来遏制你。中国的台湾海峡,如果不是美国插上一杠子,两岸岂不是可以早一点实现统一,中国岂不是可以发展得更快、更顺利?可是,插杠子是美国的不变原则,它不会让你顺顺利利、舒舒服服发展的,这不叫霸权主义叫什么呢?

马哈蒂尔是一位敢于对美国说"不"的政治家,他在位时曾激愤地说,由美国人索罗斯一手操纵的亚洲金融风暴,使马来西亚二十年经济发展的成果毁于一旦。马来西亚如果抓到索罗斯,应该枪毙他!虽然索罗斯并不代表美国政府,但在马哈蒂尔看来,对亚洲发展中国家的这种严重干扰,来自西方,来自美国。

十七

再来看看日本这个例子吧。它从另一面说明，美国的亚洲政策，对不同社会制度的国家产生的影响是多么不同，反差是多么巨大。

二次大战前，日本是美国在亚太地区争夺的主要对手；二次大战中，日本偷袭珍珠港，美国还击了日本两颗原子弹；战后，美国对日本实施军事占领，日本的命运完全捏在美国手心里。但是，被美国军事占领的战败国日本，何以能奇迹般得到恢复和发展？一个根本原因，就是二战结束后，美国迅速转入了与苏联对抗的冷战状态，它需要迅速把日本培植成附庸。

有一位美国学者，名叫克莱德·普雷斯托维茨，现任华盛顿经济战略学院院长，他在2003年写了一本书，中文版书名是《流氓国家——谁在与世界作对》。他这本书是批评美国政策的，他说的"流氓国家"是指美国。他在书中分析了美国与日本的关系，他说，"从结束对日本的占领到现在，华盛顿在日本一直支持自民党，因为它一向反对共产主义，向美国提供基地，而且在外交上一直追随美国"。又说，"美日之间一直有一个交易：美国负责日本的安全，并可使用日本的基地；作为回报，美国支持日本，至少要接受日本的经济政策"。一句话，美国要把日本赶快"养大"，好帮他干重活。你看，上次海湾战争，日本出钱出大头；此次伊拉克战争，日本开始向伊拉克派兵了，美国开始收获了。可是，日本却从此迈出了向海外派兵的第一步，这对亚洲来说更不是什么好兆头。

该书作者还写到这样一个重要问题：日本投降后，东京军事法庭对日本战犯进行审判时，由于美国认为需要通过天皇来统治日本，所以把对日本天皇的审判排除在外了。而且，除了几名主要战犯被处决外,其他战犯都被美军占领当局提前释放了。这样一来,日本的战争罪责就未能得到彻底清算,从此留下了后患,"日本从未认真对待过这段历史","日本在学校里也基本不讲这段历史"。这几年,日本首相不断参拜供有战犯亡灵的靖国神社,引起了许多亚洲国家的愤慨,而日本人却对此"很不理解","这就使日本在与其他国家的关系上无法结束战争"。

二战结束半个多世纪了,日本和亚洲国家之间为何迟迟解不开战争仇结,根子究竟在哪里,这位美国学者看得一清二楚。

日本与亚洲各国之间的对立情绪,绝不是促进亚洲发展的润滑剂,它是迟滞亚洲发展速度的摩擦力。制造这种摩擦力的原材料是美国留下的。这种摩擦力也能产生"热",但它是一种有害之"热",乃致病招灾之"恶热",险物也。

十八

再来看一个很有意思的例子:伊拉克。

美国发动的伊拉克战争,为何会在全世界,包括美国国内,引来这么多不平之声?因为美国完全根据自身利益的需要,对萨达姆采取出尔反尔的政策,叫萨达姆也难啊。

两伊战争中,由于伊朗霍梅尼反美反得厉害,美国暗中支持萨达姆向伊朗开战。伊朗反击,一度攻入伊拉克境内,美国紧张了,担心伊朗有可能推翻萨达姆政权,并占领伊拉克油田。里根总统立即下令,向伊拉克提供卫星侦察照片和足够的武器装备,以保证伊拉克不输掉这场战争。随后,又派出当时在议会任职的拉姆斯菲尔德为特使,前往巴格达,拜会萨达姆。拉姆斯菲尔德当面向萨达姆通报说,美国政府准备和伊拉克恢复外交关系。他还给萨达姆捎去了以色列总理沙米尔的一个口信,说以色列准备帮助他一起打伊朗。最后,拉姆斯菲尔德又凑向萨达姆问道:"你还需要美国提供什么帮助?"看看,这就清楚了,萨达姆为何敢同伊朗一打就是八年?因为他心里有底,美国支持他。

可是后来美国发现,萨达姆不听话,主要是不听美国的话。于是老布什立刻发动了一场海湾战争,将萨达姆狠狠地揍了一顿,看你老实不老实。但事后萨达姆还是不肯服软,美国对他恨得咬牙切齿。还是那位拉姆斯菲尔德,这时已当上了小布什政府的国防部长,他竭力撺掇小布什道:"打他狗日的!"于是小布什又立刻发动了一场伊拉克战争,搞掉了萨达姆。

美国这一套叫什么?这就叫"顺美者昌,逆美者亡"。

十九

现在,再来看看影响亚洲发展的内因。

毛泽东有一句哲学名言:外因是条件,内因是根据。事情的发展变化,起决定作用的是内因。毛主席举了一个孵小鸡的例子,鸡蛋变小鸡,温度是条件,鸡蛋本身是根据。石子即使圆得像鸡蛋,给它同样的温度却变不成小鸡,这是千真万确的。外因条件超过了一定限度就是另一种变化了,温度太高就把鸡蛋煮熟了。萨达姆是铁头,美国想让他变成忠实走狗,他变不了,美国只能把铁头当成鸡蛋煮熟了吃掉,美国发动伊拉克战争就是煮鸡蛋吃。

纵观亚洲诸国发展史,从内因方面说,亚洲国家要发展,大致都会面临四大问题:如何对待历史遗产、如何顺应时代潮流、如何应对外部环境、如何对内清明施政。从总体上说,哪一个国家在这四个方面处理得都比较好,哪个国家就能发展得快一点、好一点。反之,发展就快不了,也好不了。但具体来说,又会出现各种不同情况。

有的亚洲国家,某个历史阶段出现某位历史伟人,对上述四个方面的问题都洞察深微,决策英明,人民心顺气顺,那么,这个国家在这个历史阶段肯定会发展得好一点、快一点。但如果在某个时期失去清醒,或在成绩面前故步自封,停滞不前,发展就会遭受挫折,就会停顿,甚至会倒退,又得再交一次昂贵学费。中国之幸,幸在先后出了毛泽东、邓小平两位世纪伟人,引领中国走出黑暗,走过曲折,走向了腾飞。

有的亚洲国家,在某一历史阶段,对某几个方面处理得较好,但对某个方面处理得不好,或很不好,结果导致畸形发展,走上了邪路。日本明治维新后,曾是亚洲发展最早、最快的国家,但国力增强后不知道自己是老几了,想当亚洲老大,走上了军国主义、法西斯主义道路,对外发动侵略战争,结果挨了两颗原子弹。萨达姆最后吞下恶果,大致也属于这种情况。

有的亚洲国家,对上述四个方面的问题认识片面,好走极端,结果走进死角,影响发展。伊斯兰原教旨主义的主要特征就是极端宗教主义,由此派生出恐怖主义。他们提出"反独裁,争自由,均贫富"的口号,在广大穆斯林群众中很有影响力、号召力。但他们同时提出"不要宪法,不要法律,只要《古兰经》"的口号,却把许多穆斯林群众引向了偏离当今时代潮流的弯路。这样搞法,即使得到了政权也长久不了,更谈不上为国家谋取长远发展,阿富汗塔利班政权就是这样的典型例子。

有的亚洲国家,对内施政不顾本国国情,盲目照搬他国模式,党派林立,七张八嘴,无休无止,几十年过去,面貌依旧,一事无成。伊斯兰国家照搬西方民主模式,没有一个搞成功的。看来,搞民主这件事,照搬不行,急了不行,乱了不行,被西方背后操纵更不行。但不搞民主也不行,像萨达姆那样搞独裁,非完蛋不可。

有的亚洲国家,面对来自外部的强大压力,僵化硬扛,闭关自守,不善应对,导致国家发展长期停滞,人民生活陷入极度贫困。有的则不顾国力、不计后果地想冒险搞核弹,这同一个人抄起家伙豁出去拼命是差不多性质的问题,最后人民受苦。

总之,内因方面的问题存在太多、暴露太多,来自外部的干预、渗透、压力,肯定会乘虚而入、乘危而入、乘乱而入,这是必然规律。所以,归根结底,还是毛主席讲得对,内因是起决定作用的。

二十

最后,又想到另外一点:亚洲与欧洲,处理国家与国家关系上出现的差别,也值得注意。过去的欧洲,国与国之间长期混战。法德之间、法俄之间、英法之间、其他各国之间,以及各国城邦之间,"十年战争""三十年战争""百年战争",打得不亦乐乎。两次世界大战,也都是在欧洲国家之间首先打起来的。所以,过去把欧洲叫作战争策源地。

二次大战后,欧洲国家终于打明白了一个道理:照这样打下去总不是出路,不能再打了。他们看到了一个严酷的现实,欧洲国家之间战争不断,互相打了几百年,现在怎么样?欧洲各国的经济实力加到一起,还比不上一个美国。现在美国的GDP是十万亿美元,欧洲国家的GDP总共才九万亿美元。欧洲国家都觉得这个教训太深刻了。怎么办,消除对立,走向联合,搞欧洲共同体。虽然现在还不能说欧洲各国已经团结得严丝合缝了,也不能说欧盟在发展过程中不会产生一点风波或挫折了,但人家毕竟已经清醒了、觉悟了,知道国家与国家之间长期对立不是办法,长期对抗没有出路,这是欧洲处理国家关系的一大进步。

相比之下,亚洲各国之间,有些国家相互关系还不是很融洽,显得很松散。有的国家与国家之间芥蒂难去,戒心难除。有的国家之间摩擦不断,冲突不断。有的国家或地区之间闹得很僵很僵,你死我活。这是影响亚洲各国顺利发展的一大不利因素。当今世界,在美国一超独强的情况下,欧洲缝隙越来越小,美国到欧洲去争利、得利的空间自然也会越来越小。亚洲缝隙大、裂痕深,"热"源增多,美国到亚洲来争利、得利的机会就会增多,它的注意力自然会越来越多地转移到亚洲这边来。亚洲各国,知否?知否?

2004年10月

二战以来世界时势走向

纵论世事,还是跳不出一个老题目:战争与和平。第二次世界大战结束至今已经七十年。七十年来,世界在曲折中发展进步,世界时势汹涌浩荡,潮起潮落,沧桑巨变。七十年来,世界时势发展大致经历了三个拐点。

三个拐点

第一个拐点,二次大战。

二次大战前,世界上战争的力量超过了维护和平的力量。第一次世界大战的废墟还没有清理完毕,相隔短短二十年,又发生了第二次世界大战。一个根本原因,就是二十世纪前半叶世界发展极不平衡,后起的资本主义要与老牌资本主义争夺世界市场,要求重新瓜分世界。它们的利害冲突发展到顶点,就爆发了二次大战,世界广大人民成为战争的牺牲品。但二次大战本身却成为一个转折点。二战后,相当长的一段时间内,资本主义的日子不好过。社会主义阵营曾经占得世界半壁江山,世界反帝反殖运动风起云涌,一大批殖民地半殖民地国家先后争得了民族独立,经济上也或先或后逐渐发展了起来,摆脱了贫穷落后面貌。因此,在二次大战结束的头五十年,遏制战争的和平力量占了上风。

二战后诞生了联合国,表面上看来,世界上似乎有了一个"维护正义,维持秩序"的机构。但从半个多世纪的实践来看,联合国对制止局部战争没有起到太大作用。美英要发动伊拉克战争,联合国通不过,美英照打不误,这是一个极坏的例子。二次大战以来,世界上的局部战争接连不断发生,没有消停过。万幸,世人极度担心的第三次世界大战并未发生。

第二个拐点,苏联崩溃,冷战终结。

二战以来,美、苏两霸长期处于冷战状态,东西方对峙越来越紧张,眼看着这根"弦"越绷越紧,不知道什么时候就突然绷断了,世界会坠入灾难的深渊。好在美、苏两霸在长期对峙下形成了"威慑平衡"。双方手里都有核武器,虽然都想一口吃掉对方,但谁都不敢动手。谁先动手,将立即遭到核报复,双方将同归于尽。谁都不敢冒这个险。然而,这只是事情的一个方面。另一方面,冷战形成的"威慑平衡",也并不是一种静止状态,坚冰之下有潜流,双方力量的对比一直处在此消彼长的变动之中。冷战的过程,实际上也是不断积聚"热战"能量的过程。它突出地反映在美苏两霸长期进行军备竞赛,特别是美苏之间展开的"核竞赛"曾不止一次地把世界推到极其危险的边缘。这种"热战"能量的长期积聚,总有一天要以某种形态爆发出来。

二次大战后,面对以苏联为首的社会主义阵营的崛起,和一大批殖民地国家纷纷取得独立,以美国为首的西方资本主义世界从自身暴露的矛盾中反思教训,到马克思主义中去借用"药方",通过建立社会基本保障机制等措施,千方百计缓解国内阶级矛盾,同时全力发展最新科技,刺激经济发展,渐渐缓过气来。而苏联和东欧社会主义国家,却在反法西战争取得巨大胜利、社会主义经济建设取得巨大成就之后,渐渐步入误区,犯下了一系列严重错误。东西方经过半个世纪的紧张对峙,最后终于以苏联垮台、东欧剧变的形式爆发了,它使冷战长期积聚的能量得以释放,第三次世界大战再次"幸免"了。

然而,建立了七十年社会主义制度的苏联在二战中没有被德国法西斯打败,却在冷战中毁于一旦,1991年12月21日苏联正式宣布解体,东欧一大片社会主义国家都在一夜之间改变了颜色。这样的冷战结局,给世界带来的震荡和巨变,不亚于经历了一次新的"世界大战"。苏联崩溃,美国着实高兴了好一阵子。两霸剩下一霸,美国为所欲为,二次大战后形成的世界政治版图被彻底打乱了。

第三个拐点,"9·11"事件。

二十一世纪前夜,世界各国纷纷制定新的发展战略,世界力量开始重新组合,寻找新的平衡机制。这个过程的主要特征,就是世界多数国家主张"多极化",而美国却谋求一超独霸,这就出现了新的矛盾。

美国是两次世界大战的最大得益者,也是冷战结局的最大得益者。当今世界,美国的军事力量最强,军事装备最先进,苏联一垮,谁都不是它的对手。现在最喜欢打仗的是美国,美国成了战争力量的主要代表。冷战结束以来,美国竭力推行"单边主义"和"先发制人"战略,不惜用战争开路,企图扫清阻碍它一超独霸道路上的所有障碍。美国竭力维护一超独霸的"单极世界",反对"多极世界"。前任美国国务卿赖斯,曾在一个国际会议上公开说,今天在全球政治中只能有一个"极",美国是"自由、和平与正义之极",因而美国有权对那些它不喜欢的国家发动"先发制人"的打击。

可是,世界上任何矛盾的对立斗争都是有规律的。任何一方走到极端,就会走向反面。这由不得你美国不信,它说来就来。

2001年9月11日,发生了震惊世界的"9·11"恐怖袭击事件。这时,美国才真正感觉到,它并不是生活在天堂里,也不是生活在绝对"保险"的铁皮柜里,它生活在充满矛盾的现实世界中。全世界的事美国都想说了算,偏偏有人往老美后脑勺上敲了一棍子。"9·11"这一闷棍真是把老美打蒙了。等它摇摇晃晃醒过神儿来,立刻发动了两场"反恐战争":2001年9月11日发动了阿富汗战争;2003年3月20日又发动伊拉克战争。在阿富汗,把支持恐怖主义的塔利班政权赶下了台;在伊拉克,把敢同美国作对的萨达姆总统送上了绞刑架,萨达姆政权垮台了,萨达姆充当了本·拉登的替死鬼。

恐怖主义不得人心,全世界一致反对;对美国反恐,全世界也都支持。但是,美国推行的是"因祸得福"策略,它利用"反恐"旗号推行新一轮霸权主义,把世界搅得更加不得安宁。

一 位 霸 主

纵观二战以来的世界大势,从总体上说,无疑是和平力量增强了,世界进步了。但是,战争幽灵仍在全世界到处游荡。

一方面,包括中国在内的世界多数国家,谋求建立一个"多极化""多元化"的世界,和平、发展与合作正在成为世界事务的主题,成为时代发展潮流。记取历史教训,不忘战争灾难,维护世界和平,不仅已经成为全世界人民的一致呼声,也在成为世界多数国家首脑的一种共识。然而,美国企图"一超独霸"的心理从来没有像现在这样强烈,它要把势力渗透到世界每一个角落,不允许任何国家对它说"不"。老美虽然已经呈现出疲态,有时显得力不从心,但它力求保持"一超独霸"地位的企图一刻也不愿放弃。它自己力量不够,到处拉帮凶,为它充当打手,如亚洲的日本。

新世纪以来,亚洲大势又如何?

新世纪以来,一个可喜的现象是亚洲正在迅速崛起,但同时亚洲大陆却仍然笼罩着不肯散去的战争阴云。环视当今世界,老问题,新矛盾,酿造出四大热点问题:局部战争、恐怖主义、地区冲突、核扩散风波,全都集中在亚洲。这四大热点问题的背后,都有美国的影子。亚洲在美国全球战略中的分量是显而易见的。二战以来,美国在亚洲发动的局部战争次数最多。1950年发动了朝鲜战争,1961年发动了越南战争,1991年发动了海湾战争,2001年发动了阿富汗战争,2003年又发动了伊拉克战争,平均十年要在亚洲打一仗。

全世界都在说,二十一世纪是亚洲的世纪。亚洲正在迅速崛起,但迅速崛起的亚洲正在冒着美国的炮火前进。特别是进入二十一世纪以来,美国在亚洲发动战争的密度明显增加,时间间隔大大缩短。美国对迅速崛起的亚洲,以及对亚、非、欧三大洲接合部地区,早已成为它重点渗透、控制的地区。新世纪头三年,全球爆发的两场战争都在亚洲——2001年爆发的阿富汗战争、2003年爆发的伊拉克战争。新世纪前夜发生的两伊战争、科威特战争、海湾战争,也都发生在亚洲。在亚洲这片不宁静的土地上,由于历史的和现实的种种复杂原因,还存在着一处又一处剑拔弩张的态势,这些都是美国的"兴奋剂",它正好利用这些因素把它的军事重心进一步转向亚洲。最近,美国又对中国南海发生了"浓厚兴趣",正在向中国周边国家和地区密集布兵。好比下围棋,老美一心想要围住中腹这条"大龙"。

美国在亚洲的"前沿军事存在"最多。美国海外驻军有三十七万多人,三分之二在亚洲。在美军新公布的全球军事部署调整计划中,虽然随着美军向信息化、数字化"转型",美军在世界各地的驻军人数将会有所减少,但太平洋上的关岛基地却进行了大规模扩建,以关岛为核心的太平洋"岛链"建设将得到大大加强,这是美国为"围住中国大龙"投下的一枚重要棋子。与此同时,美国利用发动反恐战争的机会,早在中亚的吉尔吉斯斯坦、乌兹别克斯坦两国获得了三个新的军事基地。

在新旧世纪交替之际,美国在亚洲打了这么多仗、驻扎了这么多军队、部署了这么多先进武器,正在迅速崛起的亚洲,面临的最大威胁是美国直接或间接的军事干涉。

2005年8月

突尼斯——本·阿里垮于网络战

一

2011年年初以来,新世纪第二个波次的战争浪潮席卷北非和中东,西方媒体对此欢呼雀跃,称之为"茉莉花革命""阿拉伯之春"。

我为何把突尼斯、埃及、利比亚、也门和叙利亚等国的动荡和骚乱,称之为新世纪"第二个波次的战争浪潮"?首先,因为上述五国的骚乱和事变都具备了常规战争的基本特征:流血、死人、政权更迭(叙利亚尚未发生政权更迭)。其次,上述五国连锁反应式的动荡和变乱,反映了新一代战争的许多新特点:都从街头骚乱事件开始;网络成为重要推手;新闻舆论推波助澜;背后都有美国谍影;动乱迅速发酵,局势很快不可收拾。突尼斯总统本·阿里、埃及总统穆巴拉克、利比亚领导人卡扎菲、也门总统萨利赫,都是当了几十年国家元首的强势人物,全都说倒就倒,比伊拉克的萨达姆总统倒得还快。

除了利比亚属于常规战争外,不妨把另外四国的骚乱和事变称之为"软战争"。进攻一方没有动用飞机大炮和装甲车坦克发动强大军事进攻,但他们达到了和利比亚战争相同的目的,一个个都把旧政权推翻了。这种"软战争"是美国未来学家托夫勒夫妇早在二十世纪九十年代就在《第三次浪潮战争》一书中描绘过的,他们将这种战争形态称之为"未来战争"(或称"新一代战争"),将来会越来越多。这种"软战争"其实比动枪动炮的"硬战争"更厉害,它"不战而灭人之国",既省钱,又省力。

结论:世界在动荡,天下不太平。

对于这个波次的战争浪潮,有两点值得特别注意:第一,它将比新世纪第一个波次的战争浪潮对世界局势产生更加广泛深刻的影响;第二,美国这次在北非和中东扫倒一片阿拉伯国家政权之后,必将出现新的战略动向。美国下一步剑指何方,必有新的动向,世人拭目以待。

二

我们对新世纪第一个波次的战争浪潮还记忆犹新。2001年发生了震惊世界的"9·11"恐怖袭击事件,紧接着,美国接连发动了两场报复性的反恐战争——2001年10月7日发动了阿富汗战争,2003年3月20日发动了伊拉克战争。这两场战争的硝烟至今尚未散尽。

新世纪以来两个波次的战争浪潮,有着前因后果的关系。

十年前发生的"9·11"恐怖袭击事件,突出地反映了阿拉伯伊斯兰世界同美国的尖锐矛盾。美国自二次大战以来建立的世界霸主地位,在"9·11"恐怖袭击事件中遭到如此严重的挑战,美国的失落、沮丧、愤恨,难以言表。美国强烈的报复心理在阿富汗战争、伊拉克战争中得以发泄,支持恐怖组织的阿富汗塔利班政权和伊拉克萨达姆政权被一举端掉。可是,这两场战争也把美国自己拖得精疲力竭。从2007年下半年开始,美国爆发的次贷危机迅速波及西方各国金融市场,引发了全球"金融海啸",世界经济剧烈震荡,美国经济至今难见起色。美国公众对贫富不均和就业不足表示极大不满,2011年9月中旬爆发了"占领华尔街"的大规模示威活动,向奥巴马政府施压,他们甚至喊出了"占领美国"的口号。欧洲也全面陷入"债务危机",一时难以找到摆脱困境的有效办法。

2011年5月1日,美军海豹突击队在巴基斯坦境内将追踪十年之久的本·拉登击毙,美国终于在反恐问题上松了一口气,它准备转过身去解决一下国内的问题。为此,奥巴马向全世界宣布了准备从阿富汗和伊拉克撤军的计划。但是,本·拉登虽然已被打死,美国准备从阿富汗和伊拉克撤军,但美国对阿拉伯国家进行"民主化改造"的战略目标绝不会放弃。这一计划小布什时代称"大中东计划"。美国即使从阿、伊撤军,也仍将对阿拉伯世界保持高压态势。打过仗的人都知道,战场上准备撤退或转移阵地的一方,往往会以猛烈火力向敌方发动新一轮强大攻势,以压制住对方的进攻企图,这样才能安全撤离或转移,否则极易陷入被动挨打的境地。

突尼斯事变,是美国从阿富汗和伊拉克撤军之前,对阿拉伯世界发动新一轮攻势的一个突破口,而且采用的是比较省钱、省力的网络战手段。美国未出一兵一卒,就改变了突尼斯政权的面貌。不仅如此,"突尼斯效应"迅速向北非和中东其他国家扩散,接连改变了一批阿拉伯国家的政权面貌。这是冷战结束以来,美国对阿拉伯国家实行"民主化改造"的重大突破,也是美国发动阿富汗战争和伊拉克战争以来得到的最大"回报"。面对席卷北非和中东的这场战乱风暴,美国的心态可以用一个词来形容:窃喜。

三

在席卷北非和中东的新世纪第二个波次战争浪潮中,突尼斯的"战争烈度"最低,死亡人数不超六十人,其中包括事变期间囚犯越狱纵火烧死的四十二人。美国《外交政策》杂志却把突尼斯事变称之为世界上"首次维基革命"。这一评价,非同寻常,引人注目。所谓"维基革命",其实就是一场名副其实的网络战争。托夫勒夫妇在二十世纪九十年代初出版的《第三次浪潮战争》一书中,早就预见到利用计算机和因特网进行的"新一代战争"迟早将会到来。《第三次浪潮战争》一书,是托夫勒夫妇继轰动一时的《第三次浪潮》之后又一部重要著作,是专门讲"未来战争"的。当时网络终端还是尚未大量普及的个人电脑,现在的网络终端已是高度普及的智能化手机,它使得"网络推手"的巨大威力如同从原子弹量级跃升到了氢弹量级。

美国对突尼斯发动的这场网络战争,靠的是美国两家网站。一家是窃密网站维基解密(有的称它为"维基揭密");另一家是社交网站脸谱(Facebook)。维基解密网站负责"揭露一切";脸谱网站负责"传播一切"。维基解密提供"炮弹",脸谱提供"发射装置",配合绝妙。维基解密网站的创始人是一位拥有美国国籍的澳大利亚黑客奇才朱利安·阿桑奇,该网站专门以黑客手段入侵各国政府的机密档案库,窃取数据,进行分析,解密后向世界曝光,通过脸谱网站迅速传播和扩散。

2010年11月,维基揭密曝光了二十五万份美国外交文件,使全世界知道了许多闻所未闻的美国外交内幕,轰动了世界。陷入尴尬和被动的美国政府下令通缉阿桑奇。其实,阿桑奇创办的维基解密网站,其宗旨是要在全世界推行美国的价值观。维基解密曾直言不讳地宣称,他们的"主要兴趣"在于揭露亚洲、非洲、中东和"苏联集团"国家的"暴政"。因此,把维基解密曝光二十五万份美国外交文件同美国政府下令通缉阿桑奇这两件事联系起来看,颇有点火烧赤壁前"周瑜打黄盖"的味道。不管这是不是美国情报部门的有意安排，还是无意间的"弄巧成真"，它都构成了一个极大的诈局，否则就很难解释，美国为何一面下令通缉阿桑奇，一面又让维基解密继续运营。

对于美国而言，维基解密是一把双刃剑。美国既不愿它伤害本国利益，但又凭着灵敏嗅觉迅速把它作为攻击其他国家的"柔性核弹"来使用。

四

突尼斯事变的"柔性核弹"是美国维基解密网站提供的，而引爆这枚"柔性核弹"的"雷管"却是本·阿里及其家族自己制造的。维基解密曝光的美国外交文件中，包含有美国驻突尼斯外交官向国内汇报本·阿里总统及其家族成员严重腐败的电文。它说明美国一直在下本钱对其他国家搞这类情报，随时备用。

美国外交官在发回国内的一份电文中说：本·阿里家族犹如黑手党，控制着突尼斯整个国家经济领域的方方面面。在另一份电文中，详细描述了本·阿里女婿在自己的豪宅中举办的一次宴会情景：豪宅内罗马时期的文物随处可见，一只宠物虎在花园内自由自在地漫步，客人们吃着本·阿里女婿用私人飞机从地中海对岸法国南部小镇空运来的酸奶。又一份电文中说，在突尼斯，只要是本·阿里总统家族成员看上的东西，无论是现金、土地、房屋甚至游艇，最终都将落入他们手中。

本·阿里总统已统治突尼斯二十三年，他有三个致命伤：其一，专制独裁；其二，严重腐败；其三，突尼斯国内经济停滞，贫富悬殊。尤其是就业严重不足，包括大学毕业生在内的年轻人失业率高达百分之三十，有的媒体报道高达百分之五十。

按照美国《外交政策》杂志的说法，维基解密曝光的本·阿里总统家族成员严重腐败的内容和细节,成为引爆突尼斯街头骚乱的"催化剂"。

突尼斯总统本·阿里是军人出身,但他并不是行伍出身的军人。他1936年9月3日出生在突尼斯苏塞市郊区(家庭背景不详),早年在法国和美国军事院校学习,接触西方价值观较早。学成回国后,长期在军队和政府的安全部门任职,官至突尼斯军事安全局局长。1977年起担任国家安全总局局长。1980年去波兰当了四年大使。回国后升任负责国家安全的国务秘书,成为内阁成员。由于他对付反对党的"敌对行动"有办法,1986年升任内务部部长。1987年10月被老总统布尔吉巴委任为总理和总统继承人。他担任总理一个月后,以逼宫方式逼迫老总统布尔吉巴退位,自己当了总统。当他巩固统治地位后,他和家族成员迅速腐败,自掘坟墓,为最终倒台准备了条件。

五

突尼斯事变的导火索在去年年底就点燃了。

2010年12月17日,突尼斯中部西迪布基德省首府发生了一起青年自焚事件。自焚者是二十六岁的大学毕业生布瓦吉吉,他毕业后没有找到工作,自己在街上摆了个蔬菜水果摊自谋生路。可是突尼斯警察却把他的小摊给没收了,断了他的生计。走投无路的布瓦吉吉以自焚方式相抗争,结束了自己的生命。布瓦吉吉的不幸遭遇和悲惨结局,同本·阿里家族成员的严重腐败形成强烈对比。这时,美国脸谱网站成了煽动突尼斯民众舆情的"鼓风机",突尼斯广大民众立刻被激怒了。据媒体称,在突尼斯民众中,每十个人中就有一人拥有脸谱网站的账号,其煽动能量可见一斑。

托夫勒夫妇的"未来战争"学说认为,在"无形武器"时代,"一些威力最大的武器掌握在媒体手中"。这一观点在突尼斯事变中得到了充分验证。

2011年1月8日和9日，突尼斯卡塞林省和西迪布基德省先后发生了街头骚乱事件，民众与军警发生了流血冲突，造成十四人死亡、十六人受伤。突尼斯全国民众在脸谱网站上纷纷传递和转发信息，首都突尼斯市和其他城市纷纷爆发街头骚乱，矛头直指本·阿里总统，要他立即下台。美国煽风点火，对突尼斯政府处理街头冲突事件的做法提出"批评"。1月11日，突尼斯政府召见美国驻突尼斯大使戈登·格雷，指责美国干涉突尼斯内政。本·阿里总统谴责"来自国外的黑手"（指美国），并扬言要对策划和指挥这些暴力和流血事件的"隐身团伙"（美国在突尼斯的代理人）展开司法调查。但是，局面已经失控，他谴责的"来自国外的黑手"并未缩回，"隐身团伙"也没有被他吓倒，愤怒的民众愈加愤怒，事态迅速恶化。

本·阿里总统开始败退。

2011年1月14日下午，本·阿里宣布解散由他领导的"宪政民主联盟"一党组成的政府，允诺提前举行议会选举。当晚，突尼斯总理穆罕默德·加努希在国家电视台宣布了三条消息：第一，突尼斯全国进入紧急状态，并实行宵禁；第二，本·阿里总统已于当晚离开突尼斯（流亡沙特）；第三，根据突尼斯宪法第五十六条，即日起由他本人行使总统权力。突尼斯民众立刻对总理穆罕默德·加努希发出怒吼："你当总统不合法！"

1月15日，突尼斯宪法委员会召开紧急会议商讨认为，总理继任总统违宪（其实当年本·阿里就是以总理身份从老总统布尔吉巴手中夺取了总统职位）。突尼斯宪法委员会根据宪法第五十七条规定，授权众议院议长代行总统职权，并宣布最迟在六十天内举行议会选举。总理穆罕默德·加努希只得灰溜溜地收回"自我任命"，由众议院议长福阿德·迈巴扎临时代行总统职权,乱哄哄你方唱罢我登场。

1月17日,新的"突尼斯民族团结政府"宣告成立。

1月19日,本·阿里家族成员中有三十三人企图逃离出境时被捕。本·阿里家族成员停在院内的一辆豪华轿车被人开来吊车隔着院墙吊走……

短短二十八天,一场以"网络推手"为主要进攻武器的网络战争,就把突尼斯总统本·阿里政权推翻了!

六

军事上有两个相互关联的常用词,一个叫选择突破口,另一个叫捕捉战机。突破口要选在对方防御的薄弱部位,捕捉战机要视战场瞬息变化的情况而定。能否抓住稍纵即逝的有利战机,全凭进攻一方指挥员的"战场嗅觉"是否灵敏。

美国搞掉阿富汗塔利班政权和伊拉克萨达姆政权后,伊斯兰世界还有两个国家令美国痛恨不已,一个是中东的伊朗,一个是北非的利比亚。这时,美国采取的策略是:搞掉伊朗的时机尚未成熟,暂时放一放;先搞掉利比亚,不妨试一试。利比亚西邻突尼斯,东邻埃及。突尼斯和埃及存在着共同的问题:总统独裁专制;总统家族成员严重腐败;国内经济不景气,贫富悬殊,民众怨恨;反对派政治势力活跃。先从这两个国家下手,两面一夹,不信利比亚不垮。

突尼斯布瓦吉吉自焚事件一发生,"战机"出现了。美国情报部门凭着灵敏嗅觉立即出手,利用"网络推手"点燃了突尼斯民众的愤怒之火。美国不费吹灰之力,轻而易举地就把本·阿里总统搞掉了。

突尼斯本·阿里总统一倒,消息通过网络迅速传到埃及,埃及很快也乱了,穆巴拉克也倒了。东、西两国总统一倒,利比亚枭雄卡扎菲再怎么逞能好强,他内心不可能不开始发慌。

七

美国为何选定突尼斯作为这次对阿拉伯国家发动新一轮攻势的突破口?这是由地缘、政治、经济、文化等各方面的综合因素决定的。

突尼斯濒临地中海,与欧洲大陆隔水相望。它位于北非中央的突出部,就像非洲大陆向地中海对岸的欧洲大陆伸出的一只手。地中海对岸左边是意大利的撒丁岛,右边是意大利的西西里岛,这两个岛屿像是急着要跑过来同突尼斯握手相拥似的。从欧洲跨越地中海去北非,距离最近的就是突尼斯。

突尼斯的特殊地理位置,决定了它具有重要战略地位。自古以来,欧亚大陆各种势力入侵北非都要首先抢占突尼斯,这使突尼斯的历史历经沧桑。公元前九世纪迦太基人就在这里建立过强大的奴隶制国家,但公元前二世纪被罗马人占领,公元六世纪受拜占庭帝国(东罗马帝国)统治。公元十三世纪突尼斯民族复兴,建立过强大的哈夫斯王朝。公元十六世纪沦为奥斯曼帝国的一个省。进入十九世纪后,法国人开始入侵突尼斯,1881年沦为法国殖民地。二次大战中,德军攻占北非,隆美尔元帅的指挥部就设在突尼斯首都突尼斯市。隆美尔的豪华官邸现在就在中国驻突尼斯大使馆院内,突尼斯政府将它列为文物级建筑,可以使用,不得做任何改动。我有一次访问突尼斯,曾去参观过这栋漂亮的两层白色洋楼,凭窗可以眺望地中海的万顷碧波,客厅内宽大的棕皮沙发和厚厚的羊毛地毯都是隆美尔时代的原物,仍在使用。隆美尔在此指挥德军与艾森豪威尔、蒙哥马利指挥的盟军在北非战场激战。

1956年3月20日,突尼斯在全球反殖民主义运动中摆脱了法国殖民统治,成为独立的突尼斯王国。突尼斯首任总统布尔吉巴是著名的反殖民主义斗士,他年轻时在法国接受教育,成年后长期为谋求民族独立而奋斗。独立后,布尔吉巴出任突尼斯王国首相,最高统治者是亲法的国王贝伊。在不久进行的立法选举中,布尔吉巴领导的新宪政党大获全胜。1957年7月,布尔吉巴召开制宪会议,宣布废黜贝伊王室,布尔吉巴出任突尼斯共和国第一任总统。

　　在北非和中东的阿拉伯国家中,突尼斯的"西方化"程度是最高的。布尔吉巴担任总统后,奉行亲西方政策,政治上搬用美国模式,实行议会制。并按照西方的价值观推行社会改革,废除宗教法庭,提倡妇女解放,进行教育改革等。军事上接受美国援助。

　　布尔吉巴总统多次连任,1975年当选为终身总统。但他晚年后走向专制,多疑猜忌,威信下降。1987年10月,布尔吉巴任命军人出身的本·阿里为总理。本·阿里向布尔吉巴提交了内阁成员名单,布尔吉巴批准后又反悔,不肯按时接见内阁成员,致使本·阿里无法对外正式公布。本·阿里经过精心准备,以逼宫的形式逼迫布尔吉巴退位。本·阿里对外称布尔吉巴是"一位伟大人物",同时宣布他由于年迈多病已无法料理国事,免去其"终身总统"职位,由本·阿里自己出任总统。本·阿里将布尔吉巴安置到他故乡莫纳蒂尔"颐养天年"。2000年4月6日,布尔吉巴去世,终年九十七岁(一说九十九岁)。

　　本·阿里出任总统后,继承了布尔吉巴的两条统治"经验":其一,对外奉行亲西方政策;其二,对内搞专制独裁,由他领导的"宪政民主联盟"一党组成内阁。本·阿里担任总统前期,曾着力推动经济改革,吸引外国投资。他担任总统后的二十年间,突尼斯的国内生产总值以每年百分之五的速度增长。但在此过程中滋生出了两大问题:一是外国资本逐渐掌握了突尼斯的经济命脉,大部分企业落入外国人手中；二是本·阿里在巩固自己的统治地位后，其家族成员迅速走向腐败，大肆侵吞国家资产。2008年全球爆发"金融海啸"后，突尼斯经济滑坡，外企大量裁员，失业率急剧上升；与此相对照，本·阿里家族成员的严重腐败情况开始曝光，由此引起社会动荡。美国的态度是，既然本·阿里总统已经不得人心，利用突尼斯国内政局动荡之机把他搞掉，然后按照美国的价值观进一步改造突尼斯，将比改造其他阿拉伯国家来得容易——这是美国选择突尼斯为突破口的重要原因。

稍加注意下面这两件事之间的联系，就可进一步看出美国的良苦用心：

第一件事，卡扎菲被打死前两天，2011年10月18日，美国国务卿希拉里突访混战中的利比亚，拨款四千万美元援助利比亚过渡委员会，并许诺美国将帮助利比亚重建。外电称，这是美国为了在"后卡扎菲时代"重塑与利比亚的关系。

第二件事，2011年10月23日，突尼斯新政府举行了第一次制宪会议选举。据外电报道，突尼斯选举期间"有利比亚的人士来此观摩学习，借鉴选举经验"。这表明，美国准备把突尼斯作为对阿拉伯国家进行"民主化改造"的样板来推广，首先让它把美国式的政治制度建立起来，并要利比亚反对派及时到突尼斯去"取经"。由此可见，美国选择突尼斯作为突破口，的确是有深谋远虑的。

突尼斯这次由网络引爆民众对当权者腐败表达怒火，从而导致政权迅速垮台的事变，后来被媒体称之为"茉莉花革命"。茉莉花是突尼斯的国花，所谓"茉莉花革命"已经成为一种新的"战争样式"，其主要特点是民众对当局的不满和反对之声通过网络传播迅速发酵，局势很快失控，政权迅速倒台。

2011年11月

埃及——穆巴拉克败于街头战争

城门失火，殃及鱼池。突尼斯政权在一场网络战中迅速垮台，总统本·阿里出逃异国他乡。动乱之火在北非、中东迅速蔓延，埃及、也门、利比亚、叙利亚等国接连燃起势不可当的熊熊大火。

一

穆巴拉克总统曾经是埃及的民族英雄。可是，一场席卷而来的事变烈火瞬即将他掀翻在地，成了被关进铁笼的囚犯。

穆巴拉克是空军飞行员出身，1973年10月，埃及对以色列发动了第四次中东战争（埃及人称"十月战争"），当时已经担任埃及空军司令的穆巴拉克，成功地谋划和指挥了对以色列的一场大规模空袭，为夺回西奈半岛开辟了通路。穆巴拉克从此名声大震，很快步入政坛，且步步高升。

先来回顾一下第四次中东战争中的穆巴拉克。

1973年10月，第四次中东战争开战前夕，埃军总参谋部制订了一份从以色列手中夺回西奈半岛的作战计划。获得这次作战胜利的前提是，首先发动一次大规模空袭，在最短的时间内摧毁以军在西奈半岛的各种军事设施和重型装备，为埃及陆军展开地面进攻创造有利条件。埃及空军司令穆巴拉克，便是这次大规模空袭行动的最高指挥员。以色列空军是先进的美式装备，埃及空军是苏联提供的旧式装备。面对敌优我劣的军力对比，如何才能打赢这场空袭大战？当年的穆巴拉克，显得那样精明、果敢、沉着和坚定。他把整个空袭计划分解成三部分：其一，实施佯动。他命令一批埃及战机在尼罗河三角洲和苏伊士运河空域来回巡逻，以迷惑以色列空军雷达的跟踪侦察。其二，分散待机。命令埃及空军战机分散部署在埃及东部的三十多个机场，进入战备状态。其三，亲身迷敌。他搞了一份名为"利比亚使命"的虚假计划。"十月战争"发动前一天下午四时，他通知五名空军高级将领陪同他一起去利比亚执行一项特殊任务，下令空军基地为他们准备一架专机，预定下午六时起飞，第二天返回；并将专机起飞的时间提前通知了埃及驻利比亚首都的黎波里的联络处。但是，临起飞前，他突然通知机长"因特殊原因"推迟两小时起飞。两小时后，再次通知推迟起飞。当日夜里二时，穆巴拉克驱车前往开罗西郊机场，但不是起飞去利比亚，而是同飞行员们一起吃了一顿"封斋饭"，然后又迅速返回空军指挥部。穆巴拉克用这样一连串的"假动作"，成功地骗过了嗅觉灵敏的以色列情报机关。

　　10月6日，是以色列全年最重要的节日——犹太人赎罪日。以色列全国放假，犹太教徒在这一天全天禁食，并禁用武器和其他凶器。这是以色列全年战备最松懈的一天，许多以色列士兵都回家过节。6日上午，穆巴拉克突然召开空军高级指挥员会议，下令对以色列的大规模空袭行动立即开始。一声令下，几百架埃及空军战机从阿斯旺、曼苏腊、开罗以及尼罗河三角洲中部各机场一齐升空，黑压压一片飞往苏伊士运河东岸，在一百八十多公里的漫长战线上，对以色列在西奈半岛的各种军事设施实施猛烈轰炸。短短二十分钟,西奈半岛上的以军指挥所、堡垒、机场、炮阵地、仓库等被摧毁百分之九十以上,埃及只损失五架飞机。此前,阿拉伯国家一直打不过用美国先进装备武装起来的以色列军队。这一次,埃及空军打出了威风,穆巴拉克威名远扬,被埃及人民视为民族英雄。但是,埃及陆军的地面战争没有打赢,萨达特总统最后只得与以色列"议和"了结。

战后,穆巴拉克晋升为空军中将,被授予最高级别的"西奈之星"军功勋章。1974年4月晋升为空军上将,并被任命为埃及副总统。

1981年10月6日是"十月战争"胜利八周年纪念日,埃及举行盛大阅兵式庆祝。当阅兵队伍经过主席台时,受阅队伍中突然有士兵向主席台上的萨达特总统开枪,萨达特总统中弹身亡。埃及国难当头之际,10月13日举行大选,穆巴拉克以百分之九十八的高票率当选为埃及第四任总统。

穆巴拉克初任总统时五十三岁,年富力强。他是农家子弟出身,与妻子苏姗夫妻恩爱,育有二子,家庭和美,生活简朴,并不腐败。

二

穆巴拉克担任总统之初,埃及就像一个破落户大家庭,得的是贫穷落后综合征,内部情况一团糟。国内经济不景气,通货膨胀严重,国家债务累累,官员贪污腐败、襟带风盛行,社会治安恶化,暴力事件不断。

摆在穆巴拉克面前的是三大难题:稳定政局、振兴经济、拓展外交。应该说,穆巴拉克上任伊始的"三板斧"是砍得不错的。

埃及国内各种政治势力派别林立,情况十分复杂。穆巴拉克提纲挈领,高举"以法治国"的旗帜,运用法律武器,大力整治,以正压邪。同时,运用软硬兼施策略,打击少数,分化多数。对原先关押的大批政治犯和一般原教旨主义者作宽大处理,予以释放;而对现政权中顽固坚持敌对态度的原教旨主义派别中的极端分子,坚决打击,绝不手软。进入二十世纪九十年代后,他又采取了一些民主化措施,坚决打击埃及境内的恐怖主义活动。通过以上措施,在2005年以前,国内政局基本稳定。

为了改善埃及糟糕的经济,穆巴拉克谨慎地开始了经济改革。主要内容包括:推进国有企业私有化、吸引国外投资,同时在财政金融方面也出台了一些新举措,使埃及的经济状况有所改善,但成效并不太大。

穆巴拉克担任总统后,外交上重点放在处理好同阿拉伯世界和美、苏三方面的关系。埃及一向被视为阿拉伯国家的"领袖",开罗是阿拉伯国家联盟总部所在地。但是,埃及前总统萨达特给穆巴拉克留下了一个不大不小的难题。萨达特原本想通过"十月战争"一举夺回西奈半岛全部失地,由于战争后期埃及第三军团被以色列围困,战争未能达到目的。这使萨达特清醒地认识到,埃及乃至阿拉伯世界无法战胜得到美国支持的以色列。萨达特为了打破僵局,于1977年11月主动出访以色列,使他成为二战以来第一位访问以色列的阿拉伯国家领导人。萨达特的举动,意味着埃及正式承认以色列国的存在。美国卡特总统抓住时机,做通双方工作,邀请埃、以两国领导人同时访美。1978年9月,埃、以两国领导人萨达特和贝京在美国戴维营举行和平谈判。1979年埃、以正式签订和平条约,以色列从西奈半岛撤走全部军队和迁入的移民,与埃及建立了正常关系。但是,其他阿拉伯国家拒不承认以色列国,他们认为萨达特的行为背叛了阿拉伯世界,埃及被开除出阿拉伯国家联盟,阿拉伯各国纷纷同埃及断交,这使埃及在阿拉伯世界陷入孤立境地。

穆巴拉克上台后,为改善同阿拉伯国家的关系付出了不懈努力。1989年,埃及终于重返阿盟,阿拉伯各国也先后同埃及恢复了外交关系。同年7月,穆巴拉克当选为非统组织主席。这是穆巴拉克取得的一大外交胜利。

穆巴拉克年轻时曾三次前往苏联学习,与苏联的关系较深。但他担任总统后,继续奉行萨达特的亲西方政策,积极发展同美国的关系,谋求在政治、经济、军事上得到美国更多支持和援助。为此,他反对苏联入侵阿富汗,但同苏联也并不完全搞对立。他对国际恐怖主义持坚决反对的立场。

穆巴拉克作为一名著名政治家和国务活动家,在国际上受到广泛的赞誉和尊敬,先后被世界各国授予五十多枚奖章、勋章。

三

穆巴拉克度过了人生的光辉顶点,就像早晨升起的太阳傍晚必然会落下一样,进入晚年后开始走下坡路,分水岭出现在2004年至2005年。

将穆巴拉克拖入灭顶之灾的是"三条绳索"。

第一条,埃及经济长期上不去。2004年,埃及民众对经济不景气的怨气已经越来越大,鉴于2005年就是大选年,穆巴拉克任命纳齐夫为新总理,负责重振经济。但纳齐夫采取的是一些治标不治本的办法,有的甚至是饮鸩止渴的办法。主要措施之一是加快私有化,把大部分公共领域的公司股份都出售了。外国资本控制这些公司后大量裁员,使本来已经居高不下的失业率进一步加剧,民众的不满情绪变得更加强烈,加深了对穆巴拉克的不满情绪。一转眼就到了2005年大选时刻,穆巴拉克感到空前未有的压力。

过去每次大选,总统候选人都只有他一人;这次他为了体现"民主"色彩,增加了几名候选人名额。但穆巴拉克采取了一个很愚蠢的做法,操纵选举,确保自己能连任。结果,他虽然达到了连任总统的目的,他的威信却一落千丈,民众的不满情绪趋向激烈化。经济和政治是分不开的。穆巴拉克长期没有把发展经济作为治国之本来抓,这是他最大的失策。几十年过去,国家面貌依旧,引起民众强烈不满,这是预料之中的事。你穆巴拉克几十年前是民族英雄,民众歌颂你,拥护你;你今天变成了国家发展的障碍,民众照样不买账,不满情绪压不住。这就应了我们中国的一句老话:"水可载舟,亦可覆舟。"

第二条,迷恋权力,逐步走向独裁专制。穆巴拉克已执政三十年。世界发展到今天,一个人在总统职位上独裁专制几十年,这种现象已经严重违背时代潮流。权力是什么?权力是能够调动庞大交响乐团的指挥棒,轻轻一抖,山呼海啸,震耳欲聋;权力也是一种慢性腐蚀剂,专门腐蚀恋权者的心脏和大脑,渐渐地,一颗殷红的赤子之心会渐渐变得灰暗,大脑会渐渐变得僵硬。穆巴拉克的执政风格比较温和,他不是"暴君"。但像他这样一位当年有着民族英雄光环的老总统,走到哪里都会有崇拜和赞扬之声。他对这种感觉深深迷恋,欲去还留,不肯自动退出历史舞台。这一条,恐怕是所有独裁专制君主的共同悲哀。

第三条,贪污腐败。在埃及那样的社会制度下,这类现象难以避免。穆巴拉克初任总统时的形象很好,媒体曾以"生活简朴"来称赞他。有一家媒体曾直言不讳地向他提出过一个尖锐问题:"你作为总统和一家之主,是否遇到过家人提出的要求超过了你的支付能力?"穆巴拉克坦然回答道:"我不做任何超过我能力的事,我的家人很清楚这一点,因此他们不会提出额外的要求。"但是,一块方直厚重、纹理清晰的巨型好木材,也经不住天长日久日晒夜露,颜色也会渐渐变暗,被脏水浸泡处也会渐渐腐朽。据媒体披露,穆巴拉克担任总统三十年来,家庭财富达到四百至七百亿美元之间。这当然只是一种推测的数字,在法律上不足为凭。但媒体同时又披露了另外一些情况:2011年2月11日下午,瑞士联邦政府下属机构发布指令,要求瑞士各银行冻结已辞职的埃及总统穆巴拉克及其亲信随员名下的资产,冻结期为三年。由瑞士政府出面采取这一举措,非同寻常。2月22日,埃及总检察长马哈茂德下令冻结穆巴拉克及其家族成员在国内的全部财产;马哈茂德同时要求埃及外交部敦促瑞士以外的其他国家冻结穆巴拉克及其妻子、两个儿子、两个儿媳的全部资产。此后,穆巴拉克本人宣布,他将向政府捐出一亿四千万美元的存款,他说这笔钱是为埃及亚历山大图书馆筹集的。5月16日,穆巴拉克夫人苏姗承诺将捐出开罗郊区一座估价为七十四万美元的别墅,并愿意交出原来打算做一个慈善项目的三百万美元存款。不管穆巴拉克夫妇对这些钱的用途怎么说,已被一盆贪污腐败的脏水泼了一头一脸。上行下效,埃及官员贪污受贿成风,一个个脑满肠肥;老百姓长期贫困,他们怎能不"揭竿而起"?

上述三条,条条都要命啊!

四

穆巴拉克总统被打倒,只经过了十七天"街头战争",比突尼斯本·阿里总统倒台的过程还短。

突尼斯、埃及、利比亚、也门和叙利亚等国,属于同一挂鞭炮,一头被点燃,全都挨个儿炸响。突尼斯本·阿里总统倒台后十天,埃及首都开罗也爆发了示威活动,目标直指穆巴拉克,要求他立刻下台。穆巴拉克总统抵抗到骚乱第十七天,2月11日终于被迫辞职。"街头战争"威力之大、速度之快,匪夷所思。

埃及"街头战争"一起,穆巴拉克迅速陷入了"四面楚歌"的境地。反对他的有五股势力:第一,已经站到他对立面的多数埃及民众(另一派埃及民众仍然支持穆巴拉克);第二,时隐时现、推波助澜的美国"影子";第三,穆斯林兄弟会等反对派政治势力;第四,觊觎埃及总统职位已久的前国际原子能机构总干事穆罕默德·巴拉迪;第五,埃及军方。

冲在"街头战争"第一线的是反对穆巴拉克的埃及民众。1月25日是埃及的警察节,也是埃及的全国性节日,开罗"街头战争"爆发,群众举行声势浩大的抗议示威,要求穆巴拉克下台。抗议组织者挑选这一天发难,是因为埃及的警察普遍腐败。1月26日凌晨,警察用催泪弹和高压水枪驱散开罗解放广场的示威者。1月27日,埃及官方吸取突尼斯事变的教训,关闭了脸谱、推特和黑莓等美国网站,但这一措施进一步激怒了埃及民众,抗议活动迅速升级成街头骚乱。其实,突尼斯事变的消息早已通过上述网站和手机拷贝转录入埃及老百姓的口头传播系统和情绪传播系统,这时埃及政府下令关闭网站为时已晚,反而激起更大反弹。1月28日,埃及全国酝酿大规模游行示威。当晚,执政党总部大楼被抗议者纵火,国家博物馆遭抢劫。1月29日凌晨,穆巴拉克发表电视讲话,要求以纳齐夫为首的政府辞职。但这时找"替罪羊"已无法"替罪",开罗爆发了更大规模的游行,老人、妇女、儿童纷纷走上街头,要求穆巴拉克辞职。当天下午,埃及卫生部发言人阿卜杜拉·赫曼宣布一个消息:在过去四天抗议和骚乱中,至少已有五十一人死亡、一千一百人受伤。这无异于往群情激愤的人堆里扔了一个炸药包,局势变得更难控制。当晚,穆巴拉克召开紧急会议,宣布埃及民航局长艾哈迈德·沙菲克为政府新总理,同时任命埃及情报局长奥马尔·苏莱曼为副总统——这是穆巴拉克执掌总统权力三十年来第一次任命一位副总统。但是,这最后一根"稻草"也救不了他了。1月31日,示威活动继续扩大,进一步向穆巴拉克总统施压,逼迫他下台。

美国对埃及这场"街头战争"的态度很微妙。除了上面提到的那些美国网站所发挥的作用外,1月27日晚间美国总统奥巴马发表公开谈话,他说穆巴拉克在很多关键性问题上都是美国的盟友,"但是我一直告诉他要确保不断推进政治改革和经济改革"。他这番谈话的要害,全都包裹在"但是"后面这句话中了。1月28日,美国国务卿希拉里也发表公开谈话,她说埃及应该容许和平的示威游行,"对于埃及警方及保安部队针对反对者所采取的暴力措施,我们深表担忧,我们呼吁埃及政府采取一切措施控制保安部队,同时反对者也不应当采取暴力措施,而是以和平方式表达观点"。他们两人的公开谈话,表面温和,绵里藏针。

领会美国意图最快的是埃及军方。按理说,穆巴拉克本人在埃及是享有崇高威望的老军人,他身为埃及总统,又是埃及军队的最高统帅,军队忠于他应该是没有问题的。然而,人们的惯性思维偏偏在这里出了差错。政治斗争到了生死存亡的关头,任何感情因素都会被毫不留情地撇到一边。2月1日,埃及"街头战争"的死亡人数已上升至一百四十多人。这一天,埃及军方公开声明,"不会使用武力对付示威者",并说,"公民用和平方式表达意见的自由将得到保障",派驻街头的士兵"要保障人民安全","但绝不允许抢劫、破坏等非法行为"。埃及军方不折不扣地执行了美国国务卿希拉里的"指示"。当晚,穆巴拉克发表电视讲话,明确表示已经无意竞选下届总统,将在本届剩余任期内保证政权平稳过渡,并敦促议会修改宪法中有关总统竞选人条件和任期的条款,埃及将在2011年下半年举行总统选举。这表明,穆巴拉克已向埃及军方后退了半步,他希望能任满本届总统任期,然后"和平交权"。但埃及军方对穆巴拉克的这一表态仍然"不甚满意"。2月4日,"示威者潮水般拥入解放广场",这一天是示威者要求穆巴拉克交出总统权力的最后期限。天亮后,埃及国防部长侯赛因·坦塔维和其他高级将领巡视了解放广场,媒体称埃及军方这一举动是"罕见的",它向民众"表明今天的示威活动是军方许可的"。接着,从下面这几条消息中露出了猫腻儿:2月10日晚间,穆巴拉克发表电视讲话,宣布将向副总统苏莱曼移交部分权力,他自己不会辞职。美国和欧盟就此发表声明,敦促埃及政府采取更多措施,加快权力过渡和改革进程——他们公开插手了。副总统苏莱曼是美国的"意中人",美国希望他能迅速接手权力,但埃及军方显然不干。2月11日,副总统苏莱曼通过国家电视台正式宣布,穆巴拉克已经辞去总统职务,并"已授权埃及武装部队最高委员会掌管国家事务"。很显然,国家权力最终落到了埃及军方手中。怎么回事？有消息披露,埃及军方在最后时刻背叛了穆巴拉克,他们通过一场静悄悄的内部政变,强行从穆巴拉克总统手中接管了权力,然后派埃军参谋长萨米·安南将穆巴拉克"护送"到西奈半岛红海海滨的旅游城市沙姆沙伊赫软禁了起来。

五

穆巴拉克接受审讯的场面是很惨的。

2011年8月3日,埃及军方用直升机将穆巴拉克送往首都开罗接受审讯,审讯他的法庭设在一所警官学院内。穆巴拉克受到滥用职权、贪污腐败、下令枪杀示威者等多项罪名指控。如果穆巴拉克下令枪杀示威群众的罪名成立,他将被判处死刑。

穆巴拉克已是八十三岁高龄的老人,由于他重病在身,被关在一个特制的大铁笼内,躺在病床上受审。这一镜头通过电视传播到全世界,受辱之甚,世所罕见。通过这一情节,也能透视出当今埃及政治势力的政治道德水准。穆巴拉克即使犯有"死罪",审讯期间也应给予他基本的人格尊严,而不应采取如此粗鲁的污辱方式。

最终对穆巴拉克的终审判决如何,目前尚不得而知。但是,穆巴拉克当了三十年总统,竟在十七天"街头战争"中惨败,落得如此下场,可悲可叹,这件事本身发人深省。

对穆巴拉克的审讯尚在进行之中,埃及的"街头战争"却掀起了第二个高潮,示威者的口号变成了"打倒军人委员会"!

埃及"街头战争"第一阶段,各派政治力量的目标一致指向穆巴拉克。现在,他们互相之间的博弈刚刚开始。

世人对四大文明古国充满了崇敬。如今,中国和印度正在复兴,伊拉克和埃及却再一次跌入了深渊。

埃及啊,你路在何方,何日才能重现辉煌?

尼罗河在哭泣,金字塔陷入了深深的沉默!

2011 年 11 月

利比亚——卡扎菲命毙阴沟洞

一

利比亚的卡扎菲,在世界各国领导人中是真正的"另类",独一无二的"怪人"。美国骂他是"狂人""疯狗""流氓政权"领导人。利比亚和阿拉伯世界的崇拜者则称他是"沙漠雄狮""铁汉""阿拉伯雄鹰""非洲勇士""伟大骑士""革命导师"。再用超脱的眼光去看卡扎菲,他是北非沙漠中一只狡猾透顶的"狐狸",一只真正的"沙漠之狐"。

卡扎菲统治利比亚四十二年,政绩斐然,结局惨烈。

2011年年初开始席卷北非和中东的骚乱风暴,最先被刮倒的是突尼斯总统本·阿里、埃及总统穆巴拉克,但"台风眼"从一开始就在利比亚回旋。美国和欧洲伙伴,最积极的是法国,其次是英国和意大利,他们认为这一次是搞掉卡扎菲的绝好机会,千万不能错失。美国国务卿希拉里的话说得最直白:"卡扎菲必须下台!"这位美国女子的一身霸气,好生了得。

在美国和欧洲几国的操纵下,利比亚的街头骚乱很快演变成了全面内战。美国和法国、英国一面对卡扎菲政府军直接实施军事打击,一面用军事装备和强大舆论武装支持利比亚反对派。强硬的卡扎菲顽抗了半年,终于彻底崩溃。最后时刻,陷入绝境的卡扎菲钻进了下水道水泥管中,被反对派士兵拖出来开枪打死,"卡扎菲时代"戛然而止。

世界上少了卡扎菲这样一位桀骜不驯的狂人,美国能否从此减少一位敌人?

二

本人为文不避讳,先为卡扎菲说句公道话:他曾经是利比亚的一位革命者。

卡扎菲领导的利比亚"九一革命",至少实现了三个目标:其一,推翻了利比亚封建王朝,建立了阿拉伯利比亚共和国;其二,赶跑了美国在利比亚的军事基地,后来又将美国在利比亚的石油企业收归国有;其三,领导利比亚摆脱了贫困,成为非洲"首富",令世人瞩目。

卡扎菲1940年6月出生在利比亚滨海城市苏尔特西南三十多里沙漠中的一个普通牧民家庭,属于柏柏尔人卡扎法部落。他的全名叫奥马尔·穆阿迈尔·卡扎菲。他是家中唯一的男孩,排行最小,上面有三个姐姐。他父亲阿布·梅尼尔·卡扎菲是个文盲,但他千方百计要让儿子读书,希望他长大后能出人头地。沙漠中没有学校,父亲每周领着卡扎菲到一位宗教老师家里去学习,有点像中国旧时代的私塾。主要学习《古兰经》,同时也学习一些基本的书写和算术。卡扎菲十岁时,父亲送他到苏尔特的一所小学去读书。卡扎菲已经懂得珍惜来之不易的上学机会,因付不起学校的寄宿费,他白天上课,晚上就睡在清真寺的地板上过夜。伊斯兰国家每周五为休息日,卡扎菲每周四放学后步行三个半小时回家与家人团聚,星期六又步行三个半小时返校。他在班里是年龄最大的学生,同学们讥笑他是"乡巴佬"。他沉默寡言,学习刻苦,用四年时间学完了六年小学课程,并取得了毕业文凭。卡扎菲十四岁时,父亲为了使他能上中学,在利比亚中南部塞卜哈附近找到了一份为人放牧的工作,全家搬往中南部沙漠,卡扎菲进了塞卜哈市内的一所中学。家庭的游牧生活背景、小时候的上学经历,养成了卡扎菲既放荡不羁、桀骜不驯,又能吃苦耐劳、同情穷人的性格特征。

塞卜哈中学是卡扎菲走上革命道路的出发地。

二十世纪五十年代,非洲大陆掀起民族独立运动高潮,北非各国相继摆脱殖民统治,获得民族独立。影响最大的是纳赛尔1952年7月领导的埃及七月革命,推翻了埃及法鲁克封建王朝,赶跑了英国殖民主义者。卡扎菲在塞卜哈中学收听《开罗之音》广播,当他听到纳赛尔抨击西方帝国主义、呼吁阿拉伯国家团结起来等内容时,心情异常激动,纳赛尔成了他崇拜的偶像。他想到了自己的国家,利比亚以前是意大利殖民地,虽然在1951年12月24日获得了独立,成立了利比亚联合王国,但国王伊德里斯太软弱,利比亚仍然受到外国势力的摆布。

在纳赛尔主义的影响下,卡扎菲于1959年在同学中成立了秘密组织"卡扎菲同学会",在他身边聚集了一批有志青年。1961年10月5日,卡扎菲第一次带领示威者走上街头,抗议外国人在利比亚土地上建立军事基地。示威者与军警发生了激烈冲突,多名示威者被捕。塞卜哈警察当局认定卡扎菲是一个不安定分子,报请利比亚教育部长签字批准,将他从塞卜哈中学开除。但塞卜哈市执政者中有人同情卡扎菲等青年人的反帝行动,他父亲去请求塞卜哈市的一位行政长官为卡扎菲在米苏腊塔另找了一所中学。当年卡扎菲已经十九岁,超过了报考中学的入学年龄。他父亲又去求另一位行政官员为卡扎菲开了一份虚假证明,把他的出生时间

1940年改为1942年。卡扎菲进了米苏腊塔中学,不久又在同学中恢复了"卡扎菲同学会"的秘密活动。卡扎菲为同学会成员立了三条规定:不喝酒、不玩牌、不玩女人。

如果用一句正面语言来表述,卡扎菲早在中学时代就已成为一名青年革命家。他中学毕业后考入班加西的利比亚大学攻读历史,但两年后他转入班加西军事学院学习。这时他心中已有明确目标:必须千方百计进入军队、掌握军队,那样才能实现宏图大业。1965年他从班加西军事学院毕业,在利比亚陆军服役,被授予少尉军衔。1966年被派往英国桑德赫斯特皇家军事学院受训。

当年,埃及纳赛尔领导七月革命的核心力量,是由他创立的"自由军官组织"。卡扎菲仿效纳赛尔的这一做法,也在利比亚军队中秘密成立了以他为首的"自由军官组织"。并以此为核心,通过各位成员去秘密发展各种民间外围组织,积聚革命力量。

卡扎菲准备发动军事政变,推翻西方傀儡伊德里斯封建王朝。为了策划这次政变行动,卡扎菲经常召集他的"自由军官组织"核心成员到几百公里之外的沙漠深处去开会,有时就在野外露宿。为了解决活动经费,卡扎菲规定"自由军官组织"核心成员必须交出每月全部工资。卡扎菲向利比亚每个兵营派出两名"自由军官组织"骨干,要求他们把那里的所有军官名单、上下级领导关系、士兵和武器弹药数量、军营活动规律等,摸得一清二楚。卡扎菲对发动政变的每一个细节都考虑得细而又细。

1969年年初,卡扎菲要求各个方向的负责人重新核查行动路线、交通工具、联络方式、突发情况处置方案等准备情况。核查结果,一切准备就绪,卡扎菲下令3月21日举事。但3月21日临时出现了一个情况:埃及著名女歌唱家乌姆·库尔舒姆要来班加西举办演唱会,大部分王室成员和军政要员都将出席。卡扎菲认为演唱会现场戒备等级肯定很高,行动不易得手。而且,歌唱家乌姆·

库尔舒姆在阿拉伯国家名望很高,扰乱她的演唱会,在舆论上对政变行动不利。卡扎菲经过再三考虑,果断取消了这次行动计划,把行动时间推迟到6月5日。

6月5日前几天,有好几名"自由军官组织"成员突然接到调防通知,引起卡扎菲的警觉,他怀疑政变计划是否已被泄露?卡扎菲再次取消了行动计划。

8月,正在国外度假消夏的国王把利比亚上议院和下议院领袖都召集到希腊首都雅典,交给他们一封信件,宣布自己退位。消息传回国内,利比亚政局出现动荡,各派政治势力都跃跃欲试。卡扎菲得到情报,利比亚军队参谋长沙勒希兄弟领导的宫廷集团准备在9月4日前夺取政权。卡扎菲本人则接到通知,要他9月11日去英国接受第二次培训,为期六个月。卡扎菲感到采取行动已经刻不容缓,于是下达最后命令:9月1日凌晨开始行动。

政变行动出乎预料地顺利,仅在占领"昔兰尼加卫队"兵营时发生一阵对射,一人死亡,十五人受伤。首都的黎波里的王室成员和军政高官悉数被捕。只有王储一人听到枪声后躲进了游泳池,天亮后也被捕,但他马上表态拥护新政权。其他各地的行动基本没有遇到抵抗。整个政变行动不到四小时,东部重镇班加西和首都的黎波里同时取得胜利。

清晨六时三十分,卡扎菲在班加西广播电台发布推翻伊德里斯封建王朝的第一号公告。"自由军官组织"没有提前准备公报,卡扎菲进了电台播音室随手抓过一张纸,急速写了几条提纲,然后边讲边发挥,满怀激情地向利比亚全国宣告:伟大的利比亚人民,为了实现你们的崇高愿望,你们的武装部队已经采取行动,推翻了反动落后的腐朽制度,结束了漫漫长夜,诞生了新的阿拉伯利比亚共和国。

1969年9月1日凌晨,在卡扎菲领导下发动的这次政变,后来被称为"九一革命"。

政变后,卡扎菲没有下令处死旧政权的任何人,更没有出现血腥屠杀。一周以后,卡扎菲批准公布了由十二人组成的"革命指挥委员会"名单,由他担任利比亚最高领导人兼武装部队总司令,军衔由中尉晋升为上校,这时卡扎菲才二十七岁。刚开始,他对外使用的头衔是总理兼国防部长。不久,他把自己的职务改为"总人民委员会总秘书处总秘书"。他说,他的职责是为利比亚人民当"秘书"。曾有记者问他为何不当总统?他回答说:总统隔几年就要来一次选举,多麻烦?我当秘书不用选举。上校的军衔也一直没有变,这丝毫不影响他的无上权威。这就是卡扎菲的过人之处——在政治斗争领域,展现出了他的绝顶聪明和狡猾!

卡扎菲把某些社会主义概念和《古兰经》中的伊斯兰教教义杂糅在一起,创立了另一种"社会主义理论",这些理论包括在他发表的三卷《绿皮书》中。由于他的《绿皮书》"理论"既反对资本主义,也反对共产主义,后来被称为"第三套世界理论"。他宣称,他的"第三套世界理论"终极目标是要通过政治、经济和社会革命"解放全世界被压迫人民"。卡扎菲处处喜欢"搞怪",在"革命理论"上也如此。

利比亚拥有丰富、优质的石油蕴藏量,过去都被西方石油企业垄断经营。卡扎菲以强硬手段逼迫西方石油公司和利比亚新政府谈判,重新分割利润,利比亚得大头。不久,又先后将英国等西方国家在利比亚开采的油田收归国有,利比亚从此迅速"脱贫致富"。卡扎菲将大部分石油收入用于提高人民生活水平,搞免费教育和免费医疗,还兴建了好几项大型水利工程,把南部的地下水引往北部沙漠地带,发展农田灌溉和沙漠绿化。

就在卡扎菲被打死前不久,加拿大全球化研究中心还在一篇文章中指出:"利比亚人的生活水平在非洲大陆是最高的,卡扎菲领导下的利比亚在全非洲拥有最低的婴儿死亡率和最长的生命预期,他四十多年前从伊德里斯国王手中夺过权力时,全国识字率不足百分之十,今天这一比例超过百分之九十。"

还有的研究文章指出,阿拉伯世界的石油经济从二十世纪七十年代以后得以起飞,建立头功的是卡扎菲。卡扎菲为他们树立了榜样,敢于从掠夺资源的西方资本主义国家手中夺回本国利益,阿拉伯各国纷纷仿效,大见成效,这是千真万确的事实。

单从经济效益和社会效益来说,卡扎菲领导的利比亚"九一革命"无疑是成功的。但是,四十二年后,利比亚国内为什么会冒出这么大的反对派势力反对他?这要卡扎菲自己来回答。

三

卡扎菲后来成为"另类""狂人",不是偶然的,他是当今各种世界性矛盾纵横交错"杂交"出来的一个"怪胎"。

卡扎菲以"反美斗士"的姿态出现,突出反映了美国与阿拉伯世界的尖锐矛盾。美国是基督教文明,阿拉伯世界是伊斯兰教文明,意识形态不同、价值观不同。在意识形态和价值观问题上,美国一贯奉行极端的排他主义。凡是与美国意识形态不同、价值观不同的国家和地区,都被美国视为"异己""敌人",动辄制裁、遏制、颠覆、围堵,直至发动战争将其消灭。并不是阿拉伯世界要想"吃掉"美国,阿拉伯世界没有这个能力;而是美国念念不忘要对阿拉伯世界实施"民主化改造",使阿拉伯世界对美国俯首帖耳,这是美国不变的战略目标。但穆斯林是不易"驯服"的,阿拉伯国家是世上"最倔强的孩子",不听你美国佬任意摆布。阿拉伯国家伊斯兰教原教旨主义中的极端派,便用恐怖主义对抗美国。在恐怖主义者看来,对付美国极权主义的最好办法,就是用极端恐怖的方式同它"对话"。他们之间是一对你死我活的矛盾,一时无法调和。

冷战结束以来,美国"一超独霸",全世界都感受到了来自美国咄咄逼人的压力。阿拉伯世界首当其冲,因而对美国的反抗也最为强烈。最有力的证明,就是阿拉伯世界涌现了"反美三雄":本·拉登、萨达姆、卡扎菲。在这"反美三雄"中,卡扎菲的反美资格最老。他1969年通过发动政变成为利比亚领导人后,立即充当反美急先锋,把美国在利比亚的惠勒斯空军基地赶走,宣布废除利比亚王室同美国签订的军事协定和其他各种协定。当时冷战尚未结束,惠勒斯空军基地是美国在非洲最大的一个军事基地,驻有六千多人,是美军监视苏联在地中海和黑海军事活动的前哨。卡扎菲的这一大胆举动,等于挖掉了美国的一只眼睛,美国对卡扎菲怎能不切齿痛恨?

以色列问题,是美国同阿拉伯世界尖锐对立的一个死结。

1947年联合国通过了巴勒斯坦分治《决议》,由于《决议》对土地分配不公,阿拉伯世界强烈反对。犹太人抢先于1948年5月14日宣布在巴勒斯坦土地上成立了以色列国,并在第二天就对埃及、伊拉克、黎巴嫩、叙利亚等阿拉伯国家发动了侵略战争,把九十六万巴勒斯坦人赶出家园,沦为难民。犹太教与基督教同源,美国却一贯偏袒信奉基督教的以色列,激起了阿拉伯世界的强烈反美情绪。自从以色列宣布成立国家到现在,已经先后爆发了四次中东战争。以色列得到了美国先进武器装备和充足资金的全力支持,阿拉伯国家每次都打不过以色列,这使阿拉伯国家更加仇恨美国、仇恨以色列。

卡扎菲准备联合阿拉伯国家发动"全面战争"消灭以色列。1970年年初,即利比亚"九一革命"胜利后第二年,卡扎菲就去向他崇拜的导师埃及总统纳赛尔汇报他的计划。纳赛尔耐心地对他说:"不行啊,我亲爱的小兄弟,阿拉伯国家的主要军事装备同以色列差距太大了,打不过它。"卡扎菲回答说:"这有什么可怕的,以色列只有三百万人口,阿拉伯国家有一亿人口,我们应该联合起来,都听你指挥,对以色列发动全面战争,把它彻底消灭!"纳赛尔说:"这不行,以色列一旦在常规战争中处于下风,它会立刻向阿拉伯国家扔原子弹。"卡扎菲问纳赛尔:"我们自己有原子弹吗?"纳赛尔对他摇摇头:"我们没有。"

卡扎菲回国后,很快派利比亚二号人物贾卢德少校去向纳赛尔通报说,利比亚准备花钱去买一颗原子弹来,交给埃及使用,打败以色列。纳赛尔一听惊呆了,问:"你们准备向谁买?"贾卢德少校说,卡扎菲分析过,美国和苏联肯定不会卖给我们,去向中国购买。贾卢德少校辗转来到中国,周恩来总理接见了他,并耐心听完他的陈述,微笑着告诉他,中国研制原子弹,一是为了自卫,二是为了打破美苏核垄断,原子弹不是商品,不能卖的,客客气气把贾卢德送走了。

四

卡扎菲搞不到原子弹,他就开始搞另一手,用恐怖主义同美国和以色列对抗。

1973年2月21日发生的一起事件,使利比亚同以色列的矛盾激化了。利比亚有一架飞往埃及首都开罗的客机,偏离了航线十八公里(原因不明),进入了被以色列占领的西奈半岛领空,被以色列空军击落,机上一百〇八名乘客全部遇难,其中包括利比亚外交部长亚西尔。卡扎菲愤慨至极,要求埃及总统萨达特允许利比亚空军飞越埃及领空,前去轰炸以色列的法海港,报复以色列。萨达特没有同意,劝卡扎菲保持"冷静"。卡扎菲对萨达特极为不满,怒吼道:"以色列可以击落利比亚客机,利比亚为何不能对以色列报复？"

当年5月14日，以色列庆祝建国二十五周年。欧美许多犹太富翁租用英国豪华邮轮"伊丽莎白二世"号前往以色列出席国庆活动。邮轮从英国经地中海驶往以色列，要经过相邻的利比亚和埃及两国领海外的海面。卡扎菲提前得到这一消息，召见停泊在利比亚首都的黎波里港的一艘埃及潜艇艇长，向他摊开一张地中海海图说："我以阿拉伯民族主义者和利比亚武装力量总司令的名义和你说话，你能辨别出航行在地中海上的'伊丽莎白二世'号邮轮吗？"艇长答："能。"卡扎菲接着说："你能用两枚鱼雷瞄准它，把它击沉吗？"艇长答："从理论上说行，但事关重大，我必须得到直接领导下达的命令才能开火。"卡扎菲就说："那好，现在我就给你下达命令，击沉它！"艇长敷衍应诺。入夜，艇长将潜艇浮出海面，用无线电向国内报告了这一情况。萨达特总统接到报告后说："卡扎菲是想陷害我们！"他命令潜艇立即返航。这使卡扎菲对萨达特更为不满，骂他是"阿拉伯叛徒"，两国关系出现紧张，直至断交。

但卡扎菲报复美国和以色列的决心绝不动摇，绝不放弃。萨达特不肯帮忙，他自己干。1977年春，卡扎菲秘密策划了一起刺杀行动，准备刺杀美国驻埃及大使赫尔曼·艾尔茨，以破坏埃及与美国的关系。但这一情报被利比亚一名官员向美国中央情报局出卖了，未能得逞。当时的美国总统卡特鉴于斡旋中东和平进程正处于关键阶段，下半年埃及总统萨达特将出访以色列，同以色列单独媾和，所以对此事并未公开声张，只是通过利比亚驻联合国大使向利比亚政府递交了一份抗议照会，揭露了卡扎菲策划的这一阴谋。

不久，美国开始报复利比亚。1980年，卡扎菲支持英国分裂组织"爱尔兰共和军"，美国宣布利比亚是"支持恐怖主义国家"，关闭了驻利比亚大使馆。1981年，美国里根总统上任后，骂卡扎菲是"疯狗"，以利比亚搞恐怖主义为由，在地中海利比亚锡德尔湾上空击落利比亚空军两架飞机,宣布同利比亚断交。

卡扎菲以牙还牙。从1985年底开始,制造了一系列针对以色列和美国的恐怖袭击事件。1986年春,美国一架民航飞机在希腊上空被炸,四名美国人炸出飞机丧命。同年,西德西柏林美军士兵经常光顾的一家舞厅爆炸,死伤二百多人,其中有六十多名美军军人。

美国对利比亚采取了更大规模的报复行动。1986年春,美国出动两艘航母、几十架飞机,对利比亚首都的黎波里和东部重镇班加西的兵营、海港、卡扎菲帐篷等五个目标实施了一次大规模空袭。利比亚一百多名平民被炸死,六百多人受伤。卡扎菲的妻子索菲娅和八个孩子受伤,其中一个一岁多的养女被炸死。卡扎菲几天没有露面,美国以为他已被炸死。三天后,卡扎菲的一名助手发布一则消息说,美军前来空袭时,卡扎菲正在一个装有空调的帐篷里躺着读一本越南战争的书,并观看了一部描述美军在越南搞恐怖活动的录像。当天,卡扎菲本人穿着一身崭新的军装,胸前佩着三排奖章,发表电视讲话,强烈谴责美帝国主义的侵略行径,痛骂里根总统屠杀利比亚妇女儿童,美国人是"没有进化成人类的猪"。他对利比亚人民说:"我们取得了伟大的胜利,打开你们的灯,到街上去跳舞吧,我们不怕美国佬!"

1988年12月1日,美国泛美航空公司的一架波音747客机从西德法兰克福飞往纽约。途中飞经苏格兰一个名叫洛克比的小镇上空时突然爆炸,机上二百五十九名乘客无一生还,飞机坠毁时地面又被炸死十一人,一共丧生二百七十人。这就是震惊世界的"洛克比空难"。经调查,空难与两名利比亚特工有关,卡扎菲否认。美国向联合国施压,联合国通过《决议》,从1992年起对利比亚实行全面制裁,卡扎菲陷入了困境。

但卡扎菲是一只狡猾透顶的沙漠之狐,他为了摆脱困境,逃避严厉惩罚,对美国的态度说变就变,而且不变则已,要变就彻底变一身皮毛。美国人眼里的一条"疯狗",很快变成了一只温顺的"绵羊"。

2001年本·拉登对美国发动"9·11"恐怖袭击事件,卡扎菲是最早向美国遇难者表示哀悼的非洲国家领导人,并公开发表声明严厉谴责恐怖主义,第一个提出应该缉拿本·拉登。不仅如此,还对利比亚国内同"基地"组织有联系的人采取了措施,主动向美国提交了一份名单。

2003年1月,美国发动伊拉克战争前夕,卡扎菲凭借他灵敏的嗅觉感到苗头不对,迅速抛出口风,愿意同美国改善关系。3月,美国悍然发动伊拉克战争,这使卡扎菲进一步受到震慑。8月,卡扎菲表示愿意对"洛克比空难"负责,并愿意拿出二十七亿美元对空难死者进行赔偿,每位死者获赔额高达一千万美元,创造了世界空难史上赔偿额最高纪录。卡扎菲对美国发动伊拉克战争一直保持低调,过激的话一句都不说。12月19日,卡扎菲又公开表态放弃开发大规模杀伤性武器计划,并愿意无条件接受国际社会的核查。

卡扎菲的主动"皈依",换来了美国的"回报"。2004年6月,美国在利比亚首都的黎波里重设联络处。9月,美国小布什总统宣布解除对利比亚的经济制裁。2006年5月15日,美国宣布恢复同利比亚的全面外交关系,将利比亚从"支持恐怖主义国家"的名单中删除。

可是,到头来美国还是把卡扎菲搞掉了,这又是为什么?这且要美国来回答。

五

当今世界,发展极不平衡。

卡扎菲用古老的游牧帐篷去叫板拥有航天飞机的美国,这件事表面看起来仅仅是卡扎菲喜欢"搞怪"的一贯作风,其实它极具象征意义。这两样东西是两个符号,代表着相隔遥远的两个不同时代。游牧帐篷是古老部落的符号,航天飞机是当今世界最先进的高科技符号。当今世界正在快速迈向现代化,但世界发展的严重不平衡性,使许多人感到无所适从、失魂落魄,有一种被世界遗弃的感觉。

卡扎菲却偏偏要留住本民族、本部落的古老符号——游牧帐篷。他不仅平时在他的游牧帐篷内办公、居住,出国访问也把他的游牧帐篷走到哪里带到哪里。有记录为证:1989年,他到南斯拉夫出席不结盟首脑会议,就住在自己带去的帐篷里。1990年,他出访埃及,把他的帐篷搭建在埃及国宾馆的院子里。2000年,他率领由二百多辆汽车组成的利比亚代表团,前往多哥首都洛美出席非洲统一组织首脑会议,带着帐篷浩浩荡荡穿越撒哈拉大沙漠,晚上就用帐篷在大沙漠中露营。2001年,他带着帐篷前往约旦首都安曼出席阿拉伯国家首脑会议,并在帐篷内举行盛大宴会招待各国首脑。2007年,他访问法国,把他的帐篷搭建在距爱丽舍宫不远的马里尼酒店的花园里,还带去了一头骆驼,每天早晨喝骆驼奶。

2009年9月,卡扎菲要前往美国纽约出席第六十四届联合国大会。卡扎菲想,联合国大会年年开,各国领导人前往美国成了家常便饭,美国佬从来不把其他国家领导人当回事,我卡扎菲以什么形象踏上美国的土地,才能引起美国人注意?一想有了:带帐篷!你美国不是拥有最先进的航天飞机吗?我卡扎菲拥有最古老的游牧帐篷!这叫骑着骆驼赶着鸡,究竟谁高谁低,不妨比一比。到时候各国新闻记者前往利比亚大帐篷采访卡扎菲,风头肯定盖过你奥巴马!卡扎菲开始想把帐篷搭在距联合国总部较近的纽约中央公园,美国说:"不行!"于是,卡扎菲改变计划,希望把帐篷搭在与曼哈顿一水之隔的新泽西州英格伍德市一处利比亚早年买下的土地上。但此举引起新泽西州官员民众的强烈反对,拼死抵制卡扎菲在那里搭帐篷。卡扎菲无奈之下,只得放弃搭帐篷的念头,在曼哈顿皮埃尔豪华酒店预订了房间。但美国佬还是同卡扎菲过不去,他们有意把前往皮埃尔酒店最方便的行车路线刊登在报纸上,鼓动"洛克比空难"遇难者家属及普通民众前往该酒店去对卡扎菲抗议示威。据说,卡扎菲万般无奈之下,最后住进了利比亚驻联合国大使馆。

卡扎菲想把他的游牧帐篷搭建在美国土地上,终究没能搭成,心里憋得慌,他要发作。9月23日,各国首脑在联大发言,展开一般性辩论。美国总统奥巴马发完言就和希拉里等美国高官离开了会场,晾你卡扎菲。后面就轮到卡扎菲发言,他终于发作了。他一开口就以猛烈言辞攻击联合国。他说,联合国安理会应该改名叫恐怖理事会,动不动就通过"决议"制裁不听美国摆布的国家,向受制裁国施加强大压力,使受制裁国人民遭受种种困难。又说,自从1945年联合国成立以来,世界上发生了六十五场战争,联合国没有制止过其中任何一场。卡扎菲说的这句话是大实话,谁也不敢讲,他讲了,冒天下之大不韪。联合国有规定,每位国家首脑在大会上发言不得超过十五分钟,卡扎菲一讲讲了一小时三十六分钟。最后,卡扎菲在联大讲坛上当着全世界的面撕毁了联合国宪章!卡扎菲想以蔑视联合国权威的方式告诉全世界:美国的航天飞机能够飞上天,我卡扎菲为何不能带着帐篷赶着骆驼游牧全世界?不管你美国是小毛驴还是大象,他都想赶进他的牧群。

六

卡扎菲和萨达姆,他们两人的勃勃雄心和悲惨结局极具相同点。萨达姆拥有本国巴比伦文明的辉煌记忆,卡扎菲则拥有环地中海地区各古老帝国的辉煌记忆。卡扎菲曾在利比亚大学攻读过两年历史，对于环地中海地区拥有的光荣历史，他每当想起就激动不已。古罗马帝国、阿拉伯帝国、奥斯曼帝国，哪一个不是横跨欧、亚、非三大洲，哪一个不是辉煌几百年？如今为何成了谁都不爱理会的破落户？

大凡被世界急速现代化的高速列车甩出车厢的人，都会在失落之余，去寻觅自己曾经拥有过的辉煌，用来同这列高速列车的车头掰手腕，卡扎菲就是当今世界这样一位代表人物。卡内基国际和平基金会的研究人员杜恩说过一句话，他说"卡扎菲就像一个来自另一个时代的陈年古董"。杜恩这句话并没有说错，卡扎菲的确一直在做着一个"古老的梦"。

卡扎菲自称是阿拉伯民族主义者，他一直有一个梦想：把阿拉伯国家统一起来，人多力量大，同美国干！为此目的，他曾进行过多次尝试。1970年11月9日，在卡扎菲的推动和纳赛尔总统的支持下，利比亚、苏丹、埃及三个相邻的北非国家宣布成立联邦。但是，卡扎菲崇拜的埃及总统纳赛尔因心脏病突发去世，继任埃及总统的萨达特对卡扎菲远没有纳赛尔对他友好。因此，联邦从成立第一天起就埋下了不祥的伏笔。不过，由于纳赛尔总统的崇高威望还在，这个联邦当时还是得到了三国广大群众的拥护。1971年4月叙利亚也加入了这个联邦。1971年9月1日是利比亚"九一革命"胜利两周年纪念日，当天埃及、叙利亚和利比亚三国人民就他们的国家实行联合举行公民投票，投赞成票的人数高达百分之九十三。但是，这个"虚拟联邦"一天也没有变成事实。加入联邦的四国领导人心中各有算盘。埃及总统萨达特只想得到利比亚的石油，但他对卡扎菲这个人却十分厌恶，称他是"精神分裂症患者"。叙利亚则担心联邦将被埃及控制，叙利亚沦为附庸，故犹豫不前。

卡扎菲感觉到联邦推进过程遇到了困难，他再次访问埃及做萨达特的工作。萨达特异常精明，口头上并不反对，把卡扎菲推到埃及人民面前，请卡扎菲到大会上去发表演说，阐明成立联邦的好处。卡扎菲上当了。埃及尽管是阿拉伯国家，信奉伊斯兰教，但埃及社会比较开放，妇女可以参加工作，也不严格规定妇女必须穿裹头蒙脸的阿拉伯服装。卡扎菲按照《古兰经》中的教义对埃及妇女们说："伊斯兰的妇女们应该待在家里，按照《古兰经》的教导做一个合格的妻子和母亲。"埃及妇女对卡扎菲的演说嗤之以鼻，都说："卡扎菲是从贫民窟里出来的人，尚未开化，没见过世面！"卡扎菲带着懊丧的心情离开了埃及，自我安慰道："埃及那些腐朽的资产阶级自然要反对我这些让他们不舒服的观点，来自贫民窟和农村的埃及人民一定会支持我的观点。"

卡扎菲仍然没有放弃努力。1972年9月，他组织了两万利比亚人长途跋涉两千多公里向开罗进发，他相信埃及拥护联合的人民一定会沿途纷纷加入进来，形成浩大声势，向埃及政府施加压力。结果，埃及总统萨达特毫不客气地用火车车厢封堵住边境通道，卡扎菲组织的这次行动又告失败。卡扎菲曾组织过两次这样的"向开罗进军"的行动，最终都未能实现压服萨达特同意两国"合并"的目的。

东面的邻国做不通工作，他就去做西面邻国突尼斯的工作。1972年12月22日，卡扎菲在突尼斯的一个群众大会上发表演说，鼓吹两国实现统一。正在家里收听卡扎菲广播讲话的突尼斯老总统布尔吉巴大吃一惊，立刻赶往现场，一把抓过话筒说：卡扎菲关于两国统一的讲话脱离实际，阿拉伯人从来没有联合为一个整体。而且当面挖苦卡扎菲道，在这个问题上，我们不想听一位连自己内部团结都搞不好的落后国家领导人来说教！

不欢而散，梦想成灰。

卡扎菲为何一再做这种"不识时务"的"古代之梦"？除了他个

人性格上的原因,也有客观世界的原因。卡扎菲追求的是世界迈向现代化的高速列车从河边驶过时投下的那个清晰倒影——世界极不对称中的"虚拟对称"。

七

利比亚战争,是这次北非和中东骚乱风暴的"台风眼"。美国下决心搞掉卡扎菲,蓄谋已久。美国对卡扎菲这样一位"狂人""疯狗",真要找碴儿整他太容易了。他浑身长刺,随便拔下一根就能作为对他实施军事打击的"理由"。但美国尚未从阿富汗、伊拉克这两场战争中脱身,它不会愚蠢地把刚要拔出泥潭的一条腿立刻去踩进另一个泥潭。因此,美国一直在创造条件,等待时机,寻找替代办法。为此,美国加紧培养利比亚国内的反对派势力;暗中使招制造利比亚国内局势的动荡因素;在欧洲鼓动愿意出兵出力的帮手;等等。一旦这些条件成熟,机会出现,美国就会立即出手,毫不犹豫。

为什么北非和中东在同一个时期内出现动乱？如果认为这纯粹是偶然,那就太天真了。这是美国很早就开始播种的一茬庄稼,现在到了收割季节。本·阿里、穆巴拉克、卡扎菲、萨利赫,美国采摘到的每一个果实都滚圆肥硕,沉甸甸的,真叫"硕果累累"！

美国为了搞掉卡扎菲,先从利比亚东西两边的邻国下手。西边,通过网络煽动舆情发动"茉莉花革命"搞掉突尼斯总统本·阿里;东面,以大规模街头骚乱搞掉埃及总统穆巴拉克。两面一夹,不信你卡扎菲不垮。事情的发展果真如此。2011年1月14日突尼斯总统本·阿里倒台;2月10日埃及总统穆巴拉克倒台;2月15日利比亚首都的黎波里等几个城市爆发大规模群众示威,要求卡扎菲下台。左右两家失火,中间这一家熊熊大火也立刻冲天而起！

2月16日,卡扎菲对全国发表电视讲话,表示绝不辞职,绝不逃离祖国,宁愿死在这片土地上。同仓皇出逃的突尼斯总统本·阿里相比,卡扎菲在这一点上不愧是条汉子。他对示威者采取强硬弹压措施,这符合卡扎菲性格。卡扎菲如果在这时候"软"下来,美国反倒觉得有点不好办,卡扎菲越强硬,美国越好办。

这时就出现了墙倒众人推的状况:

2月22日,阿盟决定暂停利比亚参加阿盟会议的资格。这时被卡扎菲得罪的阿拉伯兄弟们开始报复他,眼看他身上已经着火,又往他身上泼了一瓢油。利比亚反对派立刻从中得到一个信号:卡扎菲已经彻底失去各方支持。于是有恃无恐,骚乱迅速升级。许多国家开始从利比亚撤侨,利比亚彻底乱了。

2月27日,利比亚反对派在东部城市班加西成立了"全国过渡委员会",由利比亚前司法部长穆斯塔法·阿卜杜勒·贾利勒担任主席,委员由来自利比亚主要城市和乡镇的三十三名代表组成。这表明,参加利比亚骚乱的群众再不是群龙无首的乌合之众,如今有了"领导核心",卡扎菲难了。

3月10日,法国率先承认利比亚"全国过渡委员会"为代表利比亚民众利益的合法政府。法国为什么在这次北非和中东骚乱风暴中充当美国的马前卒?因为萨科齐总统在法国国内声名狼藉,他想在国际斗争中捞点"积分",为连选连任做准备。

3月17日,法国、黎巴嫩、英国和美国共同向联合国提交制裁利比亚的决议草案,安理会十五个理事国进行表决。十票赞成,常任理事国中的中、俄和非常任理事国中的印度、德国、巴西五国投了弃权票,没有反对票,制裁决议获得通过。美国负责指挥,法国打冲锋,英国紧紧跟上,他们就像打群架时的"三个搭档",不把卡扎菲这位"壮汉"硬生生扳倒不罢休。联合国受谁操控,天下共知之。

3月19日,美、英、法三国对利比亚发动了代号为"奥德赛黎明"

的第一波军事打击。美国从停泊在地中海的导弹驱逐舰巴里号上向利比亚发射了一百一十枚战斧式巡航导弹。法国二十多架"幻影-2000"和"阵风"战机对利比亚实施了三轮空袭。英国也有战机参加了第一波军事打击。挪威、加拿大也有战机飞往意大利西西里岛北约空军基地,准备参加对利比亚的军事行动。就这样,利比亚内战的战火也被美国牌打火机点燃了。

多国部队对卡扎菲政府军的军事打击正在一轮接一轮地进行。反对派武装在同政府军的拉锯战中度过了最困难的时期,逐渐占得上风。卡扎菲政府军开始节节败退,内部开始出现分化。

卡扎菲曾想挽回败局,他给美国总统奥巴马写去了一封信,由于奥巴马是非洲裔,他称奥巴马"我们亲爱的儿子",希望他能看在非洲老乡的分上,出面说句话,把军事打击停下来。奥巴马见信偷偷一乐,没有理睬。不错,奥巴马是非洲裔,他的肤色可以作证。但美国精神已经融化在他的血液中、深入他的骨髓里,他只代表美国利益,非洲奶奶家的事他是不管了。希拉里站出来代表奥巴马表态,说了三个"必须":卡扎菲必须停火、必须放弃权力、必须离开利比亚。老卡一听这美国娘儿们讲的这三条,他一条也接受不了。他早就说过三个"绝不":绝不辞职、绝不逃离祖国、绝不向反对派妥协!

狂澜既倒,无可挽回。

2011年10月16日,联合国大会以一百一十一票赞成、十七票反对、十五票弃权的投票结果,同意利比亚"全国过渡委员会"作为利比亚在联合国的合法代表。

10月20日,卡扎菲在家乡苏尔特被反对派武装包围,他钻进一个下水道水泥管里。反对派武装发现了他,将下水道口包围。卡扎菲在洞里向外喊了一句:"不要开枪!"反对派士兵把他从洞里拖了出来,他当了俘虏。这时,一名反对派士兵向他开了两枪,一枪打在腰部,一枪击中脑袋,卡扎菲一命呜呼。卡扎菲是军人,他没有逃往国外,没有死在老美的巡航导弹下,最后死在本国反对派的枪口下,也值了。

卡扎菲时代一切都已结束了。但利比亚的问题则刚刚开始。

2011年11月

伊朗核危机

一

自从多事的2011年入冬以来,伊朗核危机越闹越凶,大有"美伊战争"一触即发之势。在目前欧美经济陷入困境、北非和中东乱局难平的形势下,美国正在拿伊朗核危机当成一张大牌来打。美国这次玩的是"战争边缘政策",准备利用这张大牌大捞一票。

伊朗虽然是中东大国,也以伊斯兰教为国教,但伊朗不是阿拉伯国家。因而伊朗核危机不属于所谓"阿拉伯之春"的范畴,两者有联系,但不同,它是另一出戏。

美国利用伊朗核危机博弈的对手不只是伊朗,它正在利用这张大牌把越来越多的国家裹挟进这副"牌局"。目前美伊双方都在不断"拉人入局"。伊朗对相关国家说:"请多帮忙,危难时刻拉兄弟一把!"美国则对它不顺眼的国家说:"这件事同你脱不了干系,你必须表态!"它逼着相关各国从口袋里往外掏钱,放上桌面"下注"。

美国这次大打伊朗核危机这张牌,一可转移国内视线,平息美国民众因经济不景气普遍产生的怨恨情绪。二可对伊斯兰世界保持高压态势,以便巩固美国十多年来发动阿富汗战争、伊拉克战争、击毙本·拉登、搞乱北非和中东一大批阿拉伯国家的"丰硕成果"。三可通过制裁伊朗,搞石油禁运,迫使包括中国在内的一批经济起飞国家出现石油短缺,放慢经济发展速度,甚至出现经济衰退。美国则可通过控制石油和金融汇率等环节转嫁经济危机,摆脱国内困境,美国玩这一套是老手。四可为奥巴马争取连任下届总统造势得分。

美国在伊朗核危机这条狭路两边各挖一个深坑,你若不按它所指定的方向走,想往哪边躲避都不行,身子向左或向右一晃都将跌下深坑,喝几口脏水、弄一身污泥能爬上来算你有本事,爬不上来你就自认倒霉吧。

美国当着全球观众的面把这场"战争边缘游戏"玩儿得惊险万分,玩儿得让你心跳,悬念迭出,令全球观众引颈踮足,想看个究竟,"票房"不断看涨。

二

美国与伊朗交恶已经不是一两天的事了,事情要从1979年霍梅尼领导的"伊斯兰革命"说起。

在霍梅尼发动"伊斯兰革命"之前,伊朗巴列维国王是亲美的。他对美国奉行"一边倒"政策,1959年同美国签订了军事协定,缔结了军事同盟。但是,二十世纪五十年代以后,由于伊朗石油国有化政策失败,经济发展受损,社会矛盾突出,乡村农民、城市平民和各种反对派势力不满情绪日益高涨,国内政局一直不稳。巴列维国王为了缓和社会矛盾,稳固自己的统治地位,指令王国政府发动了一场自上而下的"白色革命"(相对于自下而上的"红色革命"而言)。"白色革命"的主要内容包括:第一,实行土地改革;第二,森林、牧场、水力资源国有化；第三，出售国有企业股票，工人分享工厂利润；第四，修改选举法，实行普选，妇女享有选举权；第五，进行教育改革，扫除文盲，实行部分义务教育；第六，进行行政改革，反对官僚主义，提高行政效率；第七，在城乡实行社会保险；第八，建立农村医疗队、技术推广队，建立农村法庭，提高农村公平程度。乍一看，这是一份相当不错的改革方案，如能全部付诸实施，伊朗国家面貌定将大为改观。

但是，巴列维国王显然把问题想得太简单了。

巴列维国王发动的"白色革命"，首要一环是实行土地改革。因为当时伊朗大部分土地集中在地主和穆斯林寺院宗教主手里，大量无地农民只能奴隶般为地主和寺院宗教主去种地，受尽盘剥，无法忍受，反抗活动频发。为了缓和农村矛盾，伊朗从1962年开始分阶段实施土地改革。随着土地改革的进行，曾使百分之九十二的农户获得了土地，农业也取得短暂发展。但土地改革带来了两个突出问题：一是土地拥有者为自己留下了大部分好地，只将无水灌溉的贫瘠荒地通过政府赎买方式让出，分给农民。获得土地的农民因缺乏资金，水利灌溉、农具肥料等实际问题无从解决，很快陷入无力耕种的困境。二是由于伊朗是穆斯林国家，什叶派穆斯林达到全国总人口的百分之九十五。清真寺遍布全国城乡，处处都有伊斯兰教各种级别的圣职人员，他们既是一股强大的宗教势力，也是一股强大的政治势力。宗教上层集团除了政治上拥有许多特权，还拥有大量"教产"，土地改革触动了他们的利益，激起了他们对巴列维国王的仇恨。

工业方面，从1962年至1975年，伊朗赶上了"大发石油财"的难得机遇。1970年后，伊朗的石油年产量达到两亿吨，居中东之首、世界第四。1973年伊朗将西方石油企业收归国有。巴列维利用大量石油利润，实施了两个"五年发展计划"，大力发展本国工业,十年内国内生产总值年均增长11.5%。巴列维国王被滚滚而来的"石油美元"冲昏了头脑,一再加大工业投资,宣称到二十世纪末要把伊朗建成世界"第五强国"。由此,"白色革命"开始向重工轻农的方向倾斜,使土地改革半途而废。

实际上,无论哪一个国家的发展,经济发展固然是基础,但经济发展并不能代表一切,更不能掩盖一切。社会发展是一个有机整体,经济之外还有大量别的社会矛盾;经济本身在发展过程中也会不断产生新的矛盾。正当巴列维国王雄心勃勃地做着"强国梦"的时候,国内积累的各种矛盾开始越过临界点,接连激化爆发。大批破产农民拥入城市寻找出路;由于农业生产衰退,不得不从国外大量进口粮食,由此引发严重通货膨胀。王国政府为了平抑物价,开展"反暴利运动",严厉打击城市商人、店主,又树立了一大批新的敌人。另一方面,王室贵族、政府官员和富豪集团却趁机巧取豪夺,贪污腐败,激起广大平民的强烈不满,各种反对派势力趁机煽动,抗议活动接连不断。巴列维国王为了维护自己的专制统治,下令取缔"执政党"以外的一切政党,压制言论自由,动用军警残酷镇压抗议活动,杀害反对派人士,严厉打击反对王国政府的宗教上层势力,促使矛盾进一步激化。

另外,由于"白色革命"在文化方面采取对外开放政策,使西方文化尤其是美国文化大量涌入,色情、淫秽、凶杀内容的书刊和影视充斥市场,赌场、妓院、酒吧、夜总会随处可见,社会道德风尚败坏,毒害年轻一代。西方文化的泛滥,同伊斯兰文化传统发生了严重冲突,遭到伊斯兰教上层集团和广大穆斯林的强烈反对。

上述这一切,都被宗教领袖霍梅尼所利用,在伊朗国内煽动起一股声势浩大的宗教狂热,反对"白色革命"的抗议活动愈演愈烈,一发不可收拾。霍梅尼从1964年起公开发表反对"白色革命"、反对巴列维国王、反对美国的言论,多次被捕,直至被驱逐出境,先后在土耳其、伊拉克、法国流亡十四年,在国外遥控伊朗国内的反抗运动。

1978年底,美国发现巴列维国王已完全失去了对伊朗国内局势的控制能力,在最后时刻抛弃了他。

1979年1月,巴列维国王以"休假"的名义逃往国外。2月1日,霍梅尼从法国返回伊朗,受到二三百万人的狂热欢迎。2月11日,霍梅尼以宗教领袖的名义委任迈赫迪·巴札尔甘为临时政府总理,巴列维王朝被推翻。

1979年3月底,在霍梅尼操纵下进行公投,废止伊朗君主制,在伊朗建立政教合一的伊斯兰共和制。通过修改宪法,霍梅尼被推举为伊朗国家和宗教"最高领袖"。第二年选出的伊朗共和国第一任总统阿伯尔哈桑·巴尼萨德尔,也受霍梅尼领导。

1979年10月,流亡中的巴列维患了癌症,美国同意他前去接受治疗。伊朗国内立即掀起了一股强大的反美浪潮。霍梅尼和伊斯兰教极端派强烈谴责美国,要求遣返巴列维并将他处死,美国当然不会向霍梅尼"屈服"。伊朗的反美声浪越来越高,直接导致了当年11月4日伊朗极端派冲击美国驻伊朗大使馆、劫持五十二名美国使馆人员长达四百四十四天的"人质事件"。这一事件使美伊两国成为不共戴天的敌人。

美国于1980年4月7日同伊朗断交,至今已过去三十二年,仍未复交。

巴列维1980年7月在流亡地埃及去世。

霍梅尼是狂热的反美斗士和泛伊斯兰主义者,既反对西方资本主义,也反对东方社会主义。他有一句"名言":"不要东方,不要西方,我们只要伊斯兰!"他还鼓吹输出伊斯兰革命,宣称"在世界各地建立伊斯兰国家是革命的伟大目标"。

霍梅尼已于1989年6月3日因胃癌去世,但他发动"伊斯兰革命"煽起的狂热宗教情绪,不仅至今深深影响着伊朗国家的政治生活和伊朗广大穆斯林的精神生活,而且影响着整个伊斯兰世界。

三

伊朗是很难对付的。回顾三十多年来美伊对抗过程,美国在战略上一再失算;伊朗则有得有失,得大于失。

美国在战略层面有过两次重大失算:

第一次战略失算,对巴列维王国政府没有支持到底。伊朗原先是君主立宪制国家,国王没有行政实权。二十世纪五十年代,巴列维国王在美国支持下发动了一场政变,推翻了首相摩萨台政府,恢复了国王掌权地位。巴列维国王加强了对国会的直接控制,由他直接任命首相和各部大臣。并在美国中央情报局的帮助下,建立了国家安全情报组织(萨瓦克)和王家情报组织,加强对内控制。在伊斯兰世界,伊朗历来是一个重量级国家,拥有波斯帝国的深厚历史积淀。巴列维国王奉行亲美的"一边倒"政策,使美国在伊斯兰世界打开了一个重要突破口,获得了一个重要的立足点。可是,美国却在霍梅尼发动的"伊斯兰革命"面前退却了,最后时刻抛弃了巴列维国王,放弃了对伊朗王国政府的支持。此后,伊朗由美国在伊斯兰世界的一个重要突破口变成了一个高调反美的顽固堡垒。这无疑是美国中东战略的最大失算。与其现在口口声声要对伊朗"开战""制裁",当初为何不对巴列维国王的亲美政府支持到底?一进一出,这笔账并不难算。这是老美"自食其果",怪不得别人。

第二次战略失算,搞掉萨达姆,失去了制衡伊朗的一颗最大棋子。1979年霍梅尼领导"伊斯兰革命"后当上了伊朗政教"最高领袖",1980年就爆发了两伊战争。当时霍梅尼立足未稳,萨达姆向伊朗开战,形势对霍梅尼极为不利。海湾各国和埃及、约旦、摩洛哥、突尼斯等一大批阿拉伯国家都担心霍梅尼领导下的伊朗会输出"伊斯兰革命",把他们的国家搞乱,所以在两伊战争中都站在伊拉克一边。美国也在暗中支持萨达姆,这是"公开的秘密"。美国通过第三国转手向伊拉克出售武器,为伊拉克提供伊朗军事情报,等等。两伊战争一打打了八年,由于伊朗的综合国力强于伊拉克,伊拉克一口吞不下伊朗。伊拉克在战争初期占得上风,随着时间的推延,双方陷入僵持。经过联合国斡旋,两国同意停战,1988年8月28日两伊战争宣告结束。可是,美国对萨达姆采取过河拆桥的实用主义政策。两伊战争刚结束,美国就把萨达姆视为美国在中东最危险的敌人,布什父子先后对伊拉克发动了两场战争,直至把萨达姆送上了绞刑架,为伊朗消灭了一位最强硬的劲敌。美国发动耗资巨大的伊拉克战争,最大的得益者不是美国,是伊朗。

虽然美国三十多年来一直对伊朗实施经济制裁,使伊朗蒙受了一定经济损失。但是,面对复杂形势和困难局面,伊朗一面硬抗美国,一面腾挪躲闪,得益远大于损失。

得益之一,伊朗在两伊战争打到最困难的时刻,霍梅尼授权当时的伊朗总统哈梅内伊致信联合国秘书长德奎利亚尔,表示接受安理会598号决议,同意停战。伊朗的这一表态,受到国际社会欢迎,使它在国际舆论面前变被动为主动,使得美国很难立即下手整它,从而获得喘息机会,稳定内部。

得益之二,美国在伊拉克战争中搞掉萨达姆政权,萨达姆被送上绞刑架绞死,等于美国帮助伊朗报了血海深仇,霍梅尼的继承者在伊朗国内获得高分。

得益之三,伊朗利用美国难以从阿富汗战争和伊拉克战争中脱身的机会,获得了十多年宝贵时间休养生息,发展经济,医治好两伊战争中遭受的创伤,在中东国家中坐大。并抓住机遇推进"核计划",赢得了向美国叫板的资本。

目前,伊朗研制核武器的进展情况尚未见底,但伊朗已经几次成功发射了自制人造卫星,这是一个重要信号。根据一般规律,一个国家要发展核武器,核弹头与运载工具都是同步研发的。如果光有核弹头,没有运载工具等于零。反言之,远程运载工具已经成熟,卫星都能送上天了,据此则可反推出该国研发核武器已取得突破性进展。

四

在美国眼里,伊朗的可怕,在于它可能以"伊斯兰宗教狂热＋核武器"来对付美国。

伊斯兰世界是美国的"天敌"。亨廷顿把伊斯兰文明同基督教文明作为"文明冲突论"的重点内容来论述,并不是没有一点"理由"的。进入新世纪以来,美国把主要精力用来对付伊斯兰世界。第一个十年,美国在阿拉伯世界掀起了第一个波次的战争浪潮,先后搞掉了阿富汗塔利班政权、伊拉克萨达姆政权。刚进入第二个十年,美国又在阿拉伯世界掀起第二个波次的战争浪潮,被称为"阿拉伯之春"的一场动乱风暴席卷北非和中东,把一大批阿拉伯国家搞得一片狼藉,接二连三搞掉了突尼斯总统本·阿里、埃及总统穆巴拉克、利比亚领导人卡扎菲、也门总统萨利赫等,使这些国家至少二三十年恢复不了元气。但是,中东还剩下伊朗这个"最顽固的堡垒",成为美国的心腹大患。美国如果不能制服伊朗,它十多年来在伊斯兰世界收获的上述"成果"很可能化为乌有。因此,美国下决心制服伊朗。

其实,伊朗的"核计划"由来已久。二十世纪五十年代后期,伊朗就开始实施核能发展计划,先后建成了一个核电站、六个核研究中心和五个铀浓缩工厂。当时伊朗巴列维王朝奉行亲美的"一边倒"政策,伊朗核能发展计划的初始阶段曾得到苏联和美国等西方国家的支持。

美伊两国断交以来,"伊朗核问题"也已闹了三十多年。

1980年美国同伊朗断交后,伊朗感受到来自美国为首的西方军事威胁,开始实施新的"核计划"。不久,美国就指责伊朗试图"研发核武器"。伊朗将计就计,虽然核武器尚未搞出来,但可利用"研发核武器"这一招来反制美国和西方,有了同老美讨价还价的"资本",对此可称之为"核武器研发效应"。

2003年2月9日,伊朗前总统哈塔米发表电视讲话宣布:伊朗已在本国雅兹德地区发现了铀矿,并成功提炼出了铀,伊朗将利用本国资源建设一个完整的核燃料循环系统。这一消息震动了美国和西方,美国和国际原子能机构向伊朗紧急施压。伊朗迫于外界压力,做出临时性"战术退却",同年12月18日签署了"核不扩散"附加议定书,同意暂时搁置"核计划"。

2004年,美国公布了七张伊朗核设施照片。同年4月,伊朗宣布暂停组装浓缩铀离心机,等于对围攻它的各个国家说,我们暂时不搞了,你们都请回去喝杯咖啡歇一会儿吧。大家一转身,四周静悄悄,伊朗可以抓紧时间在本国卡维尔盐漠或卢特荒漠深处干许多事情。世界上许多事情往往就是这样的,表面上它已是一盆"死灰",但只要"死灰"里还有一块暗燃的小木炭,小风一吹,它马上就能"复燃",引起大火。

2006年1月,伊朗突然宣布重新启动已经停止两年多的核燃料研究计划,国际舆论一片哗然。3月,联合国安理会要求伊朗在三十天内停止一切"核活动",伊朗不理。6月,安理会"五常"美、俄、中、英、法和德国(简称"5+1")举行外长级会议,提出解决"伊朗核问题"的新方案,要求伊朗答复。伊朗知道这是一颗"橡皮子弹",

不怕。它抛出一颗"棉花球"来回应道,六国外长会议文件中包含有某些"积极成分",但他们还得慢慢研究,过些日子再作答复。7月,"5＋1"外长发表声明,将"伊朗核问题"提交联合国安理会处理。同月底,安理会就伊朗核问题通过了1696号决议,限令伊朗于8月31日前暂停所有铀浓缩活动。安理会来硬的,伊朗也来硬的,回答说:"伊朗的铀浓缩活动只会继续和扩大,绝不会中止!"12月,安理会又通过1737号决议,决定对伊朗实施制裁,伊朗置若罔闻。从2007年至2011年,联合国曾多次通过制裁伊朗的决议,伊朗一直置若罔闻。

英、美、法、加等西方国家先后宣布对伊朗实施新的金融制裁措施。2011年12月1日,美国参议院全票通过了对伊朗的制裁措施,切断伊朗中央银行与全球金融体系的联系。伊朗总统内贾德立即对西方指责实施强硬反击,宣称伊朗绝不会在西方的"无耻指责"面前退缩,将坚定不移地发展自己的核技术。伊朗国内则掀起了一股声势浩大的反西方浪潮。德黑兰数千名大学生和民众冲击英国驻伊朗大使馆,抗议英国带头对伊朗实施制裁。英国关闭了驻伊朗大使馆,撤回所有外交人员。德、法、荷、意等国也纷纷召回了驻伊朗大使。

美国知道,直接打着反对伊斯兰教的旗帜去搞垮一个穆斯林国家是愚蠢的,必须寻找别的理由。当初发动伊拉克战争,就是一口咬定伊拉克拥有"大规模杀伤性武器",尽管联合国派出大规模核查组前往伊拉克翻箱倒柜核查也没有查出任何证据。但美国连一声"莫须有"都没有说,突然下手,三下五除二,就把不可一世的萨达姆政权搞掉了。这次对付伊朗,美国的理由更"过硬":伊朗正在加快研制核武器,必须严厉制裁伊朗,迫使伊朗放弃"核计划"。

可是,美国对中东地区防核扩散搞双重标准,伊朗坚决不服。以色列早就拥有核武器,美国从来没有吭过一声,伊朗为何不能研制核武器？伊朗回敬美国说："伊朗绝不放弃核计划！"面对美国纠集国际势力对它气势汹汹的围逼，伊朗后退半步说，我们的"核计划"是研究核能和平利用，难道这个权利也要被剥夺吗？岂有此理！但研究核能和平利用与研制核武器是两间相通的屋子，美国不相信伊朗"不越雷池半步"。在美国看来，伊朗早已是一只钻进鸡窝里的黄鼠狼，不是偷鸡也是偷鸡，逮它宰它没商量！

接着发生了几件敏感事件：

事件一：2011年12月4日，伊朗对外宣布击落了一架美军高度机密的RQ-170隐形无人侦察机，令美国非常尴尬。这种隐形无人侦察机部署在阿富汗境内的美军基地，一般执行中央情报局赋予的秘密侦察任务。美军海豹突击队在巴基斯坦境内击毙本·拉登，就是由RQ-170完成的侦察定位任务。从伊朗对外公布的实物照片看，这架美军隐形无人侦察机完好无损，伊朗从中获取某些高技术机密是不言而喻的。美国向伊朗索要，伊朗不给；美国想派人去偷回，没有成功的把握；美国又想派遣特工潜入伊朗去炸毁它，又怕引出别的麻烦。美国很无奈，伊朗先赢了一分。

事件二：2011年12月中旬，伊朗海军在霍尔木兹海峡举行大规模军事演习，试射了多种型号的国产导弹，向美国示威。伊朗声称，美国一旦制裁伊朗，伊朗就要封锁霍尔木兹海峡，使海湾各国的石油都出不去，美国和欧洲都经不起石油断供的打击。12月28日，美国派遣斯坦尼斯号航母战斗群穿越霍尔木兹海峡伊朗海军演习区域，同时宣布卡尔文森号航母战斗群就部署在附近，林肯号航母战斗群也正在驶往海湾途中，对伊朗进行武力威慑。但双方并未发生直接冲突，并且都释放出愿意"谈判"的口风。显然，双方对开战都还没有做好充分准备。

事件三：2012年1月11日，伊朗首都德黑兰发生一起爆炸事件，一名伊朗核科学家被炸死。伊朗指责国际原子能机构（IAEA）

向外泄露核查伊朗核问题材料,暴露了伊朗核科学家姓名,并认定这起谋杀事件是以色列干的。被害科学家的妻子则埋怨联合国对这类恐怖主义谋杀活动不作为。伊朗国内又掀起了一股新的仇美情绪。

事件四:2012年1月28日,美国媒体有意透露了一条消息:美军正在升级重达十三吨、可装两吨多炸药的巨型钻地弹,专门用来摧毁伊朗地下核设施。在改装升级原有巨型钻地弹的同时,又追加拨款再向制造商波音公司增购了二十枚升级后的巨型钻地弹。美国发布这条消息,不排除美军情报部门的另一个图谋:利用这条消息核实伊朗地下核设施的准确位置。因为它同时提到,据美国军方估计,伊朗福尔道铀浓缩工厂深入地下至少六十一米,打击效果取决于地面加固厚度和岩石种类等。如果伊朗获知这条消息后为了增强地下核设施的防护能力,动用机械设备或大量人力去加固地下核设施的地面防护层厚度,美军侦察卫星立刻就能发现,这等于为美军明确指示打击目标。与此同时,奥巴马总统指示美国军方准备一份对伊朗实施军事打击的应急方案。奥巴马说,为了阻止伊朗制造出核武器,不排除任何打击手段。使用巨型钻地弹摧毁伊朗地下核设施,就是美军方案中的打击手段之一。据有的媒体透露,伊朗地下核设施的深度要比美国军方估计的深度深得多,美军巨型钻地弹摧毁不了伊朗核设施。但如果美军真能击中目标,伊朗地下核设施遭到严重破坏也是难以避免的。

与此同时,美国方面又曝出消息,说是伊朗已经制订了到美国本土去发动袭击的计划。真真假假,连吓带蒙,此乃交兵之法也!

一时间,美伊对抗,剑拔弩张,箭在弦上,一触即发。

到目前为止,世界上一些试图跨过"核门槛"的国家,几乎都是"一盆压不灭的火"。外界压力一大,它可以暂时变成一盆"死灰";

一有机会它就会"复燃"。伊朗一心要想搞出核武器,这是世人一眼就能看穿的事。但是,目前美国要想制服伊朗,并不像逮住一只钻进鸡窝里的黄鼠狼那么容易。

美国这次想彻底解决"伊朗核问题",难。

五

2012年2月16日,伊朗总统内贾德高调宣布该国最近在核研究方面取得的最新成果:伊朗核反应堆开始使用纯度为百分之二十的国产燃料棒,新装备了三千台国产第四代高效离心机,加上原有六千台老一代离心机,伊朗的离心机已经达到九千台。国际舆论普遍认为,伊朗公布这一消息的主要目的,是要在重启同"5+1"国家谈判时增加讨价还价的筹码。

现在要来回答举世关注的一个问题:在这种情况下,美国会不会对伊朗开战?如果开战,这一仗将会怎么打?这好比预测一场足球赛,要想测准很难,但大致上可以做些预期分析和判断。

预测一:美国目前对伊朗全面开战的可能性不大。美国称伊朗公布的最新核消息是"故弄玄虚",不屑一顾。更重要的原因是,美国前十年打了两场"反恐战争"(阿富汗战争、伊拉克战争),这两场战争已把美国拖得筋疲力尽。奥巴马去年刚宣布从两国撤军,至今撤军计划尚未完成。虽然美国是"一年无战就发痒"的国家,但今年是美国选举年,一心想竞选连任的奥巴马总统,这时候再要他下决心去打一场新的"伊朗战争",这种可能性低于百分之五十。因此,国务卿希拉里表态说,在伊朗问题上美国"不寻求冲突"。美国情报总监詹姆斯·克拉珀也说,"有机会以外交途径解决伊朗核问题"。美国抛出了"制裁+和谈"解决伊朗核问题的方案。联合国秘书长潘基文也表示:"伊朗核问题必须和平解决,没有其他选择。"伊朗也主动表示将致函"5+1"各国,愿意重启谈判。如果伊朗同"5+1"各国能够重启谈判,并经过谈判达成新的妥协,伊朗核问题也许会再一次被"冷冻"起来。何时再次"化冻"发酵,要看国际政治气候变化而定。

预测二:美国即使真要对伊朗动武,也不可能发动伊拉克模式的全面战争,极大可能是采用"外科手术式"的突袭行动摧毁伊朗核设施。它对原有巨型钻地弹改进升级,并追加拨款增购二十枚新弹,就是为这种打击方式做准备。而且,美国很有可能并不亲自动手,而是交给以色列去发动一场"外科手术式"的"代理人战争"。2012年2月7日,美国国防部部长帕内塔放风说,以色列很可能在今年4至6月间"袭击伊朗核设施",因为这个时间段正是"伊朗着手制造核弹"的时间。还有一个不可忽视的重要依据,以色列具有采用"外科手术式"摧毁他国核设施的几次成功经验。二十世纪八十年代,不可一世的伊拉克总统萨达姆一心想发展核武器对抗以色列。1981年6月某日夜晚,以色列出动几架F-16战斗机,超低空进入伊拉克,以迅雷不及掩耳之势一举摧毁了伊拉克首都巴格达附近的奥西拉克核反应堆,使萨达姆的核计划化为泡影。进入二十一世纪后,叙利亚总统巴沙尔·阿萨德为了提高本国国防实力,与伊朗、朝鲜达成秘密协议,在叙利亚沙漠中秘密建造了一座制造核弹头的核工厂,计划与伊朗产的导弹配套。2007年9月5日晚,以色列空军经过周密侦察和反复演练,派出十架战斗机往地中海方向飞行,然后命令其中三架F-15返回,迷惑叙利亚海岸雷达,其余七架低空进入叙利亚境内,执行代号为"果园行动"的突袭计划,一举将叙利亚沙漠中的这座秘密核工厂摧毁。此事发生后,叙、以双方都保持沉默,低调处理。几年后,被德国《明镜》周刊揭秘。这一次,美国国防部部长帕内塔有意透露以色列对伊朗出手的时间表,这既是对伊朗的一种威慑,也可能真是美国借助以色列出手的打击方案之一。如果真是这样,那就是美国要求以色列对它有所"报答"。美国默认和支持以色列拥有核武器,多年来引起伊斯兰世界一片责难。美国对以色列说:"现在也该轮到你为制止伊朗获得核武器出点力了!"以色列早就在盼望再次一显身手的机会:"好,看我的!"

预测三:如果美国"制裁伊朗"遇到重重阻力,或达不到预期目的,有可能利用部署在波斯湾和阿拉伯海的美军航母编队,以及设在沙特的美军基地,以巡航导弹和精确制导炸弹对伊朗发动一场空袭战,打击和摧垮伊朗的主要政治、经济和军事目标。以打促变,促使伊朗爆发内乱,迫使伊朗现政权下台或屈服。

预测四:最后一种可能是,在外界压力骤然增大的情况下,伊朗现政权内部发生分裂,导致伊朗内乱骤起。一旦出现这种情况,美军和北约军队将会不失时机地乘机而入,推翻伊朗现政权。伊朗能否避免这种情况出现,这要看伊朗各派政治势力的政治家们国家观念如何,以及他们对本民族前途命运做出何种选择来决定了。对此,并不是没有任何担心的理由。因为去年以来被西方称之为"阿拉伯之春"的北非和中东一大批阿拉伯国家的动乱和政权更迭,不可能对同处中东的伊朗不产生任何影响;现任总统内贾德并不是没有人抓他辫子;当前伊朗各派政治势力之间也并不是没有一点杂音。例如:伊朗前总统拉夫桑贾尼就宣称:下届议会选举(就在今年3月),他不会支持任何候选人。他的女儿法伊泽由于"参与反政府宣传活动",被判处徒刑六个月,并禁止她五年内参与任何政治、文化或媒体活动。拉夫桑贾尼的个人网站已遭屏蔽。更使外界关注的是,伊朗副议长巴霍纳尔2月7日宣布,伊朗议会将对内贾德总统进行质询。质询内容包括:伊朗目前混乱的经济形势;身为总统擅离职守十一天;抵制最高领袖哈梅内伊命令的行为;总统办公室卷入二十六亿美元银行诈骗案;等等。这样,内贾德就成为"伊斯兰革命"三十三年来第一位被议会传唤接受质询的伊朗总统,这对伊朗可不是什么"福音"。假如伊朗内部一乱,伊朗核危机将急转直下,形势突变。

假如美伊双方僵持不下,拖成长期"冷战",拖成另一个"朝鲜式的核问题",也未可知。至于伊朗核危机最终究竟以什么样的方式收场,大家拭目以待吧①。

2012年2月

---

① 各方经过长达十三年的艰苦努力,2015年7月14日,"5+1"伊朗核问题谈判在维也纳达成全面协议,伊朗同意停止研制核武器,但不放弃"和平利用"核能的权利。

叙利亚——巴沙尔是中东战乱风暴中的最后一根桩

一

一年多来,席卷北非和中东的战乱风暴,初起时"台风眼"在利比亚,自从卡扎菲被打死后,"台风眼"就转移到了叙利亚。到目前为止,叙利亚战乱死亡人数已超过六千人,其中政府军警死亡人数约二千人。叙利亚总统巴沙尔·阿萨德,是席卷北非和中东的这场"阿拉伯之春"战乱风暴中残留的最后一根"桩",美国和西方不把它拔掉绝不罢休。美国认为,"阿拉伯之春"是改变北非和中东一批阿拉伯国家面貌千载难逢的良机,绝不能放过。

2011年初春,继突尼斯(1月8日)、利比亚(1月15日)、也门(1月23日)、埃及(1月25日)之后,3月18日叙利亚南部城市德拉也爆发了群众示威,迅速向全国蔓延,政府军动用武力弹压抗议活动,反对派中的武装分子则同政府军和军警不时展开枪战,并发动自杀式炸弹袭击。时至今日,其他各国政权都已更迭,唯独叙利亚战乱仍在继续,总统巴沙尔·阿萨德还在硬撑。

事情似乎有点"怪",目前美国和欧洲都深陷经济危机,在外界看来他们都"自顾不暇",但他们却一窝蜂地对北非和中东乱局不遗余力地搅和,这是为什么?他们都是老牌资本主义国家了,生意经丰富得很,无利不起早,没有近利有远利,他们绝不会做赔本买卖。

二

叙利亚战乱至今已近一年,大致可分为四个阶段。

第一阶段,自2011年3月至5月,动乱初起,巴沙尔政权对内"减压",对外反对干涉。巴沙尔对内"减压"的主要措施有:第一,解散以奥特里为首相的旧内阁,任命农业部长阿迪尔·萨法利为新首相,组成新内阁;第二,向全国承诺加快修宪、加快民主改革步伐;第三,签署总统法令,废止实行了四十八年的紧急状态法,使民众享有示威游行权利;第四,对脸谱社交网站解禁,受到叙利亚年轻人欢迎。巴沙尔总统作为一名封建君主,在国内动乱中能做这些"退让",也算得上"开明"了。同时,巴沙尔坚决反对外国势力插手叙利亚动乱。美国希拉里国务卿想撇清干系,低调表态称,美国对叙利亚问题"排除军事介入的可能性"。可是,沉寂多时的维基解密网站突然抛出消息揭发,美国长期以来一直在支持巴沙尔总统的政敌,早就在秘密支持叙利亚反对派。自从2005年叙利亚与美国因黎巴嫩问题发生摩擦后,美国国务院每年拨款六百万美元支持叙利亚反对派。在美国资助下,叙利亚流亡组织"公平和发展运动"于2009年4月在英国伦敦成立了"巴拉达电视台"。去年3月叙利亚大规模反政府示威活动爆发以来,这家电视台成为反对派对外发布消息的主要渠道。面对维基解密网站的揭发,美国国务院发言人马克·托纳出面"澄清",声称美国国务院"并没有从事破坏叙利亚政权的活动","只是一直致力于促进叙利亚以及世界其他国家的民主进程","叙利亚政府错将美国的努力当作一种威胁"。这是什么逻辑？这是不打自招干涉别国内政的逻辑！中国外交部发表声明,"叙利亚的未来只能由叙利亚人民自主决定",这显然是对美国国务院发言人那番言论的回应。奥巴马似乎有些恼羞成怒了,下令"对叙利亚总统等政府高官实行制裁"。

第二阶段,2011年6月至11月,动乱升级,爆发内战。总统巴沙尔呼吁民族对话;反对派"全国委员会"成立,提出推翻现政权,要求巴沙尔总统下台。美国开始从叙利亚撤侨,美、叙各自召回驻对方大使"商讨对策"。这一举动,立即使叙利亚冲突骤然升级。反对派组织更大规模的抗议活动,叙利亚军队进入动乱城市与反对派武装分子展开枪战。总统巴沙尔继续采取"减压"措施,企图使局势缓和下来,他承认动用武力"犯了错误",承诺至2012年初完成修宪,并表示愿意在完成修宪和政治体制改革后离职。反对派却不依不饶,武装反抗开始升级。除了分散在各地反对派示威民众中的武装团体同政府军展开枪战外,反对派于2011年7月29日正式成立了"自由军",总部设在土耳其。9月,"自由军"与"自由军官运动"合并,成为叙利亚反对派手中的一支主要武装力量。11月15日,"自由军"在土、叙边境袭击了几个叙利亚政府管辖的办事处;16日"自由军"用火箭炮和机枪袭击了叙利亚首都大马士革近郊哈赖斯塔的情报机构,还袭击了哈马附近的一处关卡,打死八名政府军士兵,这标志着叙利亚已经爆发内战。而美国、欧盟和阿盟则说,如果巴沙尔再不马上交权,叙利亚可能"陷入内战"。他们所说的"内战",是指"利比亚式的内战",即由西方国家将叙利亚反对派武装起来,外国军队和叙利亚反对派武装一起向叙利亚现政权发动进攻。有位美国专栏作家查尔斯·克劳萨默对此说得非常露骨,鼓吹美国和西方通过土耳其向叙利亚抵抗力量"源源不断地提供援助","或者直接秘密地运入叙利亚"。

第三阶段,2011年12月,武装冲突升级,阿盟介入"调查"。反对派武装分子同政府军和军警展开枪战,并不断发动自杀式袭击,双方死亡人数骤增。12月27日,阿盟派出第一批五十人组成的观察团进入叙利亚调查事件真相。观察团中有人尚未进入叙利亚,先入为主地宣布叙利亚政府正在进行"种族灭绝"。观察团进入叙利亚后,却于12月28日宣布"未发现暴力迹象","没有冲突,没有坦克"。观察团的调查立即引起争议,"未能取得预先设想的效果"。实际上,阿盟本身一盘散沙,内部意见纷争,从来干不成什么大事。

第四阶段,2012年1月至2月,美、俄、中三方围绕解决叙利亚问题展开博弈。1月8日,针对西方准备对叙利亚进行军事干涉的威胁,俄罗斯库兹涅佐夫号航母突访叙利亚,显示武力。2月4日,联合国安理会投票表决由卡塔尔等国提出的叙利亚问题解决方案,核心内容是逼迫巴沙尔·阿萨德总统"交出权力"。说白了,就是用"利比亚模式"来解决叙利亚问题。中、俄两国投了反对票,方案未获通过。美国和西方各国对中、俄一片责难,这是预料之中的。希拉里称中、俄投反对票是"拙劣表演",这可随她说去。最不可理喻的是阿盟,中国一直支持叙利亚问题"在阿盟框架内解决",以摆脱西方势力的牵制和左右,显示阿盟在解决阿拉伯世界内部问题上的能力,提高阿盟在阿拉伯世界的地位,这不是一片好心吗?阿盟却不领这份情,阿盟秘书长纳比勒·阿拉比竟埋怨中国和俄罗斯投反对票"表明外交信义尽失",不知道他指的是什么"外交信义"。在美国和西方操纵下,如果联合国安理会动不动就搞个"决议"逼迫一个主权国家的元首"下台",世界将成什么样子?中国的态度是明确的:叙利亚的前途应由叙利亚人民自主决定,总统巴沙尔·阿萨德的去留也包含在其中,这有什么不对?2月7日,俄罗斯外长拉夫罗夫突访叙利亚,同巴沙尔总统举行了会谈。

拉夫罗夫在会谈后发表声明,呼吁在阿盟协助下,启动覆盖叙利亚各方的全国对话,停止叙利亚国内暴力冲突。2月8日,美国宣布拒绝俄罗斯建议。白宫发言人杰伊·卡尼马在记者招待会上说,在叙利亚局势的初期,叙利亚总统巴沙尔·阿萨德有机会同反对派进行对话,但他没有抓住机会。美国认为目前叙利亚政府和反对派已经没有进行谈判的机会。

这就等于最后摊牌了,叙利亚局势骤然紧张起来。

美国对叙利亚总统和部分高官的制裁上升为对叙利亚全面制裁,英、法、意等国也对叙利亚进一步施压。利比亚、突尼斯和海湾阿拉伯国家合作委员会成员国分别发表声明,召回驻叙利亚大使。叙利亚以牙还牙,宣布驱逐利比亚、突尼斯驻叙利亚大使,召回驻科威特和沙特大使,关闭驻卡塔尔大使馆。这凸显出阿拉伯国家不能团结一致,它们早晚将被美国和西方世界分化瓦解,根源盖出于此,不信等着瞧。

三

持续了将近一年的叙利亚战乱,最后结局如何,目前仍难预料。但这已经不影响我们对有关问题进行一些必要分析。

问题一:在西方所谓"阿拉伯之春"的这场战乱风暴中,叙利亚总统巴沙尔·阿萨德为何能硬挺到最后,至今不倒?主要原因有:巴沙尔仍然得到叙利亚多数民众的支持,反对派的力量尚未超过支持派;叙利亚现政权没有发生分裂;军队一直支持巴沙尔;在中、俄两国的反对下,逼迫巴沙尔交权的安理会决议案未获通过;美国为首的西方国家受到伊朗核危机的牵制,对叙利亚是否直接进行军事干涉决心难下。除了上述这几条,还与巴沙尔的执政风格和人格力量有关。巴沙尔为人谦和,在他身上没有纨绔子弟之气。

他在北非和中东阿拉伯国家元首中,属于新一代知识分子型总统,同那些靠军事政变上台的老一代总统有着很大不同(例如他父亲哈菲兹·阿萨德)。巴沙尔是叙利亚老总统哈菲兹·阿萨德的次子,年轻时学医,毕业于大马士革大学医学专业,曾赴英国实习。他在伦敦实习时的英国老师埃德蒙·舒伦博格回忆到这位学生时说:"他安静,从不装腔作势,他在病床边对病人的态度无可挑剔。"巴沙尔年轻时并没有从政的打算。后来由于老总统哈菲兹·阿萨德的长子巴西尔·阿萨德发生车祸身亡,巴沙尔被老总统指定接班,才使他走上了弃医从政之路。巴沙尔继承总统职位之前,先进入叙利亚霍姆斯军事学院学习,随后又进入参谋指挥学院深造,1998年获中校军衔,后来晋升为上校。巴沙尔对腐败之风极其痛恨,在他继承总统职位之前,就开始领导打击贪污腐败运动。前总理祖阿比、军队情报主管等一批高官都在他领导的反贪运动中被罢免,有的贪污高官畏罪自杀。2000年6月10日,老总统哈菲兹·阿萨德去世。由于叙利亚宪法规定当选总统的最低年龄是四十岁,当年巴沙尔只有三十四岁。议会临时开会修宪,把当选总统的最低年龄降至三十四岁。然后经过走过场式的"选举",使巴沙尔顺利当上了总统。巴沙尔初当总统时,叙利亚老百姓曾有"气象一新"之感。他十分重视科技在国家经济发展中的作用,积极倡导计算机和网络的应用与普及,这使他在叙利亚年轻人中享有较高的威望。他的夫人阿斯玛·阿赫拉斯是出生在英国的叙利亚阿拉伯人,父亲是一位心脏外科医生。她在英国大学学习计算机专业,毕业后从事金融和经济分析工作,与巴沙尔在英国相识相爱,婚后育有一子一女。阿斯玛成为叙利亚第一夫人后,打破阿拉伯妇女蒙面裹身的传统,随巴沙尔出入各种场合,谦和亲民,获得叙利亚民众的广泛好感,被称为"沙漠玫瑰"。由于上述因素,巴沙尔在叙利亚民众中拥有较高的支持率、亲和力。叙利亚动乱爆发以来,巴沙尔从第一时间就开始采取一系列"减压"措施,实际上是他做出的"退让",虽然未能平息反对派的激烈情绪,但获得了支持派的同情。巴沙尔说,我从没说过我们是民主国家,我们过去九个月来一直在努力改革。但实行民主需要经历长时间的努力,国家需要足够成熟之后,才有条件实现充分的民主。他这番表态是真诚的,并不是虚以应付。外国势力迫他下台他绝不屈服,但他对国内民众则坦然表态说,如果民众不支持,他会主动下台。这些,都是巴沙尔"不容易打倒"的重要原因。

问题二:既然巴沙尔在叙利亚民众中具有较高的支持力和亲和力,叙利亚为何也会掀起扑不灭的抗议浪潮,反对派坚决要求巴沙尔下台?这里面既有外因,也有内因。外因是西方势力尤其是美国长期在暗中扶植和培育叙利亚反对派势力,他们在去年年初爆发的"阿拉伯之春"中乘势而起。内因包括多个方面。从时代潮流的角度来说,进入二十一世纪以来,叙利亚这种"家天下"模式的封建专制政治已经开始走向没落,人民要求改革这种政治体制,这是时代潮流,不可抗拒。从叙利亚国内政治现状来看,尽管巴沙尔本人比较亲民,但他父亲传下来的一套专制统治制度并未改变。叙利亚地缘环境复杂,老总统为了维护自己的统治,赋予叙利亚军方(包括政府军、安全部队、武装警察)拥有很大的权力,在国内实行高压政策。叙利亚安全部队随意捕人、杀人的现象时有发生,这使受压的宗教派别和政治派别深感压力,部分普通民众也有恐惧心理。这就是叙利亚被美国为首的西方国家抓住不放的"民主、人权"两条辫子。从叙利亚的经济来看,长期处于中等收入国家行列,与相邻的海湾石油富国相比,落差巨大,民众显然不能满意。叙利亚原来也是石油输出国,但储量有限。2012年叙利亚将从石油输出国变为石油输入国,国家经济将面临更加严峻的形势。加上世界经济形势一片暗淡,叙利亚民众对本国经济进一步下滑更加担心,盼望通过政权更迭找到新的出路。

问题三:美国为何坚决要把叙利亚总统巴沙尔·阿萨德赶下台?这个问题答案最简单:因为他反美。此外,也同美国支持以色列有关。在中东地区,以色列一直被美国当成一艘"不沉的航空母舰",是美国打入中东地区阿拉伯世界的一个"楔子",借以控制东地中海沿岸的战略要地。但阿拉伯世界同以色列势不两立,长期对抗。叙利亚中部濒临地中海,西南部与黎巴嫩、以色列、巴勒斯坦相邻。巴勒斯坦的哈马斯和黎巴嫩的真主党是武装反抗以色列的急先锋,美国指责这两个组织的后台是叙利亚。哈马斯是"伊斯兰抵抗运动"的英文缩写,是它的简称。哈马斯成立于1987年12月,是伊斯兰原教旨主义激进组织,其核心主张是以武力消灭以色列,拒绝任何别的选择。自它成立以来,经常对以色列占领区发动自杀式袭击。黎巴嫩真主党是伊斯兰教什叶派的军事政治组织。1982年,以色列大举入侵黎巴嫩南部,占领了黎巴嫩大片领土,约有六十万黎巴嫩什叶派难民拥入黎巴嫩首都贝鲁特南郊。这部分黎巴嫩难民中的政治活动家,在伊朗宗教领袖霍梅尼的支持下,成立了真主党这一穆斯林什叶派政党。真主党的口号是"以武装斗争把以色列占领者赶出黎巴嫩南部,帮助难民早日返回家园"。真主党和哈马斯一样,对以色列展开了一系列武装斗争,誓与以色列斗争到底,拒绝谈判,拒绝和解。"9·11"事件后,美国宣布哈马斯和真主党为"恐怖组织",并把叙利亚列为支持恐怖主义的国家黑名单。还有,当年的阿拉伯复兴社会党推行泛阿拉伯主义,总部设在叙利亚,伊拉克是一个支部。巴沙尔的父亲哈菲兹·阿萨德与伊拉克的萨达姆都是阿拉伯复兴社会党的骨干,两人都是通过在本国发动政变上台。哈菲兹·阿萨德当上了叙利亚总统,萨达姆先当了一阵伊拉克副总统,后来也当上了伊拉克总统。两国在外交上都奉行反西方政策,令美国头痛。伊拉克萨达姆总统已被美国搞掉了,叙利亚是阿拉伯复兴社会党的老巢,反美政权却传到了第二代总统巴沙尔手里。巴沙尔是坚决反对美国出兵伊拉克的阿拉伯国家元首之一,同美国形成公开对抗。另外,叙利亚与伊朗是战略盟友,伊朗通过叙利亚向黎巴嫩真主党运送武器。美国先搞掉巴沙尔、整垮叙利亚,就为下一步收拾伊朗创造了条件。由于以上种种原因,美国不把沙巴尔总统搞下台不肯罢休。

问题四:俄罗斯为何要在叙利亚问题上同美国公开博弈?这与叙利亚的特殊战略地位有关。叙利亚地处亚、欧、非三洲的接合部,战略地位非常重要。打开俄罗斯地图一看,可以发现一个问题,俄罗斯虽然疆域十分辽阔,但它的出海通道不畅。向东去太平洋,只能以符拉迪沃斯托克(海参崴)为基地,出海受到日本掣肘;向西去大西洋,走远路要绕道北冰洋,走近路要穿越欧洲内海波罗的海,受到北欧和德国钳制;向南去印度洋,有阿富汗、巴基斯坦阻隔,当年苏联出兵入侵阿富汗,就是想打通南下印度洋的出海口;从俄罗斯内海黑海去地中海,唯一通道是土耳其的博斯普鲁斯海峡,历史上俄罗斯与土耳其为了争夺这条海峡打了不知多少次仗,俄罗斯一直没有打赢。于是,叙利亚就成了俄罗斯绕过土耳其去地中海的一个立足点。目前,俄罗斯在叙利亚港口城市塔尔图斯仍有一个海军补给基地,不久前俄罗斯军舰还使用过。叙利亚是俄罗斯在地中海东岸仅存的一个战略支撑点,它无论如何不肯轻易失去对叙利亚的影响力。普京把话说得直截了当:"叙利亚离俄罗斯很近!"这等于警告美国:你不能到我家门口来抢地盘!

问题五:阿盟为何跟着美国和西方跑,一直在逼迫巴沙尔总统下台?阿盟即"阿拉伯国家联盟",共有二十二个阿拉伯成员国,叙利亚也是阿盟成员国之一。按一般人想象,阿拉伯国家同美国的矛盾很深,阿拉伯国家应该抱团对付美国。但在这次处理叙利亚动乱问题上，阿盟却完全站到了美国和西方一边。这反映了阿盟内部错综复杂的矛盾，尤其是伊斯兰教不同教派之间的矛盾，以及阿拉伯各国不同的历史背景和历史恩怨。这些因素决定了阿拉伯国家无法团结一致，在反美问题上也从来不是铁板一块。阿拉伯国家虽然一直在强调联合，却一直"联"而"不合"，从来没有搞成过一件像样的大事，究其根源也在这里。这次调解叙利亚流血冲突，叙利亚同意阿盟派遣观察团前往调查事件真相，本来正是阿盟可以大显身手的机会。如果阿盟真有权威，应该劝住叙利亚政府和反对派双方停止武力冲突，坐到一起谈判，推动叙利亚加快修宪等民主改革进程，通过选举产生新的政府。但阿盟没有这个权威，也没有这个能力。观察团调查到一半跑了，观察团主席达比也辞职不干了。阿盟秘书长纳比勒·阿拉比只得向联合国秘书长潘基文"喊话"，要求组织"阿拉伯—联合国联合维和部队"进驻叙利亚，以制止叙利亚暴力冲突升级。阿盟一味拉偏架，要求各成员国向叙利亚反对派提供各种形式的政治经济支持，停止同叙利亚政府的外交合作，这明摆着是在逼迫巴沙尔下台。阿盟成员国中声调最高的是沙特外交大臣沙特·费萨尔，他攻击叙利亚总统巴沙尔"在屠杀人民，破坏国家，只是为了维持其权威"。阿拉伯国家虽然都信奉伊斯兰教，但教派之间的矛盾历来十分尖锐。多数阿拉伯国家是逊尼派掌权，叙利亚巴沙尔总统所属的教派是什叶派的"一个异端分支"阿拉维派，这就促使逊尼派掌权的阿拉伯国家要乘机"不惜一切地推翻巴沙尔"。

  问题六：叙利亚反对派是否已经具备了执掌国家政权的能力？从实际情况来分析，他们尚未做好掌权的准备，不具备这样的能力。老总统哈菲兹·阿萨德统治时期，复兴社会党是执政党，势力强大，其他反对党活动空间很小。穆斯林兄弟会等极端派宗教团体曾发动过武装叛乱，遭到坚决镇压。巴沙尔总统继位后，反对派势力也是几起几伏，同样没有获得大的发展。巴沙尔继任总统之初，曾雄心勃勃地发起政治、经济改革运动，各种反对派团体趁机活跃起来，当时被外界称为"大马士革之春"。由于改革急于求成，步子过快，遭到执政党复兴社会党内强硬派的竭力抵制，使改革半途夭折，反对派转入地下。2005年黎巴嫩前总理哈里里遇刺，美国和西方都指责这是叙利亚支持黎巴嫩真主党干的，巴沙尔总统是后台，一致向叙利亚施压。叙利亚一批反对派组织借机复起，签署《大马士革宣言》，提出了联合起来推翻巴沙尔政权的口号。这次反抗运动也遭到了镇压，部分反对派人士流亡国外，在美国等西方国家支持下继续遥控叙利亚国内的反对派活动。2011年初"阿拉伯之春"战乱风暴席卷而起，3月18日叙利亚爆发大规模反政府示威后，各个反对派组织再度活跃起来。目前，叙利亚影响力最大的反对派是"民族协调机构"，2011年6月30日成立于首都大马士革，由原来的"全国民主联盟"所属党派、部分库尔德党派和一些独立人士组成。领导人哈桑·阿卜杜拉·阿济姆，今年已经八十岁了，是位律师，曾经当过"叙利亚阿拉伯社会主义联盟"总书记。另一个是"全国委员会"，2011年10月2日成立于土耳其伊斯坦布尔，它的成员中大部分是基层"草根团体"，青年尤多，其上层人物百分之四十是海外流亡人士。主席布尔汉·加利温，目前是法国巴黎第三大学教授。从上述情况可以看出，目前在叙利亚最具影响力的这两个反对派组织，都带有"临时拼凑"的性质。叙利亚反对派情况十分复杂，除了上述两个较大的反对派组织外，各种不同派别的反对派组织还有很多。如果下一步真能组成覆盖叙利亚全国反对派的"联合阵线"，谁是众望所归的"领军人物"，能把他们捏合到一起，暂时还无法看清。他们能不能坐到一起，坐到一起能不能谈得拢，都还是一大堆问号。展望"后巴沙尔时代"，使人顿生"时无英雄，遂使竖子成名"之叹。

四

现在,巴沙尔总统正在作最后一搏。

2012年2月16日,联合国大会投票通过了阿盟提出的一份决议草案,谴责叙利亚国内的一切暴力行为,要求停止一切暴力,并由联合国任命一位斡旋解决叙利亚问题的特使。提出这份决议草案的主要国家是科威特、巴林、埃及、约旦、卡塔尔、沙特和突尼斯等十多个阿拉伯国家,以及美、英、法等西方国家。对此,叙利亚常驻联合国代表贾法里指出,由于阿拉伯提案各国坚持"拉偏架",否认叙利亚国内存在反对派武装团体,因此,草案中所说的暴力活动就成了专指叙利亚政府军的行动,这样势必使问题更加复杂化。因此,叙利亚拒绝这份联合国决议草案。

西方媒体报道,2月24日,将在突尼斯举行"叙利亚之友"会议,这是一次支持叙利亚反对派的会议,逼迫巴沙尔总统下台将会是这次会议的主题,美国、阿盟等已宣布将派代表出席。

巴沙尔针锋相对,他宣布叙利亚将于2月26日就新宪法草案举行全民公决。新宪法草案如获通过,巴沙尔总统2014年任期届满后,将进行全民公投选举新的总统。俄罗斯媒体认为,叙利亚这份新宪法草案付诸公决,便意味着"将终结叙利亚阿拉伯复兴社会党近五十年的执政地位",巴沙尔总统的国家元首地位显然也将宣告终结。

现在的问题是,叙利亚新宪法草案全民公决能否通过?即使通过,巴沙尔总统能不能"扛"到2014年?

下一步,最大的变数是叙利亚军方对巴沙尔总统能否支持到底,对此目前尚难预料。

从目前形势发展来看,叙利亚的政权更迭似乎难以避免,巴沙尔失去总统权力是早一天晚一天的事了。

2012年2月

附言：

　　我对席卷北非、中东的"阿拉伯之春"这场战乱风暴的分析和预测，叙利亚巴沙尔总统至今没有倒，这是出乎我预料的唯一一例。主要原因，叙利亚反对派派系林立，一盘散沙，没有形成统一力量。也没有冒出一支足以"独当一面"的派别。因此，美国想在叙利亚扶植代替人，却一时找不到像样的扶植对象。

　　事态发展到今天，叙利亚战乱带来了两大严重后果。其一，把叙利亚人民拖入了旷日持久的战乱灾难，叙利亚国内已是满目疮痍，民不聊生。其二，极端恐怖组织在叙利亚战乱中如恶性肿瘤般迅速发展，成立了所谓"伊斯兰国"(IS)。美欧内心是希望巴沙尔倒台的，因此，他们坐视极端组织(IS)在叙利亚战乱中滋生坐大，危害世界。他们口头上不得不表示反对极端组织(IS)，却动嘴不动手，希望借助这股恶势力把巴沙尔搞下台。现在，俄罗斯毅然决然出兵叙利亚，打击极端组织(IS)。美欧却不分青红皂白，攻击俄罗斯出兵叙利亚，岂不怪哉！这样一来，叙利亚问题又增加了许多不确定因素，让我们继续拭目以待吧！

2015年11月补记